Die Mannheim-Verschwörung

STEFAN WETTKE

Die Mannheim-Verschwörung

Ein gnadenloses Spiel

Bibliografische Information der Deutschen Nationalbibliothek:
Die Deutsche Nationalbibliothek verzeichnet diese Publikation in der Deutschen Nationalbibliografie; detaillierte bibliografische Daten sind im Internet über dnb.d-nb.de abrufbar.

TWENTYSIX
Eine Marke der Books on Demand GmbH

© 2022 Stefan Wettke
Umschlagbild: depositphotos.com: © Kesu01

Satz, Umschlaggestaltung, Herstellung und Verlag:
BoD – Books on Demand, Norderstedt

ISBN: 978-3-7407-8792-9

Alpen, Bayern

Was für eine Atmosphäre, um sich auf den Tod vorzubereiten. Es war 19 Uhr als gerade die letzten Sonnenstrahlen über die Wipfel huschten und die Bäume noch einmal in warmes Licht tauchten. Der Anblick wurde untermalt von dem Gesang einiger Eichelhäher, die in den Ästen eine Kostprobe ihres Könnens zum Besten gaben.

Weiter unten, wo weniger Sonnenlicht durch das Unterholz drang, begann sich schon eine Ahnung von der Kälte der Nacht auszubreiten.

Die Brise, die über das Tal glitt, ließ die Bäume flüsternd zum Leben erwachen. Eine friedvolle Stimmung, die nur unterbrochen wurde durch das Schnaufen einer Gestalt, die sich die Hangflanke empor kämpfte.

Mit jedem Schritt kondensierten Atemwölkchen vor ihrem Gesicht und verwirbelten in der Abendbrise. Unter dem Gewicht von schweren Wanderschuhen war hin und wieder das Geräusch knackender Äste zu hören.

Plötzlich jedoch verstummten die Geräusche. Die Gestalt war stehen geblieben. Neben dem Stamm einer Fichte betupfte sie sich mit einem Taschentuch die schweißnassen Stellen an Stirn und Nacken. Dann drehte sie sich um und ließ ihren Blick über die Landschaft wandern.

Die Aussicht war fantastisch. Auch wenn ihn der Aufstieg bis auf diese Höhe viel Energie gekostet hatte. Der Anblick, der sich ihm bot, war die Strapazen wert. Er nickte zufrieden. Dann setzte er den Rucksack ab und zog die Karte zu Rate. Einen kurzen Moment verstummten die im Gras zirpenden Zikaden, setzten mit ihrem Gesang jedoch kurz darauf wieder ein. Vor sich konnte er den glutroten Himmel sehen, der sich über dem Gebirgsmassiv wie ein Teppich dahinzog.

Selbst der Schnee auf den höchsten Gipfeln hatte eine rötliche Färbung angenommen. Er seufzte zufrieden. Der Anblick war atemberaubend.

Schade nur, dass er ihn nicht mehr lange genießen konnte. In gerade einmal zwei Tagen musste er zurück sein.

Gedankenverloren warf er einen Blick auf das Ziffernblatt seiner Uhr. Als er die Zahlen sah, begann er zu lächeln. Genau um dieselbe Zeit in zwei Tagen ging sein Zug. Zwei Tage, in denen er noch gut 30 Kilometer zurücklegen musste.

In Gedanken überschlug er die Entfernung. Zwei oder drei Felsengrate würden noch zu überwinden sein, bevor er sich wieder den Annehmlichkeiten der Zivilisation widmen konnte. Er hob den Blick und sah gerade noch, wie der letzte Rest des glutroten Balles hinter den Bergen verschwand. Sofort wurde es dunkler.

Auch über seine Gedanken legte sich ein Schatten. Nur noch zwei Tage murmelte er leise. Er durfte nie vergessen, wieso er hierher gekommen war, in die Einsamkeit der Wälder.

Es war wie ein letztes Innehalten. Wie die letzte Ruhe vor dem Sturm, der zweifellos kommen würde.

»Noch zwei Tage«, murmelte er erneut. Dann würde es beginnen.

Ein eisiger Windhauch fuhr durch die Tannen und streifte über sein Gesicht. Die Nacht würde eisig und ungemütlich werden. Vielleicht war es das Beste, wenn er bereits jetzt begann, sich nach Holz für ein Feuer umzusehen. Zögerlich nahm er den Rucksack vom Boden und schulterte ihn.

»Noch zwei Tage.« Die Laute waren kaum hörbar und wurden rasch vom eisigen Wind in die Nachtluft hinaus getragen.

Mannheim, Baden-Württemberg, 3 Wochen später

Im Grunde war der Abend viel zu schön, um ihn zwischen Plastikgefäßen und Probenröhrchen zu verbringen. Sarah Feiner sah sehnsüchtig durch die verspiegelten Fenster nach draußen, während sie die Pipetten aus der Zentrifuge nahm. Die Sonne war zwar bereits untergegangen, dennoch konnte man am Horizont noch eine quecksilbrige Linie ausmachen.

Kurz warf sie einen Blick auf die große Wanduhr.

21:35 Uhr.

Ihr einziger Trost war, dass sie am nächsten Tag mit Sicherheit früher zu Hause sein würde. Sie nahm die Pipetten und platzierte sie sorgfältig in einem Gestell aus Plastik.

Aber ihr heutiger Aufenthalt war unumgänglich.

Laut Computersystem würden 78 Prozent der Rechnerkapazität bis morgen früh um 6 Uhr frei sein. Das war genug Zeit, um das Programm einmal über ihre Proben laufen zu lassen.

Und schließlich musste sie auch daran denken, wieder rechtzeitig zu verschwinden, um nicht dem Leiter der Abteilung in die Arme zu laufen.

Sie verzog das Gesicht bei dem Gedanken. Prof. Krindler, seit Wochen machte der alte Mistkerl ihr schon Schwierigkeiten. Wenn der alte Kauz nicht jeden Teg einen Großteil der Hauptrechnerzeit für sich beanspruchen würde, sie hätte nicht mehr so spät hier sein müssen. Sie drehte eines der Röhrchen in der Hand. Dann lächelte sie. Aber nun war sie am Drücker.

Wenn nicht auf herkömmlichem Wege, dann musste man eben erfinderisch sein. Und sie war erfinderisch. Der Alte würde nichts davon erfahren. Vor 8 Uhr morgens erschien er ohnehin nie.

Mit ein paar Handgriffen beförderte sie die letzten Probenröhrchen in das Gestell, schaltete den Motor der Zentrifuge ab und trat auf den Gang hinaus.

Der Flur zu den Aufzügen war merkwürdig dunkel.

Nur wenige Lampen brannten noch. Sarah runzelte die Stirn.

Wurde ab einer gewissen Uhrzeit auf diesem Stockwerk nur noch eine Art Grundbeleuchtung eingeschaltet? Sie war noch nie so spät abends hier gewesen.

Ob sich außer dem Sicherheitsdienst überhaupt noch jemand im Gebäude befand?

Sie zögerte noch einen Augenblick, dann ging sie los. Mit dem Fahrstuhl fuhr sie drei Stockwerke bis auf die zweite Subebene herunter und betrat dann einen weiteren Gang mit spärlicher Beleuchtung.

Allerdings waren die Farben der Lichter hier in einem eigenartigen Grünton gehalten. Beinahe schien es, als dränge man in tiefen Dschungel ein. Sarah schüttelte den Kopf.

Die schwachen Lichter malten ihre Silhouette als dunklen Schatten auf die Wand des Ganges und das einzige Geräusch, das sie hörte, war das Klackern ihrer Absätze. Ein Staccato auf dem Betonboden.

Kurz blieb sie stehen.

Dort war der Interpolatorraum. Wie ein mattes, glänzendes Etwas schälte sich die große Stahltür aus der Dunkelheit.

Es war ein martialischer Anblick.

Sie trat auf die Tür zu und zerrte an dem Entriegelungsmechanismus. Die Probenröhrchen klirrten.

Dann war ein metallisches Klicken zu hören und die Tür schwang auf. Sarah atmete schwer und begann auf der Innenseite nach einem Lichtschalter zu tasten. Ihre Hände berührten nackten Beton.

Verflucht, sie wusste, dass sich der Schalter irgendwo dort befand. Mit der Schulter drückte sie die Tür weiter auf.

Im Inneren des Raumes konnte sie bereits das fahle Licht irgendwelcher Lämpchen und Anzeigen ausmachen.

Wo war der verdammte Schalter? Dann stutze sie mit einem Mal. Ein

Kribbeln durchlief ihren Körper. Es war ihr, als habe sie aus dem Inneren des Raumes ein Geräusch gehört.

Es war ein verstohlenes Rascheln. Fast wie der knisternde Stoff eines Mantels.

Wieder streckte sie vorsichtig die Hand aus. Dann zuckte sie plötzlich zurück. Sie wollte sie wieder aus dem Spalt ziehen, aber blitzschnell packte etwas ihren Oberarm.

Dann legte sich etwas rasch um ihren Nacken und zog sie mit einem brutalen Ruck nach vorne ins Dunkel. Sarah schrie auf.

Sie ließ das Gestell mit den Probenröhrchen fallen.

Die Gläser zerplatzten auf dem Boden.

Schmerzhaft wurde sie nach vorne gerissen. Der Druck in ihrem Nacken verstärkte sich. Im nächsten Moment knallte sie mit dem Kopf gegen die Betonwand. Lichter explodierten vor ihren Augen. Sie fühlte, wie sie zu Boden sackte. Dann wurde ihr schwarz vor Augen.

Mannheim, Quadrate

Die Tropfen klatschten in schneller Folge auf die Frontscheibe und liefen dann in Schlieren nach unten. Beinahe sah es aus wie Myriaden von winzigen Bächen, die sich im unteren Teil wieder zu größeren Flüssen zusammenschlossen.

Nathan Grant schloss die Augen und lehnte seinen Kopf nach hinten gegen das Polster des Autositzes.

Es war unmöglich, bei diesem Lärm an so etwas wie Schlaf zu denken. Er lauschte dem wütenden Trommeln der Regentropfen auf dem Dach. Die winzigen Aufschläge hörten sich in der Stille fast wie Hagelkörner an.

Entnervt schlug er die Augen wieder auf und betrachtete sich im Rückspiegel.

Seine Haare waren noch immer nass vom Regen und klebten in dunklen Strähnen an seinem Kopf.

Er kratzte sich am Kinn und begutachtete die tiefen Ringe unter seinen Augen. Es war 5:37 Uhr und es war zum Verrücktwerden.

Wenn er gewusst hätte, dass er die Frühschicht würde übernehmen müssen, hätte er sich wenigstens auf das frühe Aufstehen vorbereiten können. Aber so.

Mühsam richtete er sich aus seiner halb liegenden Position auf und öffnete der Fahrertür. Sofort wehte ihm ein kräftiger Windstoß entgegen.

Er schälte er sich aus dem Wagen und zerrte seine Sporttasche vom Beifahrersitz.

Die Welt war grau, neblig und nass an diesem Morgen. Hunderte von

Pfützen hatten sich auf dem Asphalt gesammelt und der Wind trieb sein Spiel mit alten Zeitungsresten.

Seit über fünf Monaten war nun schon hier. Ein Austauschprogramm mit seiner Abteilung in Washington. Bisher alles andere als aufregend. Obwohl er dem deutschen Lebensstil mittlerweile das ein oder andere abgewinnen konnte. Vor allem das deutsche Bier hatte es ihm inzwischen angetan. Kaum ein Abend, an dem er sich nicht mit einer Flasche auf den Balkon setzte.

Dazu eine gute Zigarre. Was für eine entspannte Art den Feierabend zu verbringen. Dazu eine ruhige Nachbarschaft. Nette Leute, obwohl er versuchte, den meisten so gut es ging aus dem Weg zu gehen.

Auf der anderen Straßenseite erhob sich die Fassade des Polizeireviers. Das Gebäude war ein dunkler Betonklotz, grau und nichtssagend.

Aber nach dem kalten und nassen Wetter würde das temperierte Innere eine Wohltat sein.

Er hielt die Schlüsselkarte vor den Türsensor.

Dann ging er am Empfangstresen vorbei und fuhr mit dem Fahrstuhl nach oben.

Als er vor seinem Büro ankam, konnte er aus dem Inneren bereits Geräusche hören.

Zwei Gesichter wandten sich ihm zu, als er eintrat. Erkennende Blicke, ein kurzes Nicken. Keine ausladenden Gesten, mehr die Routine eines mittlerweile alltäglichen Rituals.

Kurz registrierte Grant im Vorbeigehen die Namen auf dem billigen Türschild. Nathan Grant, Tim Paulson, Georg Alfred Brenslin.

Paulson begann bei seinem Anblick zu kichern. Grant warf ihm einen Blick zu.

»Was ist denn?«, fragte er.

Paulson hob nur grinsend die Hände. »Nichts gar nichts«, sagte er. Die riesigen Hände des über zwei Meter großen Schwarzen sahen in dem diffusen Licht des Büros wie Baggerschaufeln aus. Grant wunderte sich immer wieder darüber, wie es Paulson damit überhaupt möglich war, die filigrane Tastatur seines Computers zu bedienen.

»Gut siehst du aus«, sagte Paulson und sein Grinsen wurde noch breiter.

Grant wandte sich ab und zog den Reißverschluss der Sporttasche auf. Er griff nach dem erstbesten Kleidungsstück und begann sich die Haare zu trocknen.

Er hatte die Prozedur kaum beendet, als er im Hintergrund das Läuten von Paulsons Telefon hörte.

Von draußen trommelten die Tropfen gegen die Fenster. Grant konnte sehen, wie die Zierpappel, die man im Innenhof gepflanzt hatte, heftig im Wind hin und her schwang.

Nein, der Tag würde alles andere als angenehm werden. Er gab sein Passwort in ein Fenster auf dem Bildschirm ein und startete einen Internetbrowser, als er hörte, dass Paulson das Telefon wieder zurück in die Ladestation knallte.

Das klang überhaupt nicht gut. Wie zur Bestätigung sah er aus den Augenwinkeln, wie sein Kollege fluchend aufstand und seine Jacke von der Lehne des Bürostuhls zerrte.

»Wir müssen los«, sagte er missmutig.

»Und wohin?«, wollte Brenslin aus dem hinteren Teil des Büros wissen.

Der Tag begann.

Mannheim, Neckarau

Der BMW preschte die Uferstraße entlang.
Grant saß auf der Rückbank und beobachtete durch das Seitenfenster das Wasser des Sees, das von Millionen von Regentropfen aufgewühlt wurde. Am Himmel schienen sich die ohnehin dunklen Wolken von Minute zu Minute immer dichter zu ballen.
Beinahe erwartete man in den nächsten Augenblicken die Wolkensäule eines Tornados zu sehen, der sich vom Himmel herabsenkte.
Er wandte den Blick ab.
Vom Fahrersitz vernahm der Paulsons Stimme.
»Nun sieh dir das an«, sagte er zu Brenslin, der auf dem Beifahrersitz in eine ähnliche Position wie Grant gesunken war. Durch die Frontscheibe konnte Grant einen roten Schlagbaum ausmachen, neben dem am Straßenrand ein kleines, graues Gebäude zu sehen war.
Rechts und links erstreckte sich, halb zwischen den Tannen des beginnenden Waldes verborgen, ein mehrere Meter hoher Metallzaun.
Am oberen Ende konnte Grant Stacheldraht erkennen.
Er pfiff leise durch die Zähne.
»Was haben die hier draußen zu bewachen? King Kong?«, gluckste Paulson und knuffte Brenslin in die Seite.
»Nicht schlecht.«
»Sieht mehr nach einer Bewachung für ein Atomraketensilo als für irgendein Labor aus, wenn du mich fragst«, erwiderte Paulson.
Grant konnte sehen, dass an einer der Seiten des Bunkers jetzt eine Tür geöffnet wurde.

Ein in Schwarz gekleideter Mann trat heraus, gefolgt von einem zweiten in derselben Uniform. Paulson bremsten den BMW vor der Schranke ab und ließ das Fenster herunter.

»Was für ein Zirkus«, sagte er.

Sie mussten ihre Ausweise vorzeigen und wurden dann von der zweiten Person durch den Zaun gewinkt. Grant warf einen Blick durch die Rückscheibe, während sich die Schranke wieder hinter ihnen schloss.

Die Umgebung begann sich rasch zu verändern. Nach wenigen Metern hüllte sie Tannenwald ein und die Scheinwerfer des Autos schraubten sich in das Dämmerdunkel.

Hier und da sah Grant die Wurzeln von umgestürzten Bäumen und das saftige Grün von Farnen, die den Waldboden bedeckten.

Der Wald wirkte beinahe urzeitlich.

Er versuchte durch die Baumreihen einen Blick auf das Gelände dahinter zu erhaschen. Wenn er sich richtig an die Lage erinnerte, mussten bald die ersten Labors auftauchen.

Paulson brabbelte auf dem Fahrersitz ein paar unverständliche Worte vor sich hin und nahm die nächste Kurve mit hohem Tempo. Die Straße führte nun in Kurven bergan.

»Vermutlich haben wir uns schon verfahren«, knurrte er, aber plötzlich konnte Grant die ersten Gebäude durch die Phalanx von Tannen ausmachen.

Als sie den Wald hinter sich ließen und auf freies Gelände einbogen, wurde die Steigung des Terrains flacher. Paulson drosselte die Geschwindigkeit.

»Das ist ja nicht zu fassen«, sagte er, »das sieht aus wie braune Schuhkartons.«

Er hatte recht. Die großen Bauten schienen allesamt den gleichen Grundriss aufzuweisen und sahen aus wie langgezogene Bauklötze. Grant beschlich ein seltsames Gefühl.

Die Gebilde wirkten wie Fremdkörper im Grün.

Paulson parkte den BMW auf einem schmalen Schotterband vor einem der Gebäude. Als Grant ausstieg, spürte er sofort den Nieselregen, der noch immer in der Luft lag.

Er ließ seinen Blick in Richtung See wandern. Das matte Grau der Wasseroberfläche war nur schwer vom Dunkel des Himmels zu unterscheiden.

Ob man die Anlage vom Seeufer überhaupt sehen konnte? Grant drehte sich um. Das Gelände vor ihm war weitläufig und fiel im hinteren Teil immer weiter zu einer Senke hin ab. Schmale Schotter- und Pflasterwege verbanden die einzelnen Gebäudeabschnitte und Grant konnte ein paar vereinzelte Teerstraßen ausmachen, die im hinteren Teil der Anlage wieder im Dunkel des Waldes verschwanden.

Misstrauisch kratzte er sich an der Stirn. Es waren kaum Personen zu sehen. Noch nicht einmal Fahrzeuge waren vorhanden und alle Fenster an den Gebäudewänden waren verspiegelt, sodass es unmöglich war zu sehen, was sich dahinter abspielte. Außerdem erkannte Grant an mehreren Stellen Kameras, die an den Außenwänden oder an Masten angebracht waren. Unweigerlich stieg ein Gefühl der Beklemmung in ihm auf.

Hinter sich vernahm er Brenslins raue Stimme

»Lasst uns keine Zeit verlieren.«

Sie betraten das Gebäude und wurden von einer Rezeptionistin empfangen, die sie weiter durch ein paar gewundene Gänge und zwei Stockwerke nach oben führte. Vor einem Büro mit schweren Kirschholztüren hielt sie an und bedeutete ihnen zu warten, während sie selbst im Inneren verschwand.

Paulson grunzte.

»Habe ich es nicht gesagt? Was für ein Affentheater.«

Nach einigen Sekunden erschien die Frau wieder in Begleitung eines großen Mannes mit Hakennase, Brille und straff nach hinten gekämmten, stahlgrauen Haaren.

Grant musterte den Mann. Der Kerl trug einen blütenweißen Anzug und ebenso weiße Lederschuhe. Das Einzige, was ein wenig herausstach, war eine bunt gemusterte Krawatte.

Beinahe sofort knipste der Mann ein einstudiert wirkendes Lächeln an und streckte ihnen die Hand entgegen.

»James Talbot Jr.«, sagte er in säuselndem Tonfall und entblößte dabei zwei von perfekter Orthodontie zeugende Zahnreihen.

Aus den Augenwinkeln sah Grant, dass Paulson das Gesicht verzog.
»Ich bin der CEO dieser Entwicklungsabteilung.«

Paulson machte noch immer ein verdrießliches Gesicht. Für einen Sekundenbruchteil herrschte Schweigen.

»Es ist gut, dass Sie jetzt da sind.« Er nickte kaum merklich und fügte dann an: »Folgen Sie mir bitte.«

Grant beobachtete, wie der Mann ohne ein weiteres Wort strammen Schrittes den Gang hinunter marschierte. Er wechselte einen kurzen Blick mit Paulson. Eine eigenartige Begrüßung.

Er war offenbar nicht der Einzige, der sich eher wie ein Geschäftspartner auf einem Businessmeeting als bei einer polizeilichen Ermittlung vorkam. Insgeheim fragte er sich, ob der Mann sie überhaupt ernst nahm.

Gemeinsam mit den anderen trottete er dem Kerl hinterher, der sie über mehrere Etagen wieder nach unten führte. Als sie durch eine Stahltür im Untergeschoss auf einen Gang hinaustraten, meinte Grant beinahe, sich in einer Art Comic zu befinden. Sämtliche Lampen an der Decke verströmten ein flimmerndes Licht.

»Was ist das für eine Beleuchtung?«, wollte Brenslin wissen.

»Das, was Sie hier sehen sind Energieeffizienslampen der neuesten Generation. Unsere eigene Erfindung.«

Talbot deutete stolz umher.

»Mehr als doppelt so effizient wie vergleichbare Produkte auf dem Markt.«

Sie gingen weiter und bogen zwei Mal rechts ab, ehe Talbot mit seiner Chipkarte eine weitere große Tür öffnete und sie in den Raum dahinter führte.

»Da wären wir«, sagte er.

Sie waren in einer fensterlosen Kammer angekommen, in der eine große blinkende Maschine herumstand.

»Wo sind wir hier?«, fragte Brenslin.

»Das ist der Interpolatorraum.«

»Der was?«

»Der Interpolatorraum«, wiederholte Talbot nur, ohne sich jedoch dazu bemüßigt zu sehen, ihnen mehr zu erklären. Stattdessen fuhr er fort:

»Direkt vor dieser Tür gibt es keine Kameras, aber die Frau, die verschwunden ist, war auf dem Weg hierher. Etwas anderes gibt es hier unten nicht.« Er überlegte kurz.

»Außer vielleicht ein paar Wirtschaftsräume. Die Klimaanlage ist ein paar Räume weiter, aber die dürfte für Sie wohl kaum von Belang sein.«

Er zeigte auf die Maschine.

»Kurz vor diesem Raum taucht sie das letzte Mal auf den Überwachungsbändern auf. Wir haben das mehrfach überprüft.«

Paulson trat einen Schritt vor.

»Wie ist der Name der verschwundenen Person. Am Telefon war nur von einer Wissenschaftlerin die Rede.« Talbot konsultierte seine Armbanduhr.

»Sarah Feiner. Eine unserer Mitarbeiterinnen aus der Produktentwicklung. Sie ist seit drei Tagen unentschuldigt nicht zur Arbeit erschienen.« Er verzog das Gesicht.

»Wir haben über sämtliche Wege versucht mit ihr Kontakt aufzunehmen. Nichts. Ich habe außerdem die Kameras der Außengelände überprüft und dabei festgestellt«, er deutete mit einer Handbewegung an, dass sie den Raum wieder verlassen sollten, »dass sich ihr Auto auf unserem Firmenparkplatz seit vorgestern um keinen Zentimeter bewegt hat. Irgendetwas stimmt da nicht und deswegen haben wir Sie angerufen. Auch ihre Handtasche haben wir unberührt an ihrem Arbeitsplatz gefunden. Wir machen uns hier alle ziemliche Sorgen.«

Er sah betrübt drein.

»Eine Sache ist allerdings ziemlich merkwürdig. Sie wurde auf keiner weiteren Kamera mehr erfasst, nachdem sie sich auf den Weg zu diesem Raum gemacht hat. Ich weiß nicht, wie ich es anders ausdrücken soll, aber es scheint fast so«, er suchte zerknirscht nach den richtigen Worten. Die Muskeln seines Unterkiefers malten. »Es ist fast so, als habe sie sich in Luft aufgelöst.«

»In Luft aufgelöst?«, fragte Paulson.

»Oder jemand hat unsere Aufnahmen manipuliert. Allerdings ist das ziemlich unwahrscheinlich. Zur Sicherheit haben wir mit ein paar Männern einige der Räume auf der Subebene abgesucht.« Er zuckte mit den Achseln. »Aber ohne Erfolg.«

Brenslin räusperte sich. »Was sind das für Räume auf der Subebene?«

»Hauptsächlich Lagerräume oder Räume der Gebäudetechnik.«

»Ich würde mir gerne das Auto der Frau ansehen«, mischte sich Grant wieder in das Gespräch ein.

»Wenn ich Sie richtig verstanden habe, dann steht es immer noch hier irgendwo herum.«

Talbot nickte.

»Ja, auf dem Parkplatz hinter Abschnitt B. Ich bringe Sie hin.«

Sie verließen den Raum wieder und Talbot führte sie über verschlungene Geheimwege aus dem Gebäude. Sie umrundeten ein weiteres und fanden sich dann auf dem Parkplatz wieder.

»Dort hinten«, sagte der CEO und deutete auf einen kleinen weißen Toyota am hinteren Ende der betonierten Fläche.

Grant registrierte die Umgebung. Etliche andere Fahrzeuge parkten in unmittelbarer Gebäudenähe.

Viele der Flächen waren jedoch noch frei. Er fragte sich, ob es etwas zu bedeuten hatte, dass das Auto der Frau an der hintersten Ecke des Parkplatzes abgestellt war.

Sie spähten in das Fahrzeuginnere. Einen Charakterzug, den der Wagen bereits über seine Besitzerin verriet, war eindeutig. Sarah Feiner war nicht die ordentlichste Person.

Zahllose CDs und Bücher waren auf den Sitzen des Toyota verteilt. Es war ein heilloses Durcheinander.

Grant sah wissenschaftliche Sachbücher, abgewechselt mit Kriminalromanen und sogar einigen Comics. Eine eindeutige Präferenz schien die Frau nicht zu haben.

Des Weiteren waren die Fußräume und Ablagen ziemlich verschmutzt. Überall konnte man getrockneten Matsch und Krümel verschiedenster Herkunft sehen. Auch Lack und Scheiben waren alles andere als sauber.

»Ein eindeutiges Bild«, bemerkte auch Brenslin neben ihm. Sie machten sich ein paar Notizen und stellten Talbot noch ein paar allgemeine

Fragen. Der CEO gab bereitwillig, wenn auch etwas knapp Antworten, bis Paulson fragte:

»Was ist das eigentlich für eine Anlage? Was produzierten Sie hier oder woran forschen Sie?«

Der Mann presste die Lippen aufeinander. Dann sagte er: »Es tut mir leid, aber darüber darf ich nicht sprechen.«

Paulson sah ihn überrascht an.

»Wie meinen Sie das?«

»Geheimhaltungsklausel, müssen wir alle unterschreiben. Sogar ich. Das Einzige, was ich Ihnen erzählen kann ist, dass wir für die Industrie und die unterschiedlichsten Privatfirmen auf individuelle Bedürfnisse abgestimmte Substanzen herstellen. Wir sind also sowohl auf Forschung wie auch auf Produktion spezialisiert. Wenn auch in niedriger Stückzahl.«

»Soso«, machte Paulson. Grant konnte deutlich sehen, dass ihn die Antwort alles andere als zufrieden stellte.

Sie ließen sich von Talbot wieder zu ihrem Wagen bringen.

Der CEO sah ihnen noch lange nach. Selbst als der Wagen in den Tannen außer Sicht geriet stand er noch im Nieselregen. Sein Blick wanderte auf den See hinaus.

Das war schon einmal erledigt.

Mannheim

Der Bach plätscherte dahin und man konnte aus dem Wald den Gesang von Vögeln hören.

In der Luft trieben Schwärme von Mücken und hier und da waren Zitronenfalter auf den Spitzen von roten Wildblumen zu sehen.

Sarah richtete ihren Blick nach oben und konnte weit über den Wipfeln der Bäume die Silhouette eines Bussards ausmachen, der einsam seine Kreise zog. Die Sonne blendete sie und sie musste für einen Moment die Augen schließen, ehe sie wieder hinsehen konnte. Der Tag war wunderbar.

Direkt nach dem Frühstück war sie hierher aufgebrochen und hatte zu ihrem Entzücken bemerkt, dass sie sich einen Tag mit einem strahlend blauen Himmel für ihr Abenteuer ausgesucht hatte. Das satte Kobaltblau über ihr wurde durch keine einzige Wolke getrübt und schon in den Morgenstunden waren die Temperaturen angenehm warm gewesen.

Fröhlich und unbeschwert begann sie ein Lied, das sie aus der Schule kannte, vor sich hin zu pfeifen. Sie war eindeutig auf dem richtigen Weg und heute würde sie es mit Sicherheit so weit den Bach hinunterschaffen, dass sie die ersten Ausläufer des Dorfes schon sehen konnte.

Sie würde weiter kommen als jemals zuvor. Und wer wusste es schon, möglicherweise würden sie ihre Beine sogar bis zur Stadtgrenze tragen.

Dann jedoch überlegte sie. Sie musste auch an den Rückweg denken.

Plötzlich drang ein lautes Scheppern an ihr Ohr, das so gar nicht zu dem sie umgebenden friedlichen Idyll passte. Das Geräusch war unangenehm und dröhnend und hallte schmerzhaft in ihren Ohren wider.

Erschrocken sah sie sich um. Wo war der Laut hergekommen? Suchend ließ sie ihren Blick hinunter zum Bach gleiten. Aber dort war nichts zu sehen.

Plötzlich zuckte sie zusammen. Da war das Geräusch wieder.

Dumpf und dröhnend, wie als schüttle jemand einen überdimensionierten Käfig aus Metall. Sarah versuchte das Geräusch zu lokalisieren. Aber es schien von überall gleichzeitig zu kommen. Wie das Donnern eines nahenden Gewitters erfüllte es die ganze Luft.

Sie sah reflexartig nach oben. Auch hier war nichts zu entdecken. Aber mit einem Mal zögerte sie.

Der Himmel, das tiefe Blau, irgendetwas stimmte damit nicht.

Direkt über ihr war alles unverändert. Aber über den Hügeln, die die westliche Grenze des Tals markierten, war etwas am wolkenlosen Firmament zu erkennen.

Angestrengt kniff sie die Augen zusammen und versuchte, dem dunklen Etwas mehr Kontur zu geben.

Sie konnte etwas sehen, das wie ein riesiges, schwarzes Viereck aussah. Ein Kribbeln durchlief ihren Körper. Das Ding, die Luftspiegelung oder was auch immer es sein mochte, war bis vor ein paar Sekunden noch nicht da gewesen, da war sie sich sicher.

Mit den Händen schirmte sie ihre Augen gegen das Sonnenlicht ab.

Sie sah die Bäume, die sich direkt unter dem merkwürdigen schwarzen Ding befanden. Das Gebilde musste gigantische Ausmaße haben. Was aber merkwürdig war, war die Tatsache, dass es sich überhaupt nicht von der Stelle bewegte.

Wie ein Falke, der mit schnellem Flügelschlag über seiner Beute in der Luft verharrte, schwebte das Ding einfach so in der Luft.

Sarah musste mehrmals blinzeln.

Sie versuchte die Stelle über dem Hügel wieder zu finden, aber irgendwie war das schwarze Gebilde plötzlich verschwunden.

Dort war es. Es hing wieder wie ein Falke in der Luft. Nur dass es ihr diesmal noch schwerer fiel, das Objekt zu fokussieren.

Die Sonne schien immer stärker zu brennen.

Und noch etwas hatte sich verändert. Hatte sich eben über dem Hügelkamm nur ein einziges Rechteck befunden, so meinte Sarah nun zweifellos ein zweites auszumachen, das direkt neben dem ersten ebenso unbeweglich am Himmel verharrte.

Oder waren es sogar drei? Diese Dinger hatten alle die gleiche Form. Es ließ sich unmöglich sagen.

Wieder musste sie blinzelnd und es schien ihr mit einem Mal, als würden die schwarzen Formen direkt vor ihren Augen immer mehr werden. Erst waren es fünf, dann zehn, dann eine regelrechte Fläche.

Fast schien sich vor ihren Augen ein zweiter, schwarzer Himmel zu formen. Langsam sah sie nach unten und folgte mit den Augen den Windungen des Baches stromaufwärts. Sie sollte vielleicht besser zurück.

Sie konnte sich nicht weiter mit etwas aufhalten, dass zweifellos ein Produkt ihrer Fantasie war.

Die Farm ihrer Großmutter lag mehrere Kilometer entfernt an einer Biegung des Baches. Schon jetzt war sie viel zu lange fort. Sie hob wieder den Blick.

Fast der gesamte Himmel war nun von schwarzen Platten verdeckt. Allein die Sonne schien noch durch das gepflasterte Meer hindurch. Langsam bekam sie Angst.

Und dann war wieder das Scheppern zu hören. Dieses Mal noch lauter.

Ein eisiger Lufthauch strich um ihre Beine und dann um ihren gesamten Körper. Es war kalt. Plötzlich war ihr unglaublich kalt und ein stechender Schmerz begann sich in ihren Schläfen auszubreiten. Mit einem Mal. Sie stöhnte auf. Sie presste die Lider fest zusammen. Ein neuerlicher Schmerz hinter ihrer Stirnhöhle ließ sie aufstöhnen und sie warf den Kopf herum.

Dann öffnete sie die Augen wieder.

Sarah Feiner kehrte in die Gegenwart zurück. Und sie spürte plötzlich alles, nahm die Kälte um sich herum wahr und registrierte noch etwas anderes. Sie bewegte sich fort.

Die Reihen von schwarzen Rechtecken, die sie eben noch in ihrem Traum als bedrohliche Erscheinung wahrgenommen hatte, zogen als nackte, schmucklose Backsteinwände an ihr vorüber und die ehemals strahlende Sonne hatte sich in kaltes Licht verströmende, nackte Glühbirnen verwandelt, die in regelmäßigen Abständen von der ebenfalls aus schwarzen Backsteinen bestehenden Decke baumelten.

Die Kälte war noch schneidender und sie fühlte den eisigen Lufthauch auf ihrem Gesicht und den Unterarmen.

Verflucht war das kalt.

Und wo zur Hölle war sie? Noch immer wühlte der Schmerz dumpf hinter ihren Schläfen. Sie keuchte.

Irgendetwas stimmte mit ihr nicht, eindeutig.

Der Schmerz in ihrem Kopf war zwar unangenehm und stechend, erklärte aber nicht, dass ihre Gedanken und Erinnerungen wie von einer dichten Nebelwand verhangen waren. Sie konnte sich an rein gar nichts erinnern.

Übelkeit stieg in ihr auf, während wieder ein lautes Rattern und metallisches Klappern zu hören war und sie heftig durchgeschüttelt wurde.

Wenn sie ihre Augen nicht trogen, so bewegte sie sich auf irgendeinem fahrbaren Untersatz durch eine Art unterirdisches Gewölbe.

Mehr eine Art schmaler Gang oder Tunnel mit feuchten Wänden und fauliger Luft. Sie drehte den Kopf. Immer noch kam sie sich benommen vor.

Ganz so als ob … Angst wallte plötzlich in ihr auf. Hatte man sie vielleicht unter Drogen gesetzt?

Sie versuchte krampfhaft, sich zu konzentrieren. Wieder wurde sie durchgeschüttelt, als ihr Gefährt über eine Unebenheit im Boden holperte.

Das Letzte, woran sie sich erinnern konnte, war, dass sie hinunter in den Interpolatorraum hatte gehen wollen. Aber was war danach passiert?

War es möglich, dass sie …, vielleicht war sie ja gestürzt und hatte sich bei dem Sturz den Kopf verletzt.

Der Sicherheitsdienst musste sie gefunden und ins Krankenhaus gebracht haben.

Wieder grübelte sie nach. Das Krankenhaus. Dann musste das hier das Universitätsklinikum sein. Aber es sah hier ganz und gar nicht wie in einem Krankenhaus aus.

Feuchte Backsteinwände, schummrige Gänge. Nein, das hier erinnerte viel eher an ein Verlies aus dem ausgehenden 18. Jahrhundert.
Ihre Angst wuchs.

Mannheim, Augustaanlage

»Nun hört euch das an«, sagte Paulson und stopfte sich die letzten Bissen des Donuts in den Mund. Während er geräuschvoll darauf herumzukauen begann, fuhr er fort:

»Nach dem Abitur Diplom in amerikanischer Geschichte. Dann drei Jahre bei irgendeinem Institut im Ausland, genauer gesagt in Costa Rica. Darüber, was sie dort gemacht hat, steht hier nichts. Nur, wo sie gewohnt hat.«

Er machte wieder eine Pause um die letzten Bissen zu schlucken und mit Kaffee hinunterzuspülen.

»Eine Stadt namens San Jose«, er kratzte sich geräuschvoll am Kinn. Dann widmete er sich wieder der Akte aus braunem Papier, die sie von dem CEO erhalten hatten.

»Noch nie etwas davon gehört. Muss irgendsoein gottverlassenes Nest sein.«

»Es ist die Hauptstadt«, murmelte Brenslin abfällig wie als wäre das ein Wissen, über das jeder einigermaßen normale Mensch automatisch verfügen müsste. Er nippte ebenfalls an seinem Kaffee.

»Was hast du gesagt?«, wollte Paulson mit krächzender Stimme wissen.

»Es ist die Hauptstadt«, wiederholte Brenslin etwas lauter aber Paulson schien schon wieder das Interesse verloren zu haben.

»Jaja, meinetwegen«, sagte er gleichgültig und schlug dann die nächste Seite des Dossiers auf.

Grant bemerkte, wie Brenslin seufzend die Augen verdrehte.

Dann sah er sich nach der Kellnerin um.

Das Diner, in dem sie sich befanden, war klein, aber gemütlich. Die Wände bestanden zum größten Teil aus dicken Holzplanken und die niedrige Decke und der warme Duft nach Essen sorgten für eine anheimelnde Atmosphäre.

»2009 dann Rückkehr nach Deutschland«, fuhr Paulson fort. »Wohl erst ein paar Monate in Cuxhaven, dann ein halbes Jahr in München. Tätigkeiten genauso wie die Wohnorte ziemlich unstet, mal dieser, mal jener Job.«

Er räusperte sich.

»Als nächstes Studium der Biologie. Abschluss mit Auszeichnung«, er pfiff leise durch die Zähne.

»Eine echte Tausendsasserin, oder? Was wollte die denn mal werden, wenn sie erwachsen ist?« Er nahm einen weiteren Schluck.

»Sie hat schließlich einen Job in einer Biotechnologiefirma hier in Mannheim bekommen. Für zwei Jahre, währenddessen Erlangung des Doktorgrades. Ich erspare euch den Titel der Dissertation. Das versteht ohnehin kein Mensch.« Er warf einen belustigten Blick in die Runde.

»Naja jedenfalls nach der Erlangung des Doktorgrades wurde sie von unserem Freund Talbot wohl abgeworben, oder wie auch immer das in diesen Geschäftsbereichen läuft, und arbeitet dort nun seit vier Jahren in der Produktentwicklung.«

Er blätterte weiter.

»Ansonsten steht hier nicht viel. Adresse und Kontaktdaten. Einige Daten zu den Eltern und zum Familienstand. Ledig, keine Kinder, nicht jetzt oder zuvor verheiratet, keine Geschwister oder sonstige Verwandte. Nur ein Onkel, der allerdings im Ausland lebt, Italien, Genua, steht hier.«

Er verlagerte seine Sitzposition.

»Die Eltern sind beide bereits gestorben. Robert Forrester und Mia Feiner. Sie ist dann bei ihren Großeltern aufgewachsen.«

Er blätterte weiter.

»Daneben gibt es hier nur etliche Abschlusszeugnisse und Versicherungskram. Nichts Interessantes und natürlich das hier.«

Er zupfte ein kleines, viereckiges Blatt von einer Ecke der ersten Seite und zeigte es herum. Grant betrachtete das Foto.

Es zeigte eine junge, attraktive Frau. Hellblaue Augen und dunkelblonde Haare, die auf dem Foto in leichten Wellen auf ihre Schultern herabfielen. Hohe Wangenknochen und ein Hautton, der von häufigen Aufenthalten in der Sonne zeugte. Ohne Zweifel, Sarah Feiner war hübsch anzusehen.

Paulson heftete das Foto wieder an die Akte.

»Soweit, so gut«, sagte er und legte sie neben sich auf den Tisch.

Grant betrachtete gedankenverloren den Stapel Papiere. Dieses Dossier war wenigstens ein Anfang, nachdem sie im unteren Keller und an dem Wagen der jungen Frau nichts Auffälliges hatten finden können.

Sie würden trotz allem, was Talbot ihnen erzählt hatte, zunächst einmal die Adresse der Vermissten aufsuchen. Möglicherweise klärte sich ja alles auf recht banale Weise auf. Jeder Ermittler konnte zahllose Geschichten über derartige Fälle erzählen. Wie zur Bestätigung seiner Gedanken hob Brenslin die Hand, um die Kellnerin an ihren Tisch zu winken.

»Wir müssen los«, sagte er.

Eine Wiederholung von Paulsons Satz am frühen Morgen.

Mannheim

Es war nun nicht mehr die Kälte, die sie frösteln ließ.

Sie schloss die Augen und zwang sich zur Ruhe. So gut es jedenfalls ging.

Noch immer pochte der Schmerz wild in ihrem Kopf, aber sie nahm das Gefühl nur noch am Rande ihres Bewusstseins war.

Sie verlagerte ihre Position zur Seite. Dann versuchte sie den Kopf so weit wie möglich nach hinten zu verdrehen. Sie musste wissen, was sich dort abspielte.

Irgendjemand musste schließlich hier unten sein und ihr merkwürdiges Gefährt auf irgendeine Weise antreiben.

Schmerz durchzuckte sie wie ein elektrischer Stromstoß. Mit einem leisen Stöhnen sank Sarah wieder in ihre liegende Position zurück. Für kurze Zeit begannen die Bilder der nackten Backsteindecke über ihr zu verschwimmen.

Dann jedoch ebbte das Gefühl wieder ab.

Sie atmete in abgehackten Zügen und versuchte durch ein anspannen ihrer einzelnen Muskeln wieder ein wenig mehr Leben in ihren Körper zu bekommen.

Mittlerweile hatte sie keine Zweifel mehr. Jemand musste ihr ein starkes Beruhigungsmittel verabreicht haben. Ihre Beine und Teile ihrer Arme und Finger fühlten sich an, als wären sie mit Watte gefüllt und würden nicht zu ihrem Körper gehören.

Eine weitere Welle der Panik drohte sie zu überrollen. Sie versuchte, sich auf jeden einzelnen Atemzug zu konzentrieren, bis ihr Herzschlag sich wieder verlangsamte.

Sie musste es noch einmal probieren.

Sie verlagerte ihren Körper wieder.

Die Schmerzen kehrten zurück, waren aber eindeutig schwächer als beim ersten Mal.

Ein Gefühl des Erfolgs stieg in ihr auf. Sie wurde kräftiger. Ihr Körper erholte sich langsam und sie war dabei, neue Energie zu sammeln. Die nächste Glühbirne kam in Sicht.

Sie musste den richtigen Moment abwarten. Im Geist zählte sie die Sekunden. Noch zwei, noch eine …

Sie drehte den Kopf noch weiter.

Das Licht der Glühbirne war ausreichend, um etwas zu sehen.

Im nächsten Moment hallte ein gellender Schrei durch die düsteren unterirdischen Katakomben.

Zwei dunkle, fast schwarze Augen blickten starr auf sie herunter. Sarah musste den Blick abwenden.

Instinktiv zuckte sie zurück und versuchte sich aufzurichten. Aber irgendetwas riss schmerzhaft an ihren Handgelenken und warf sie zurück. Ein klirrendes Geräusch war zu hören.

Sarah begutachtete die Stelle an ihrem Arm. Erst jetzt bemerkte sie, dass ihre Handgelenke auf beiden Seiten in zwei Metallbügeln steckten. Mit einer Kette waren sie am Gestell ihres fahrenden Untersatzes befestigt.

Verrückt vor Angst versuchte sie erneut, sich aufzurichten. Wieder war ein bedrohliches Rasseln zu hören.

Ein weiterer Schrei gellte durch das unterirdische Gewölbe.

Mannheim, Kantstraße

»Dort vorne, das muss es sein«, sagte Brenslin.

Paulson gab ein zustimmendes Brummen von sich. Er parkte den BMW hinter einem dunkelblauen Lieferwagen am Straßenrand.

Mittlerweile hatte es aufgehört zu regnen. Das kleine, verwinkelte Haus mit grauem Giebeldach und einer weiß gestrichenen Veranda lag im Nebel des verdunstenden Wassers still da.

Sie stiegen aus und betraten den Weg zur Vordertür. Grant sah rechts und links einen Steingarten mit vereinzelten Blumen.

Weiter hinten konnte man jenseits eines Lattenzauns das Nachbarhaus erkennen, das einen beinahe identischen Grundriss hatte.

Er blickte die Straße hinab. Das Haus von Sarah Feiner befand sich in einer angenehmen Wohngegend. Alles um ihn herum wirkte entspannt. Gepflegte Häuser wechselten sich mit grünen Bäumen und ausgedehnten Gärten ab. Einige wenige Passanten waren auf den Gehsteigen unterwegs.

»Wahrscheinlich hat das Mädchen einen Riesenkater und liegt mit Aspirin zugedröhnt einfach noch im Bett«, sagte Paulson.

Er betätigte die Türklingel, was ein blechernes Läuten in den Ecken und Fluchten des Hauses zur Folge hatte. Sie warteten.

Aber aus dem Haus waren keine Geräusche zu hören. Kein verstohlenes Trippeln. Kein Schlagen von Türen.

»Meinst du wirklich?«, fragte Brenslin. »Ein dreitägiger Kater kommt mir ziemlich lang vor.«

»Kommt darauf an, mit was du dich zudröhnst.«

Paulson betätigte die Klingel erneut. Wieder warteten sie, aber wieder taten sie es vergebens. Brenslin grunzte missmutig.

»Fehlanzeige«, murmelte er.

»Frau Feiner, hier ist die Polizei, machen Sie auf«, rief Paulson und klopfte mit kräftigen Faustschlägen. »Wir ...« Er hielt inne. Die dünne Tür aus Pressspan schwang leise in gut geölten Angeln auf und gab einen dunklen Flur frei.

Paulson starrte verdutzt zuerst Grant, dann Brenslin an. Anschließend warf er wieder einen Blick in das Haus. Von dem Gang zweigten in regelmäßigen Abständen Rundbogentüren in Nebenräume ab.

Er grinste.

»Aha. So einfach kann es manchmal gehen.« Er zuckte die Achseln. »Na dann wollen wir mal.« Mit einem Satz trat er über die Schwelle hinweg und die Dielenbretter knarrten unter seinem Gewicht. Brenslin fluchte.

»Hey, was zur Hölle soll das?«, zischte er in Paulsons Richtung.

»Ganz ruhig«, antwortete der.

Dann rief er wieder in das Dunkel hinein. »Frau Feiner, sind Sie da?«

Paulson ging tiefer in das Haus hinein, was von einem neuerlichen Knarzen der Dielenbretter begleitet wurde.

Grant tauschte kurz einen Blick mit Brenslin. Dann betrat er ebenfalls mit einem großen Schritt das Gebäude. Ein paar Meter vor ihm bewegte sich Paulson bereits die Stufen in den ersten Stock hinauf.

Grant spähte in sämtliche Richtungen und entschied sich dann für einen Durchgang, der, so schien es, in eine Art Esszimmer führte. An den Wänden standen Zimmerpflanzen und in einer der Ecken ein alter, mit den Jahren speckig gewordener Ledersessel. Er zögerte.

Die Einrichtung passte mehr zu einem konservativen Kosmopoliten als zu einer jungen Frau.

Sie war zwar zweifellos geschmackvoll. So viel war sicher. Verströmte aber eher den Hauch eines Gentlemans-Clubs in einem Londoner Vorort.

Unversehens verspürte Grant das Bedürfnis, sich in dem Sessel niederzulassen, eine Zigarre anzustecken und sich einen Cognac einzuschenken.

Lediglich der offene Kamin fehlte, um das prototypische Arrangement perfekt zu machen.

Links von ihm waren etliche Bilder aufgehängt. Er trat einen Schritt näher.

Auf den meisten waren mehrere Personen zu sehen. Dazwischen vereinzelte Porträts. Aufgesetzt und künstlich in ihrer Haltung und Gestik.

Auf den meisten konnte er irgendwo das Gesicht der Biologin ausmachen.

Viele Aufnahmen, die das normale Leben einer jungen Frau in den Dreißigern kennzeichneten.

Sarah Feiner beim Wandern in den Bergen, auf einer offiziellen Veranstaltung im Abendkleid, auf einer Party mit Freunden.

Brenslin kam durch einen Durchgang ins Zimmer.

»Und?«

Grant antwortete nicht. Was gab es schon zu berichten? Von oben hörte er, dass Paulson die Treppe wieder hinunter kam. Leise konnte man sich in diesem Haus offensichtlich nicht bewegen. Sie gingen wieder nach draußen auf die Veranda.

»Absoluter Reinfall«, sagte Paulson, während er sich in der Morgenluft streckte. »Alles aufgeräumt und sauber. Keine umgestoßenen Lampen, keine durchwühlten Sachen. Ohne Zweifel nichts Verdächtiges, zumindest oberflächlich.«

Grant nahm die Umgebung in sich auf.

Die Reihen von Häusern glichen einer Phalanx mit Zwischenräumen. Er fragte sich, ob …

Einem Impuls folgend verließ er die Veranda und lief um das Haus herum.

In dem Garten hinter dem Gebäude marschierte er mit ausholenden Schritten durch das nasse Gras, das ein wenig verwildert wirkte.

Die Halme standen dicht, waren höher als der kurze Einheitsschnitt der Nachbargrundstücke. Hier und dort standen Gartenmöbel herum und eine kleine Holztreppe führte hinauf zum Hintereingang des Hauses.

Grant ging weiter. Das Gelände war von allen Seiten durch einen etwa

1,50m hohen Zaun begrenzt. Am Ende standen einige Bäume eng beieinander. Darunter herrschte fahles Zwielicht.

Er schlängelte sich zwischen zwei Büschen hindurch und erreichte die Ausläufer der Zweige.

Sofort wurde es um ihn herum dunkler. Er marschierte weiter und duckte sich unter ein paar Ästen hindurch. Dann blieb er stehen.

Ein wenig außer Atem nahm er den Duft nach Tannennadeln mit einem tiefen Atemzug in sich auf. Anschließend lauschte er.

An diesem Punkt war keines der beiden Autos zu hören, die er in diesem Moment auf der Straße vor dem Haus vorbeifahren sah.

Es war genau das Bild, das er erwartet hatte.

Mehrere Hinterhöfe und Gärten breiteten sich vor ihm aus. Er konnte drei weitere Grundstücke von seiner Position aus einsehen. Es war ein optimaler Platz.

In zwei der Häuser brannte Licht und man konnte wie in einem Aquarium die Leute im Inneren beobachten. Das Haus von Sarah Feiner lag an diesem Punkt genau vor ihm. Abweisend und ein wenig makaber. Aber durch die hinteren Panoramafenster musste man bei eingeschaltetem Licht einen hervorragenden Blick ins Innere haben.

Instinktiv suchte Grant den Boden ab, hielt Ausschau nach platt getrampelten Stellen und ausgetretenen Zigarettenresten.

Er ging ein paar Meter in alle Richtungen, aber es war nichts Verdächtiges zu entdecken.

Durch die Zweige registrierte er, dass mittlerweile Paulson und Brenslin um das Haus herum und auf ihn zukamen.

Er trat wieder aus den Schatten heraus.

Mannheim, Neckarau

»Vergessen Sie es einfach, wir werden es so machen, wie ich es vorgebe«, sagte er wütend und knallte den Telefonhörer so heftig zurück auf die Gabel, dass ein Plastikteil absprang und rotierend auf dem Schreibtisch liegen blieb.

Er hob den Kopf und registrierte das Wetter vor dem großen Fenster seines Büros.

Dann stand er auf und begann unstet auf und ab zu gehen. Die riesigen Ölgemälde an der Stirnseite des Raumes vermochten dieses Mal nicht ihn zu beruhigen, wie sie es schon oft getan hatten. Nein, dieses Mal nicht.

Die Lage war dieses Mal anders. Wie ließ es sich am besten ausdrücken? Komplizierter. Ja, das war das Wort, nach dem er suchte. Er fuhr sich mit der rechten Hand durch das sorgfältig gekämmte Haar, während er versuchte, seine Gedanken auf das Problem zu fokussieren. Wieder, zum vielleicht hundertsten Mal an diesem Tag, sah er auf die Standuhr nebem dem bunten Wandteppich.

Nur wenige Stunden, seit die drei Polizisten das Grundstück wieder verlassen hatten. Dennoch war ihm die Zeit unglaublich lang erschienen. Mit versonnenem Blick griff er in die Tasche seines Anzugsjacketts, in dem ein kleiner Gegenstand leise durch die Berührung zu klimpern begann. Dann wandte er sich um und drückte die Sprechtaste seines Telefons. Beinahe sofort meldete sich eine angenehme Frauenstimme.

»Ja, Sir?«

Es entstand eine Pause. Talbot dachte einen Augenblick lang nach, dann sagte er:

»Bitte sagen Sie es mir noch einmal.«

Die Frauenstimme klang besorgt, als sie wieder sprach: »Ist alles in Ordnung mit Ihnen, Sir?«

»Ja«, antwortete er barsch. Er erschrak beinahe selbst über den Tonfall seiner Stimme, »wieso denn nicht?«

Die Frau am anderen Ende sagte verdutzt erst einmal gar nichts. Dann fuhr sie schließlich mit leiserer Stimme fort:

»Er hat sich noch nicht bei mir gemeldet und auf Anrufe reagiert er bis jetzt auch nicht. Aber ich versuche es weiter.« Talbot ballte die Hand zur Faust.

»Na schön, danke.«

»Sie denken noch an 11 Uhr, oder?«, fragte die Frau zaghaft weiter. Seine Reaktion hatte sie vorsichtig gemacht.

»Ja.«

Dann beendete er das Gespräch. Das Büro versank wieder in Stille. Nur das Ticken der Standuhr war zu hören. Tick-tack. Ein unheilvoller Rhythmus. Die Zeit lief ihm davon.

Er zog die Augenbrauen zusammen und starrte auf das gemaserte Braun seines Mahagoni-Schreibtisches. Aber was konnte er dagegen tun?

Vielleicht war es das Beste, wenn er die Dinge selbst in die Hand nahm.

Noch einen Sekundenbruchteil starrte er unentschlossen vor sich hin. Dann schlug er leise, wie ein imaginäres Startsignal, mit der flachen Hand auf das teure Holz.

Es dauerte nur eine Minute, den dicken Daunenparka aus dem Schrank neben der Tür zu kramen.

Nachdem er ihn angelegt hatte, überprüfte er noch einmal die Uhrzeit. Dann verließ er das Büro.

Er ging ein paar Gänge entlang bis er zu einer Glastür kam, die auf eine Feuertreppe hinausführte. Er betätigte den Öffnungsmechanismus. Dann stieg er auf den klappernden Stufen nach unten.

Die letzten nahm er in einem Sprung und lief dann geduckt an der Flanke des Gebäudes entlang.

Nachdem er es umrundet hatte, entfernte er sich etwas von dem Bauwerk.
Er hielt schließlich ganz an und kramte in einer der Taschen des Parkas herum, bis er einen Schlüssel zu Tage förderte, der in seiner Form etwas an ein zugespitztes Dreieck erinnerte.

Anschließend bog er in einem 90-Grad-Winkel vom Gebäude ab und steuerte auf einen braunen Betonklotz von ungefähr fünf Metern Durchmesser zu.

Das Ding sah aus wie ein überdimensionierter Verteilerkasten im grünen Gras.

Er sah sich im Laufen nach allen Seiten um, aber es war niemand zu sehen. Gut so, das Letzte, was er gebrauchen konnte, waren neugierig Zaungäste.

Bei dem Klotz angekommen, steckte er den Schlüssel in eine Vertiefung in der Mauer.

Das Tor fuhr elektronisch in seinen Angeln zurück.

Ein dunkler Hohlraum öffnete sich vor ihm.

In der Mitte vor ihm stand, mit einem Tuch verhüllt ein großer Gegenstand. Er grunzte zufrieden. Dann verschwand er in dem Betonwürfel.

Kurze Zeit später war das Aufheulen eines starken Motors zu hören und das 4-rädrige ATV rumpelte unter ohrenbetäubendem Krach aus der Garage.

Talbot krallte sich mit beiden Händen am Lenker fest und versuchte so schnell wie möglich möglichst viel Strecke zwischen sich und die Laborgebäude zu legen.

Gischt spritze hinter ihm in hohen Wolken auf, aber auf dem Fahrersitz konnte man vergleichsweise trocken und bequem sitzen. Sorgenvoll warf er einen Blick auf den weißen Anzugstoff seiner Hose und die weißen Wildlederschuhe.

Bloß gut, dass er im Büro einen Anzug zum Wechseln aufbewahrte.

Der Waldrand kam rasch näher und nach einem letzten Blick auf die Anlage verschwand das ATV unter den Tannen.

Das Dröhnen des Motors hörte sich unter dem schützenden Nadeldach noch eine Spur lauter an.

Die Straße vollführte einen scharfen Knick und Talbot nahm die Kurve mit fast unvermindertem Tempo.

Er spürte in seinem Sitz, wie sich einer der Hinterreifen vom Boden löste, dann aber wieder in seine ursprüngliche Lage zurückkippte. Erschrocken regelte er das Gas ein wenig herunter. Er durfte kein Risiko eingehen.

Die Straße wurde kurz darauf flacher und ging in eine Gerade über, die parallel zu den obersten Gebäuden den Hang entlangführte. Er konnte sie durch die dichte Nadelwand kaum ausmachen.

Dann zischten einige Sträucher und Farne an ihm vorbei und versperrten ihm die Sicht.

Zufrieden richtete er den Blick wieder nach vorne. Niemand würde ihn hier sehen, geschweige denn vermuten.

Die Straße gehörte zwar zu den Wirtschaftswegen auf dem Gelände, war aber im Grunde für einen anderen Zweck angelegt worden.

Wieder zog eine Reihe niedriger Büsche an ihm vorbei, während sich auf der linken Seite eine Lichtung abzeichnete.

Talbot suchte konzentriert den Boden dort ab.

Dann verharrten seine Augen auf einem kruden Hügel aufgetürmter, mit Farnen bewachsener Erde, der sich am hinteren Rand der Lichtung erhob. Sofort drosselte er den Motor.

50 Meter vor der Lichtung ließ er das ATV vollständig ausrollen und steuerte es vom Weg hinunter in den Schatten zweier Wacholderbüsche.

Er schaltete den Motor aus und ging zurück zum Weg.

Ein paar Vögel steuerten in wellenförmigen Bewegungen geschickt zwischen den Ästen hindurch.

Vorsichtig folgte er dem Pfad zur Lichtung, ehe er an die Stelle kam, die er zuvor angepeilt hatte. Mit einer raschen Bewegung schlängelte er sich zwischen Farnbüscheln hindurch zu dem Erdhügel.

Dort angekommen raffte er Äste und Zweige zur Seite und betätigte anschließend einige Knöpfe auf einem dahinter zum Vorschein kommenden Tastenfeld.

Beinahe sofort begann sich ein Spalt in der Wand aus Lehm abzuzeichnen. Die braun gestrichene, mit grobem Verputz gesprenkelte Eisentür ließ sich mühelos bewegen und Talbot schlüpfte hindurch.

Dahinter roch es muffig und nach feuchter Erde. Der Laufsteg, auf dem er stand, machte bei jeder Bewegung metallische Geräusche und von unten sah Talbot durch die Gitterstäbe der Wendeltreppe Licht nach oben schimmern.

Über ihm an der Wand liefen einige Rohre und Ventile entlang, von denen mindestens eines undicht sein musste. Ganz deutlich konnte er irgendwo das Geräusch tropfenden Wassers hören.

Vielleicht auch Regenwasser, das von irgendwoher durch einen Riss im Mauerwerk eindrang.

Er zog den Parka enger um seine Schultern und begann die Wendeltreppe nach unten zu steigen.

Womöglich war es ein Fehler, dass er damals nicht auf die Einbauten eines Heizsystems gedrängt hatte.

Leider ließ sich dieser Fehler aber nun nicht mehr korrigieren. Es war nicht seine Schuld, dass er ... Plötzlich hielt er in der Bewegung inne. Neben dem stetigen Klappern hatte sich noch ein anderes Geräusch zu dem tröpfelnden Wasser gesellt.

Talbot zögerte, blieb ein paar Sekunden auf derselben Stufe stehen und verharrte. Dann setzt er seinen Weg fort. Am Fuße der Treppe angelangt, bog er links ab und durchquerte einen weiß gekachelten Gang, der am Ende durch eine ebenfalls weiße Tür führte.

Die Beleuchtung bestand aus blauen Neonröhren, die sich über einigen Tischen mit allerlei Apparaturen dahinzogen und wie ein schäbiger blauer Sonnenuntergang über einem weißen Horizont aussahen.

Nur im hinteren Teil des Raumes befand sich etwas anderes. Talbot fuhr sich nervös mit der Zunge über die Lippen. Dann räusperte er sich kaum hörbar.

Es herrschte fast absolute Stille. Dann drehte sich die Gestalt am anderen Ende des Raumes zu Talbot um.

Ihr weißer Laborkittel raschelte im Halbdunkel des Gewölbes.

»Ja?«

Mannheim

Sarah schrie so laut sie konnte.

Noch immer ging es stetig durch das unterirdische System aus Gängen und Spalten. Mehrmals war das Phantom zusammen mit ihr abgebogen, hatte irgendwelche Verschläge geöffnet und sie immer weiter über den rauen Boden geschoben.

Immer wieder hatte sie aufs Neue versucht, sich irgendwelche markanten Wegpunkte oder den Verlauf ihrer unterirdischen Odyssee einzuprägen, aber es war ein hoffnungsloses Unterfangen.

Diese geisterhafte Gestalt hinter ihr hatte eindeutig nichts Gutes mit ihr im Sinn. Sie versuchte ihren Herzschlag zu beruhigen und atmete ein paar Mal tief aus und ein.

Sie musste sich ihre Kräfte so lange wie möglich aufsparen. Eine Ahnung, wo sie sich befand, hatte sie nicht. Diese Wände, der modrige Boden und der leichte Geruch nach Exkrementen hinderte sie daran, klar zu denken.

Mit einem abrupten Ruck stoppte plötzlich ihr Gefährt, dieses krankenhausähnliche Bettgestell, und das Phantom öffnete eine weitere Tür, hinter der Sarah nur Schwärze sah. Mit ein paar raschen Bewegungen und einem kräftigen Ruck beförderte die Gestalt sie über die Schwelle und in die Dunkelheit.

Wieder schepperte das fahrbare Bett, aber Sarah meinte nun noch ein anderes Geräusch wahrzunehmen. Eben noch hatte der metallische Widerhall dumpf und hohl geklungen. Nun meinte sie, sich in einem größeren Raum zu befinden. Das Klappern hallte wie ein Echo von den Wänden wider.

Sie sah sich um.

Die kleine Lichtinsel hinter ihr, die den Ausgang des Tunnels anzeigte, wurde rasch kleiner und wirkte wie ein verlorenes Irrlicht in einer pechschwarzen Nacht.

Wie das Feuer eines entfernten Leuchtturms schien es immer kleiner zu werden, bis seine Existenz nur noch eine Ahnung war. Sarah schloss die Augen. Dann öffnete sie sie wieder. Lautlose Weinkrämpfe schüttelten sie.

Plötzlich hielten sie an. Das Phantom hinter ihr brachte das Gestell zum Stehen. Mit geweiteten Augen starrte Sarah in die Finsternis.

Ein leises Schaben war hinter ihr zu hören.

Aber es passierte nichts.

Mit einem Mal meinte sie sogar das Geräusch von sich entfernenden Schritten zu hören. In dem dunklen Raum verstärkten sich alle Laute um ein Vielfaches.

War sie allein? Sie drehte sich und beinahe sofort schienen die Kettenglieder wieder zum Leben zu erwachen.

Das Klirren erfüllte den Raum, aber plötzlich hörte Sarah noch etwas anderes. Sie zuckte zusammen.

Es war ein Geräusch, kaum an der Schwelle zu einem wahrnehmbaren Laut und es drang wie durch den Belag eines Kissens oder einer anderen dämpfenden Vorrichtung zu ihr. Erst hörte es sich an wie ein leises Stöhnen, dann ebbte es zu einem Wimmern ab und ein neuerlicher Laut, der etwas von dem gutturalen Grunzen eines Tieres hatte, erklang direkt hinter ihr.

Scheiße, was war dort?

Mannheim, Binnenhafenstraße

»Sie wissen doch, worum es geht, oder?«, hörte Grant Paulson in das Telefon bellen und kurz darauf die Antwort aus dem Handy.

»Natürlich, das verstehe ich, aber die Situation ist …, na schön, dann soll es so sein.« Wütend warf Paulson das Gerät in die Mittelkonsole und blickte mit finsterer Miene aus dem Fenster, wo Lagerhalle um Lagerhalle an ihnen vorbeizog. Etliche Transportunternehmen und andere Firmen waren hier angesiedelt. Daneben vereinzelt ein paar Wohnhäuser.

Grant ließ seinen Blick eben über eine Gruppe Jugendlicher gleiten, die auf der Treppe einer alten Laderampe herumlungerten, als er die Stimme von Brenslin vernahm.

»Du hättest es doch wissen müssen.« Paulson sah ihn an und Grant verdrehte die Augen.

Jeder wusste, dass es besser war, Paulson mit diesem Thema einfach in Ruhe zu lassen, wenn man sich nicht auf stundenlange Diskussionen einlassen wollte. Er hoffte, dass die Fahrt schnell vorüber gehen würde. Er würde nicht den Fehler machen, sich in die Unterhaltung einzumischen.

»Sie ist es doch, die damit angefangen hat«, hörte er das wütende Gezeter von Paulson, »und nun soll ich diese Sache ganz allein ausbaden? Aber nicht mit mir. Du wirst sehen, das Miststück wird sich noch wundern.«

Ob Brenslin seine Äußerung bereits bereute? Grant war sich ziemlich sicher, dass es so war, aber auf seine Hilfe konnte er nicht zählen. Selbst Schuld. Es war wichtig, dass sich die Einschläge nicht in seine Richtung bewegten. Also zog er zur Sicherheit seine Mütze noch ein wenig tiefer ins

Gesicht und schloss die Augen. Mit schlafenden Menschen konnte man sich schließlich schlecht streiten.

Innerlich grinsend hörte er zu, wie Brenslin in seiner gewohnt barschen Art etwas entgegnete. Er ließ seinen Kopf gegen die Scheibe der hinteren Tür sinken. Er würde es nur noch schlimmer machen.

Er konnte kaum glauben, dass er sich die immer gleichen Diskussionen nun schon seit einigen Wochen anhörte.

20 Minuten später parkten sie den Wagen in der Tiefgarage des Polizeireviers und fuhren mit dem Fahrstuhl nach oben.

Die Fahrt verlief in eisigem Schweigen. Immer wieder sah Grant belustigt zwischen Paulson und Brenslin hin und her. Zumindest konnte man den Tag bislang nicht als langweilig bezeichnen.

Im Büro angekommen, begann er, einige der Dokumente der Personalakte über Sarah Feiner einzuscannen.

Dann öffnete er seinen E-Mail-Account und stellte mit Entsetzen fest, dass sich 33 unbeantwortete E-Mails in seinem Posteingang angesammelt hatten.

Er warf einen missmutigen Blick hinüber zu Paulsons Schreibtisch.

Der winzige Hocker, auf dem er saß, war nicht annährend das, was ein Mann von seiner Größe eigentlich brauchte. Es ähnelte mehr einem Affen, der versuchte auf einer Kokosnuss zu reiten.

Lustlos wandte er sich wieder seinem Bildschirm zu und scrollte die Liste der E-Mails durch. Das meiste war nur bedingt wichtiges Zeug. Einige Anfragen von Kollegen, einige angeforderte Daten.

Bei der vorletzten Mail jedoch stockte er. Was sollte denn das sein? Der Absender war dem System unbekannt. Ein roter Hinweisbalken blinkte auf der rechten Seite der Nachricht. In der Betreffzeile stand nur ein einziger Satz. »Lies mich, Polizei.«

Plötzlich hörte er die Stimme von Paulson.

»Weißt du, was an der ganzen Sache merkwürdig ist?«

»Was?« Grant drehte sich halb zu ihm um. »Was meinst du?«

»Na das mit heute Morgen, die Biologien, der komische Typ, wie hieß er noch gleich? Weißt du, was daran merkwürdig ist?« Grant zuckte die Achseln.

»Keine Ahnung.«

»Absolut rein gar nichts«, sagte Paulson und lehnte sich in seinem Stuhl zurück. »Du wirst es sehen.« Und nach einer kurzen Pause fügte er hinzu. »Das stehen gelassene Auto, die offene Wohnungstür, diesen Mist, den uns dieser feine Pinkel erzählt hat. All das wird sich aufklären. Das Mädchen wird das eine oder andere Gläschen zu viel getrunken haben, darauf wette ich. Dazu passt auch die offene Wohnungstür. Und diese Vollidioten haben wahrscheinlich die Videobänder nicht sorgfältig genug kontrolliert. Wahrscheinlich ist sie einfach mit einem Kollegen nach Hause gefahren.« Und nach einem kurzen Zögern fügte er hinzu:

»Du wirst sehen, dass es so kommen wird. Lass dir das von jemandem sagen, der schon Erfahrung in diesen Dingen hat.« Mit diesen Worten wandte er sich wieder seinem Computer zu und

begann, desinteressiert irgendetwas in die Tastatur zu hacken.

Grant ließ sich Paulsons Worte durch den Kopf gehen. An einem Satz blieb er hängen. Jemand, der Erfahrung in diesen Dingen hat.

Mannheim, Polizeigebäude

»Jemand, der Erfahrung in diesen Dingen hat«, murmelte Grant noch einmal vor sich hin, während er die Anzeigen des Aufzugs studierte, die ihm mitteilten, dass er sich mittlerweile im Untergeschoss befand.

Mit einem dezenten Pling stoppte der Fahrstuhl und die Türen glitten auseinander. Grant runzelte die Stirn und trat dann hinaus auf einen in einem scheußlichen Ockerton gehaltenen Gebäudeabschnitt. Die Neonröhren an der Decke verströmten ein kaltes Licht, das jedoch den Flur nahezu perfekt ausleuchtete.

Mit strammem Schritt marschierte er los. Der Gang war wie eine Art Bogen um den Innenhof des Polizeireviers angeordnet.

Die Umgebung mutete wie eine trostlose Wüste an und abgesehen von seinen eigenen Schritten war nicht der kleinste Laut zu hören.

Im Weitergehen las er die kleinen Plastikschilder neben den Türen. Die rechte Seite des Ganges war in ungefähr zehn solcher Abschnitte unterteilt worden und Grant konnte sehen, dass sich der Rhythmus der Türen auch nach der nächsten Biegung fortsetzte.

Zwei Räume der Gebäudetechnik folgten auf zwei Lagerräume und eine mit einem zusätzlichen Schloss gesicherte Tür, neben der das Schild »Asservatenkammer« zu erkennen war.

Ein weiteres Schild mit irgendeinem Kürzel-Code zog an ihm vorbei, gefolgt von drei weiteren Büros ohne irgendeine Form der Beschriftung. Grant ging zögerlich auch daran vorbei, ehe er vor der nächsten Tür stehen blieb.

Er sah sich noch einmal um. Das musste es sein.

Er klopfte.

Das Pochen war lauter als er erwartete hatte und schien hier unten fast eine altägyptische Grabesruhe zu stören. Eine angenehm tiefe Frauenstimme ertönte aus dem Raum hinter der Tür als Antwort:

»Kommen Sie rein.«

Grant tat es. Die Tür gab den Blick auf ein kleines, rechteckiges Büro frei. An der hinteren Wand konnte Grant zwei schmale Fensterschlitze sehen.

Ansonsten war die Ausstattung karg und spartanisch. Zwei Regale, zwei stählerne Aktenschränke und in der Mitte des Raumes ebenfalls zwei Schreibtische, von denen einer unbesetzt war. Hinter dem zweiten saß, vom Licht der Schreibtischlampe angestrahlt, eine zierliche Frau mit schwarzen Haaren.

Ihre grünen Augen flitzten zwischen ihm und der offenen Tür hin und her.

»Hallo«, sagte er mit kratziger Stimme und musste sich kurz darauf vernehmlich räuspern. Die Luft war trocken.

»Ich bin ...«

»Nathan Grant«, beendete die Frau seinen Satz und lächelte, wobei sie sich halb aus ihrem Stuhl erhob und ihm die Hand hinstreckte. Grant war verblüfft, dann ergriff er sie.

»Ich weiß, wer Sie sind.«

»Sie sind Mia Hernandez nicht wahr?«, antwortete Grant zögerlich und stellte dabei fest, dass die Frau einen überraschend kräftigen Händedruck hatte. Es war angenehm. Ihre Finger fühlten sich kühl und geschmeidig an.

»Was hat mich verraten?«, fragte die Frau mit einem verschmitzten Lächeln.

Grant verstand zuerst nicht, bis er einen kurzen Blick auf den zweiten Schreibtisch warf. Ganz vorne neben dem Computer stand in einen Holzrahmen das Namensschild. Hudong Lin.

»Natürlich, natürlich«, murmelte er leise zu sich.

Die Spanierin musterte ihn mit ihren intelligenten Augen erwartungsvoll.

»Sie erinnern sich nicht an mich, nicht wahr?«, fragte sie in einem melodiösen Tonfall, der perfekt zu ihrer tiefen Stimme passte. Mia Hernandez war eine atemberaubend schöne Frau.

Grant zögerte.

Die Züge des Gesichts der Spanierin strahlten, aber er konnte sich beim besten Willen nicht erinnern, wo er sie schon einmal gesehen hatte.

»Carl Benz Stadion vor sieben Wochen«, sagte Hernandez mit einem Lächeln.

»Es war einer meiner ersten Fälle nach der Ernennung zur Kommissarin. Sie haben damals an dem Fall mitgearbeitet und …« sie zögerte … »naja wahrscheinlich ist das alles schon zu lange her.«

»Aber natürlich«, sagte Grant. »Ich erinnere mich.«

Er tippte sich mit dem Finger gegen den Kopf. Dann biss er sich auf die Lippen. Er erinnerte sich nicht im Geringsten, aber Hernandez war so enthusiastisch, dass er sie nicht mit seinem Nichtwissen enttäuschen wollte.

Die Spanierin lächelte noch eine Spur breiter. »Ich wusste, Sie würden sich erinnern. Es ist schön, Sie wieder zu treffen. Sozusagen wie ein Fenster zur Vergangenheit.« Sie schob ein paar Papiere zur Seite. Dann fragte sie: »Und was wollen Sie hier unten in unserer stickigen Gruft?«

Sie sprach schnell.

Grant hatte ein wenig Mühe den Worten, die wie eine Maschinengewehrsalve auf ihn einprasselten, einigermaßen zu folgen.

»Um ganz ehrlich zu sein, wollte ich eigentlich mit Ihrem Kollegen sprechen.« Grant nickte auf die Stelle des leeren Schreibtischsessels.

»Hawaii oder Portugal?«, fragte die kleine Spanierin sofort.

»Was meinen Sie?«

Sie lachte. »Dieselbe Frage hat mir Lin gestellt, als er sich vor zwei Woche in den Urlaub verabschiedet hat. Um ihn zu zitieren, er wollte irgendwohin, wo ihn niemand findet und die Wellen gut sind.« Sie rollte mit den Augen. »Pseudosurfer, der denkt, er hätte es drauf, aber ein absolut hoffnungsloser Fall ist. Er könnte sich nicht einmal auf dem Bord halten, wenn es im Boden einzementiert wäre. Aber er glaubt die Mädels stehen drauf.

Auf den Sport meine ich.

Falls Sie zu ihm wollen, müssen Sie wohl oder übel noch ein paar Tage warten. Ich glaube Dienstag kommt er zurück.« Sie verstummte. Dann fuhr sie fort:

»Wenn er sich bis dahin nicht alle Knochen gebrochen hat bei dem Versuch ein paar Girls am Strand zu beeindrucken. Aber vielleicht kann ich Ihnen ja helfen. Setzten Sie sich einfach und ...«

Grant war bereits dabei gewesen, sich wieder umzuwenden, stockte nun aber in der Bewegung. Hernandez runzelte plötzlich die Stirn.

»Oder Sie sind vielleicht doch wegen mir hier, ohne es zu wissen«, sagte sie dann nachdenklich.

»Ich habe das Ganze unter Lins Namen eingereicht, weil er nicht da war und ich hoffte, da er der Liebling des Hauptkommissars ist, so schneller eine Antwort zu bekommen.«

Sie musterte ihn. »Sie wollen sich beschweren, nicht wahr? Das ist der Grund.« Grant schüttelte verwirrt den Kopf. »Nein, ich ...«

»Es war nicht meine Absicht, dass Sie das ausbaden müssen, verstehen Sie«, sprudelte es weiter aus Hernandez hervor, »aber der Hauptkommissar hat mich angewiesen, einige Fälle abzugeben.« Dann verdüsterte sich ihr Gesicht.

»Lin der verdammte Mistkerl. Verschwindet einfach drei Wochen während mir hier die Decke auf den Kopf fällt. Sehen Sie sich das doch nur an. Ich wette, der clevere alte Schweinehund hat gewusst, was auf uns zukommt. Er hatte schon immer einen Riecher für so etwas.«

Sie schnaubte verächtlich und drehte sich wieder zu ihrem Schreibtisch um.

»Wovon bitte sprechen Sie?«, fragte Grant. Hernandez ließ die Finger über einen mittelgroßen Aktenberg gleiten.

»Ich war mir schon einen Moment sicher, Sie seien deswegen gekommen.« Sie klopfte mit der Hand auf den Stapel.

»Aber nun gut, jetzt sind Sie schon einmal hier, also versuche ich es Ihnen so gut zu erklären wie ich kann. Vielleicht können Sie ja weiter oben ein gutes Wort für mich einlegen.«

Mit einer ausladenden Bewegung bot sie ihm einen Stuhl an. Dann beförderte sie einige Stapel Papier von der einen auf die andere Tischseite und hielt Grant anschließend einen senfgelben Aktenumschlag hin.

Er zögerte.

»Was ist das?« Er fragte sich, ob er Hernandez lieber jetzt oder später sagen sollte, dass er eigentlich wegen etwas ganz anderem gekommen war.

»Der Grund, wieso Sie hier sind.« Sie warf einen Kugelschreiber auf den Schreibtisch. »Dachte ich zumindest.« Sie schob sich einen Kaugummi in den Mund und begann geräuschvoll darauf herum zu kauen.

»Das, weswegen ich hier bin?«

Hernandez nickte.

»Lesen Sie.«

Grant schlug vorsichtig den Umschlag auf. Er überflog die erste Seite darin. An der oberen Ecke war ein unscharfes Passfoto zu sehen, das eine stark geschminkte Frau zeigte. Vermutlich war das Bild aus irgendeinem offiziellen Dokument, wahrscheinlich aus einem Führerschein oder dergleichen kopiert worden.

Er musterte Hernandez irritiert.

»Ich verstehe nicht, was …«, begann er. Dann formulierte er es anders: »Was soll das hier sein?«

Die Spanierin richtete sich in ihrem Sessel auf und beugte sich zu ihm herüber. »Das«, sagte sie in verschwörerischem Flüsterton, wie als könne jemand sie belauschen, »ist Nummer 23.«

Grant konnte sie nur mit großen Augen anglotzen.

»Was?«

»Ramona Nisenbach, 32 Jahre, eine zweimal geschiedene Immobilienmaklerin aus Käfertal. Keine Kinder, weder hier noch irgendwo sonst auffindbare Verwandte. Vor nicht einmal vier Tagen wird ihr Auto, ein beinahe nagelneuer Honda auf einem Feldweg etwa ungefähr zehn Kilometer außerhalb der Stadt an einem kleinen Tümpel gefunden. Keine Spur von der Frau, weder im Wasser noch sonst wo. Keine Spuren, keine Ergebnisse.

Die Frau ist einfach verschwunden. Wie vom Erdboden verschluckt.« Sei machte eine Geste mit der rechten Hand.

»Und keine 24 Stunden später passiert dann das hier.« Sie reichte ihm eine weitere Akte. Grant schlug sie auf und erblickte diesmal das Bild eines grauhaarigen, bebrillten Mannes mit Vollbart und schütterem Haar.

»Friedrich Till«, sagte Hernandez und Grant blätterte die erste Seite um.

Dort waren Aufnahmen eines kleinen Bauernhofes zu sehen. Ein Hauptgebäude im Vordergrund, weiter hinten irgendwelche Schuppen und Verschläge. Auf einer Koppel hinter dem Haus Pferde und irgendwelche Lama-artige Tiere, die Grant noch nie gesehen hatte.

»Ein Lagerarbeiter aus dem Neckarvorland, ursprünglich aus Frankfurt stammend. Arbeitete zeitweise in einem Esoterikladen in der Innenstadt.« Grant sah sich wieder das Foto an.

»Das ist meine Nummer 24«, sagte Hernandez. »Verstehen Sie, worauf ich hinaus will?«

» Also eigentlich …«, begann Grant. Es war wohl das Beste, wenn er die Unterhaltung jetzt beendete.

Hernandez jedoch schien richtig in Fahrt zu sein. Eifrig fuhr sie fort: »Ja, das ist meine Nummer 24.« Mit der Hand schlug sie so unvermittelt auf einen Stapel weiterer Umschläge, dass Grant erschrocken zusammenfuhr.

»Und das hier sind die anderen 22«, sie ließ ihre Finger an den Papieren entlang gleiten.

»24 verschwundene Personen in gerade einmal etwas über zwei Wochen. Alle aus dem Stadtgebiet oder dem nahen Umkreis.«

»Und?«, fragte Grant. Hernandez fixierte ihn, während sich ihre Lider zu schmalen Schlitzen verengten.

»Und?«, ahmte sie ihn in höhnischem Tonfall nach. »Das ist der Grund, warum Sie und nicht ich heute Morgen hinaus an den See fahren mussten. Diese Anzahl, diese Häufung in so kurzer Zeit, das ist nicht nomal, verstehen Sie?«

Mannheim

Sarah wurde plötzlich geblendet, als mit einem schnappenden Geräusch ein kräftiger Strahler an der Decke eingeschaltet wurde.

Schützend wollte sie die Hand vor die Augen halten, aber die Ketten rissen sie zurück.

Immer noch hörte sie abgehackte Laute vor sich. Dieses Etwas, mit dem sie hier eingeschlossen war. Irgendein Ding, das unheimliche Geräusche produzierte.

Nur bisher hatte sie es nicht sehen können. Sie hielt die Augen krampfhaft geschlossen. Die Helligkeit war einfach zu stark. Selbst mit geschlossenen Lidern registrierte sie noch die ungeheure Intensität des Lichts. Aber es half nichts. Sie musste wissen, was da mit ihr im Raum war. Zögerlich blinzelte sie. Sie erkannte Umrisse, Kanten.

Die Rollbahre, auf der sie lag. Helligkeit überall, aber ihre Augen begannen sich nun rasch an die neue Situation anzupassen.

Schemen lösten sich aus dem gleisenden Licht.

Neben sich konnte sie weitere Gebilde ausmachen. Offenbar auch Bettgestelle, die ihrem ganz ähnlich waren. Und der Raum. Der Raum war viel größer, als sie zunächst angenommen hatte. Immer weiter dehnte sich ihr Gesichtsfeld jetzt aus. Ja, sie war in keinem kleinen stickigen Gefängnis. Es war eher eine Art Halle, zweifellos sogar eine ziemlich große. Sie erkannte dunkle Backsteinwände, hohe Decken und Niedergänge wie in einer noch unfertigen Produktionsstraße.

Dann kam ihr wieder das Geräusch zu Bewusstsein.

Nun in der Helligkeit schien es sogar noch lauter zu sein. Ihr Blick wanderte nach unten. Nur einen kurzen Sekundenbruchteil, in dem sie alles registrierte.

Das Bild brannte sich wie Feuer in ihre Netzhaut ein. Gleichzeitig zog sie etwas magisch an, das sie an der Decke der Halle gesehen hatte. Ihre Gedanken rasten.

Ihre Augen zuckten hin und zurück. Auf die Stelle neben ihr, rechts und links und wieder zurück unter die Hallendecke. Ihr Gehirn verarbeitete die Information nun wie ein Blitzlichtgewitter. Immer neue unwirkliche Details drängten sich ihr auf.

Was war das Gebilde dort an der Wand? Es sah beinahe so aus wie eine monströse Art Fernseher. Aber das konnte nicht sein. Sie war in einem Albtraum gefangen, aber sie konnte nicht aufwachen.

In ihre direkte Umgebung kam auf einmal Bewegung. Viele Geräusche, schabend und kratzend, noch mehr stöhnende Laute und dann blitzte wieder etwas vor ihr auf. Es waren Zahlen. Weiße Zahlen auf einem schwarzen Hintergrund. Der Bildschirm. Jemand hatte ihn eingeschaltet.

Mannheim, Polizeigebäude

Das fahle Licht von draußen fiel durch das Fenster und beleuchtete ein Poster an der Wand gegenüber, das die Küste Moorea Islands zeigte.

Daneben hatte Hernandez mit einem kleinen Nagel eine Postkarte aus San Francisco an die Wand gezimmert und einige Flugtickets daneben gehängt. In einer Ecke des Büros sah Grant eine Landkarte, auf der etliche rote, weiße und lila Fähnchen in den unterschiedlichsten Ländern platziert waren. Hernandez war offenbar schon ein wenig herumgekommen. Oder war es Lin?

Er senkte den Blick und vertiefte sich wieder in die Akte vor ihm. Hernandez saß ihm gegenüber und gab mit gleichgültiger Miene einige Daten aus einem der Dossiers in ihren Computer ein.

Das monotone Hacken und Klappern der Tasten hatte eine beruhigende, ja einschläfernde Wirkung.

Seit nunmehr einer Stunde hockte er nun schon hier unten in diesem tristen Loch herum und suchte nach etwas, das es offenbar nicht gab. Leise fluchend zog er eine weitere Akte von dem Stapel auf Hernandez Tisch und schlug sie auf.

Von der ersten Seite grinste ihm ein junger, asiatisch aussehender Mann mit kurzen schwarzen Haaren und buschigen Augenbrauen entgegen. Grant verlagerte seine Sitzposition.

Es war die neunte Akte, die er mittlerweile durchging und bisher war das Interessanteste, das er gesehen hatte, ein Foto von einem uralten restaurierten Mercedes, den eine der vermissten Personen auf einem Parkplatz ein paar Kilometer südlich der Stadt geparkt hatte, bevor sie verschwunden war.

Nun also ein Japaner. Justin Wan. Laut den Seiten vor ihm war der Mann 47, verheiratet und wohnte mit seiner Frau und den drei Kindern in einem Haus im Stadtteil Neckarau.

Grant runzelte die Stirn. Wan war ein Mann, dessen Aussehen einem bereits beim ersten Treffen Vertrauen vermittelte.

Weiche, fein geschwungene Gesichtszüge und freundliche, braune Augen.

Aber was war der Grund für sein Verschwinden? Hernandez hatte ihm einfach den Aktenstapel hingeschoben und gesagt: »Lesen Sie am besten alles selbst.« Und dies tat er nun.

Jedenfalls das, was ihn interessierte. Mit halb geschlossenen Augen blätterte er eine Seite weiter und konnte nun noch mehr Bilder des Anwesens der Wans sehen.

Auf einer schmalen Auffahrt parkten ein Pick-up und eine Limousine. Beides Volkswagen.

Grant besah sich den Hauseingang. Dann stutzte er. Die Worte von Hernandez kamen ihm wieder in den Sinn.

»Und wissen Sie, was alle diese Leute gemeinsam haben?

Nichts.«

In diesem Augenblick klingelte sein Handy. Grant sah auf das Display. Er nahm den Anruf an und schielte dabei zu Hernandez hinüber, die immer noch stoisch Daten eingab.

»Was ist los?«, meldete er sich.

»Wo steckst du denn?«, dröhnte Paulsons Stimme aus dem Telefon.

»Ich bin gerade dabei …«, wollte Grant erwidern, aber Paulson ließ ihn nicht weiter zu Wort kommen.

»Komm sofort nach oben. Es gibt etwas, das du dir ansehen musst.« Seine Stimme klang aufgeregt.

»Schnell.«

Dann war die Verbindung unterbrochen.

Mannheim, Polizeigebäude

Es war 16:48 Uhr als Grant den Flur zu seinem Büro hinunterging und bemerkte, dass draußen der Regen wieder eingesetzt hatte.
Dann betrat er das Büro und blieb im selben Moment wie angewurzelt stehen. Eine Traube von mehreren Polizisten, teils in Uniform, teils in Zivilkleidung hatte sich um den Bildschirm von Paulsons Laptop versammelt. Grant hörte aufgeregtes Stimmengewirr, dazwischen Flüstern und hin und wieder ein überraschtes Stammeln.
Er verharrte einen Moment. Dann bahnte er sich seinen Weg vorbei an den Kollegen, die er mit höflichen Entschuldigungen beiseite schob.
Schließlich war er bei Paulson angelangt und tippte ihm auf die Schulter.
»Da bist du ja. Wieso hat das so lange gedauert?«
»Verteilst du hier gratis Süßigkeiten oder was?«, fragte Grant und musterte den Bildschirm.
»Wieso ...«, dann verstummte er und sein Blick wurde starr.
Paulson nickte. »Genau.«
»Was ist das denn für ein Mist?«, fragte Grant mehr zu sich selbst als zu Paulson und ging mit dem Kopf noch näher an den Monitor heran. Er sah eine grobkörnige Aufnahme. Hin und wieder flirrte das Bild etwas.
»Kommt dir das bekannt vor?«, fragte Paulson und schloss mit einem leisen Klicken das Fenster.
Der Rechner sprang wieder zum Posteingang seines E-Mail Accounts zurück.
Unwillkürlich zuckte Grant zusammen, als er die Absendenachricht

der Mail las, deren Link Paulson soeben geschlossen hatte. »Lies mich Polizei«. Er brauchte einige Sekunden, um zu begreifen, was vor sich ging.

»Und nun sieh dir das an«, sagte Paulson und klickte noch einmal auf den farbig hinterlegten Link. Sofort schloss sich die Seite und ein neues Bild baute sich vor Grants Augen auf.

Zuerst sah er nur wirre blaue und weiße Linien, dann aber nahm die unstete Form Kontur an.

»Verdammt«, sagte er nur und sah, dass Paulson die Lippen aufeinander presste.

Vor ihnen baute sich langsam aber sicher ein schachbrettartiges Wappen auf.

Auch Paulson musste klar sein, dass sie das offizielle Logo der Universität vor sich hatten. Von ihrem aktuellen Standort war die Institution zu Fuß keine Viertelstunde entfernt.

Grant konnte sehen, dass unter dem Logo, das beinahe zwei Drittel des gesamten Bildschirms füllte, eine geschwungene klassische Schrift erschien.

Sie ähnelte der Informal-Roman-Schrift seines Programms nur waren die Bögen der Us und Ts schnörkeliger und weitschweifiger angelegt.

»Universität Mannheim, Lehrstuhl Prof. Strawn, angewandte Psychologie und Neurowissenschaft«, stand dort in geschwungenen Lettern.

Und darunter »Umfrage und Untersuchung zum Thema subjektives Unrechtsempfinden und Möglichkeiten von Rehabilitierungsmaßnahmen (Landesweite Umfrage).«

Daneben gab es einen farbig unterlegten Button, auf dem als Einziges das Wort »Weiter« zu lesen war.

Paulson bewegte seine fleischige Hand und klickte auf den Link. Der Bildschirm wurde hell. Beinahe sofort war ein Text zu erkennen.

Grant wollte anfangen zu lesen, aber Paulson drückte ihn mit der Kante seiner Hand sanft zurück.

»Kannst du dir sparen«, sagte er.

»Hauptsächlich leeres Geschwafel. Offenbar ist die Ermittlung einer

Art von Unethikkeitsrangliste von Verbrechen das Ziel. Was immer das genau heißt.« Er schnaubte.

»Aber das Beste kommt erst noch.«

Grant starrte immer noch wie paralysiert.

»Wie kann das überhaupt auf unseren Rechnern gelandet sein?«

Paulson tippte sich mit zusammengekniffenen Augen an die Stirn. »Das habe ich mich auch als Erstes gefragt. Was meinst du wohl, was Kauder zu dieser Sache gesagt hat?«

Grant dachte nach. Es war bekannt, dass Paulson vom Leiter der IT-Abteilung wenig bis gar nichts hielt.

»Keine Ahnung. Was?«

Paulson grunzte verächtlich.

»Wenig bis gar nichts. Hat nur ein paar Minuten ohne besonderen Enthusiasmus Befehle auf der Tastatur eingegeben und dann erklärt, dass er nicht herausfinden kann, woher das Signal oder was weiß ich was kommt.« Er trommelte mit den Fingern auf dem Schreibtisch herum.

»Im Grunde also nur, dass er rein gar nichts tun kann, wenn du die zusammengefasste Version haben willst.« Er machte eine abfällige Handbewegung.

»War ja klar. Und so etwas nennt sich IT-Experte. Das ich nicht lache.«

Grant kratzte sich am Kinn.

»Na gut. Wenn es sich um eine Art Virus oder dergleichen handelt, von welchem Ausmaß sprechen wir?« Paulson lachte. Es hörte sich fast wie ein diabolisches Kichern an.

»Womöglich mehr als gedacht«, sagte er dann.

»Was soll das heißen?«

»Dass heißt ich habe ein bisschen herumtelefoniert. Wir sind nicht die Einzigen, die diese Nachricht in unseren E-Mail-Postfächern haben.«

»Vielleicht ein Fake?«

»Schließlich konntest du die E-Mail öffnen, ohne dass etwas passiert ist.«

Paulson rieb sich die Stirn. Sein Tonfall wurde energischer.

»Darum geht es gar nicht mehr, okay?«, sagte er.

»Ich habe Kauder schon einen Scan durchführen lassen. Keine Schadsoftware, keine Viren, keine Trojaner. Nichts.« Er zog die Augenbrauen zusammen und machte ein Gesicht, als habe er gerade in eine Zitrone gebissen. »Nur das hier.« Er scrollte nach unten und zeigte dann auf den Bildschirm.

Mannheim, Neckarau

James Talbot stieg die Gitterstufen wieder hinauf zur Oberfläche. Das stetige Tropfen nahm er nur am Rande seines Bewusstseins wahr.

Er öffnete das Schloss nach draußen. Im Wald hing der Dunst noch immer zwischen den Bäumen. Der Regen hatte jedoch aufgehört. Einige Vögel zwitscherten in den Ästen über ihm.

Niemand war zu sehen.

Er stieg auf das ATV, startete den Motor und lenkte das Gefährt wieder zurück auf den schmalen Weg.

Es war merklich heller geworden zwischen den Tannen. Als er nach oben sah, konnte er sehen, dass der Himmel an ein paar Stellen aufgeklart hatte und sogar die Sonne zwischen den Wolken zu sehen war. Er drehte am Gashebel.

Das ATV schoss wie eine Gewehrkugel den Hang entlang.

Nun wurde es höchste Zeit. Er musste zurück, bevor ihn jemand vermisste und sich fragte, wo er war. In einer Dreiviertelstunde begann außerdem die Telefonkonferenz mit Atlanta und die durfte er nicht versäumen. Es war schlimm genug, dass er bereits jetzt so viel Zeit vertrödelt hatte. Wieder drehte er am Gashebel, sodass der Motor aufheulte.

Talbot steuerte das ATV geschickt und mit hoher Geschwindigkeit um die nächste Kurve.

Dahinter begann das Gelände abzufallen und wieder in Richtung der Laborgebäude zurückzuführen.

Keine 100 Meter noch und er würde den Wald wieder hinter sich lassen.

Dann konnte ihn von den Gebäuden aus wieder jeder sehen. Aber das war bedeutungslos.

Oberhalb des Hanges gab es noch weitere Versorgungsgebäude und dazu mehrere Lagerschuppen. Leute, die ihn sahen, würden annehmen, dass er von dort kam. Wenn sie überhaupt irgendwelche Schlüsse zogen. Er rollte mit den Augen.

Die letzten Bäume zogen an ihm vorbei und dann war er wieder im Freien.

Die Gebäude tauchten unter ihm auf. Die Teerstraße schlängelte sich zwischen ihnen hindurch wie eine graue, riesige Schlange. Er passierte die ersten Mauern, wobei er die Geschwindigkeit kaum reduzierte.

Die Umgebung um ihn herum wirkte künstlich, steril und erzeugte bei ihm selbst nach all den Jahren noch ein Gefühl, das er nicht so recht einzuordnen vermochte.

Auch durch die schmalen Fenster konnte er niemanden sehen. Gut so. Die Leute sollten arbeiten und sich nicht die Gesichter an den Scheiben platt drücken. Er verringerte das Tempo weiter.

Vor ihm tauchte eine Gruppe von Wissenschaftlern auf, die sich unterhielten. Als sie ihn näherkommen sahen, spähten einige in seine Richtung.

Er passierte die Gruppe, ohne sie eines Blickes zu würdigen. Dann beschleunigte er wieder und hielt auf das Hauptgebäude am Ende der Anlage zu. Noch 500 Meter trennten ihn von der Garage.

Rechts sah er zwischen zwei Bauten ein weiteres Grüppchen von Menschen, die eng beisammen standen und zu ihm herüberstarrten. Dann zog erneut eine Gebäudewand an ihm vorbei, ehe er auf den Schotterweg zur Garage abbog.

Er lenkte das ATV hinein und schaltete den Motor ab.

Es war geschafft. Vorerst zumindest.

Aber schlauer war er nun auch nicht. Nicht wirklich.

Durch die große Drehtür betrat er das Hauptgebäude und vernahm beinahe sofort eilige Schritte, die näher zu kommen schienen.

Mannheim, Polizeigebäude

Nun erschien eine Art Liste auf dem Bildschirm, die, je weiter Paulson nach unten scrollte, immer länger wurde.

Grant kniff die Augen zusammen, um die Worte und Nummern besser entziffern zu können. Rechts entlang der Tabelle konnte er in regelmäßigen Abständen kleine viereckige Kästchen ausmachen.

»Du kannst wählen, wenn du es willst«, erklärte Paulson.

»Wählen?«, fragte Grant.

Paulson schwieg und scrollte stattdessen weiter. Die Zeilen ratterten jetzt schneller an Grants Augen vorbei. Worte wie Mord, Vergewaltigung, Diebstahl streiften sein Blickfeld.

»Na eben eines hiervon«, sagte Paulson mit gepresster Stimme. »Was dir, um es mal salopp zu sagen, am meisten gegen den Strich geht. Oder wie es hier so schön heißt, das Verbrechen, das deiner Meinung nach den unethischsten Charakter hat, also am schlimmsten ist in deinen Augen. Was für ein Schwachsinn.« Und nach einer Pause fügte er hinzu:

»Also ich würde ja auf Vergewaltigung tippten. Einfach aus persönlicher Erfahrung. In der Schule kannte ich ein Mädchen, das ein solches Schicksal durchmachen musste.« Grant warf ihm einen kurzen Blick aus den Augenwinkeln zu.

Paulson registrierte es. »Ich habe nicht irgendeines angeklickt, keine Sorge«, antwortete er rasch.

»Hier siehst du?« Grant wandte seine Aufmerksamkeit wieder dem Monitor zu und konnte sehen, wie Paulsen mit dem Pfeil des Mauskursors Kreise um einen blau hinterlegten Button malte.

»Ergebnis ohne Abstimmung anzeigen.«

»Und was machen all unsere Kollegen ausgerechnet hier?«

Paulson grinste freudlos.

»Das wirst du schon noch früh genug sehen. Warte es nur ab. Ich bin sicher in ein paar Sekunden wirst du dich an diesen unwissenden Moment mit nostalgischer Sehnsucht erinnern.«

Grant warf einen kurzen Blick in die Runde. Um die zehn Polizisten standen hinter ihm und verrenkten sich die Hälse, um besser sehen zu können.

»Bist du fertig?«, fragte Paulson und berührte ihn an der Schulter.

»Fertig womit?« Aber Paulson hatte schon den Button betätigt und sich in seinem Stuhl zurückgelehnt.

»Und jetzt«, sagte er feierlich, »genieße die Show.«

Der Bildschirm wurde schwarz. Nur im unteren rechten Eck blinkte ein weißes Quadrat. Es sah beinahe so aus, als ob Paulson den Computer ausgeschaltet hätte.

»Warte noch«, sagte er in die gespannte Stille.

»Es dauert ein paar Augenblicke.«

Dann veränderte sich plötzlich das Bild.

Es war nun nicht mehr tiefes Schwarz, sondern ein helles Bild zu sehen, das von seiner Auflösung und Körnung her an die Aufnahme irgendeiner alten Überwachungskamera erinnerte. Allerdings war alles in Farbe.

Grant registrierte die Details.

Er blinzelte, als ein Störungsstreifen durch das Bild lief und die Silhouetten und Farbnuancen einen Moment wie durch Wellenbewegungen verzerrte.

Dann schien es beinahe so, als würde sich die Übertragung nach anfänglichen Störungen und Interferenzen stabilisieren.

Eindeutig konnte er verschiedene Schattierungen erkennen, die auf der Aufnahme scharf und wie mit einem Filter nachbearbeitet wirkten.

Ungläubig verzog er den Mund. Dann presste er die Lippen zusammen.

Es war die Aufnahme einer großen Halle zu sehen. Grant registrierte

Niedergänge und Laufstege wie in einer Art Fertigungshalle, jedoch ohne die dabei üblichen Laufbänder.

Der Rest des riesigen Raumes schien, wie vor dem Abriss eines Gebäudes, entkernt worden zu sein.

Nackte Backsteinwände aus einem schwarzen Stein bestimmten das Bild.

Auch der Boden war schwarz, bestand aber, soweit er es beurteilen konnte, aus einem anderen Material. Fenster waren keine zu sehen, Türen genauso wenig. Dafür erkannte Grant, dass sich die Kamera an einer der Ecken der Decke befinden musste, um den ganzen Raum auf das Display zu bekommen.

Die Aufnahme war aus der Vogelperspektive in einem steilen Winkel fast senkrecht nach unten gerichtet.

»Verdammt«, sagte er.

Paulson sah ihn an.

»Das muss eine Inszenierung sein«, erklang plötzlich eine Stimme hinter ihm.

Ein Gemurmel erhob sich und ein kleiner dicker Mann mit Knollennase und rötlichem Gesicht trat vor.

»Das ist ein Trick. Zweifellos eine Aktion von so ein paar durchgeknallten Menschenrechtsaktivisten oder so etwas.«

Grant erkannte den Mann an Aussehen und Stimme. Es war Karl Bender aus der Personalabteilung.

Was hatte der denn hier zu suchen? Aber dann kamen ihm Paulsons Worte wieder ins Gedächtnis.

»Ich glaube er hat recht«, kam eine weitere Stimme, diesmal ein wenig weiter hinten aus dem Pulk.

Grant konnte kaum ausmachen, zu wem sie gehörte. Dann wandte er sich wieder um und beugte sich zu Paulson hinunter.

»Was meinst du? Wäre doch immerhin möglich, oder?«

Sein Kollege schüttelte den Kopf. »Möglich vielleicht«, sagte er und verstummte dann.

Nach einem Augenblick sagte er: »Und bis vor fünf Minuten hätte ich dir wahrscheinlich auch noch zugestimmt.«

Er wandte den Kopf erst in die eine, dann in die andere Richtung, wie als müsse er sich vergewissern, dass ihnen niemand zuhörte.

»Aber sieh dir doch mal die Nummer sechs in der obersten Reihe von rechts ein wenig genauer an. Kommt die dir nicht bekannt vor?«

Grant beobachtete den Bildschirm und fing an von der linken oberen Ecke die tischähnlichen Gebilde abzuzählen, die in einem leicht schrägen Winkel zum Ausschnitt der Kamera standen. Auf jedem Einzelnen konnte er Personen ausmachen, Männer, Frauen, manche klein, andere groß, die mit so etwas wie Spanngurten und Ketten an das Gestell unter ihnen gefesselt waren.

Da es keinen Ton gab, wirkte die ganze Szenerie irgendwie unwirklich und surreal.

Diese makabere Aufreihung musste einfach ein schlechter Scherz sein.

Er sah Menschen, die sich wanden und krümmten, an ihren Gurten und Fesseln zerrten und verzweifelt versuchten, sich zu befreien. Aber soweit er sehen konnte, waren die Vorhaben nirgends von Erfolg gekrönt.

Auf der anderen Seite sah er Personen, die die Befreiungsversuche offenbar aufgegeben hatten und einfach still dalagen, wie in Trance. Plötzlich registrierte er noch etwas anderes.

Mann konnte es fast übersehen.

Wenn ihn seine Augen nicht völlig trogen, war an der Stirnwand, die die Kamera mit ihrem Objektiv gerade noch erfasste, so etwas wie ein großer Bildschirm an der Wand der Halle angebracht.

Ja, ohne Zweifel.

Auf dem Monitor, der in der Realität beträchtliche Ausmaße haben musste, war eine weiße Zahlenreihe aus schimmernden Lettern zu sehen. Vielleicht eine optische Täuschung und die Zeitanzeige der Kamera selbst?

Aber beim nächsten Hinsehen erkannte er, dass sich die Zahlen in die falsche Richtung bewegten.

Nein, sie bewegten sich nicht.

Das, was er vor sich sah, hatte mehr Ähnlichkeit mit der Stoppuhr auf seiner Armbanduhr, die rückwärts lief.

00:58:34. Die Sekunden tickten herunter.

Grant erinnerte sich plötzlich an Paulsons Anweisung.

Sofort zuckten seine Augen nach oben. Dann ging er die oberste Tischreihe von rechts nach links durch. Sein Blick verharrte bei dem sechsten Gestell aus Gurten und Ketten, auf dem eine zierliche Person lag.

Sie unterschied sich durch nichts von den übrigen Gestalten und schien ein wenig in eine seitliche Haltung gekrümmt zu sein.

Unter dem dünnen Stoff einer weißen Bluse zeichneten sich deutlich ihre Brüste ab und Grant sah langes Haar, das leicht gewellt auf die Tischplatte viel.

Er erkannte die hellen Augen, als die Gestalt die Lider wieder öffnete. Mit einer leichten Drehung wandte sie der Kamera den Kopf zu. Grant überlief es eiskalt. Dann sah er zu Paulson, der kaum merklich nickte.

Die Person auf Tisch Nr. 6 war ganz ohne Zweifel die junge Biologin, deren Wohnung sie durchsucht hatten.

Grants Gedanken rasten, während er die Gesichter seiner Kollegen musterte.

Tiefe Augenhöhlen lagen über zu schmalen Linien verengten Mündern. Sie alle standen dort herum wie eine Herde Ahnungsloser, die nicht wussten, was gerade passierte.

Dann stutzte er plötzlich. Ahnungslose Gesichter? Mit einem Mal kam ihm ein Gedanke.

Mit einer blitzartigen Bewegung drehte er sich wieder zum Bildschirm um. Er suchte hektisch die Reihen der Gestelle ab.

Dann verharrte er. Scheiße, war das ein Albtraum.

Mannheim, Luisenring

»Es hängt beides zusammen, verstehen Sie?«, sagte Grant an Hernandez gewandt, die gerade auf dem Beifahrersitz das Fenster hinunter ließ.

Er hatte die Spanierin ohne große Erklärungen zwangsrekrutiert und beinahe zum Auto geschleift. Nun hockte sie missmutig auf ihrem Sitz herum und starrte ihn skeptisch an.

»Was meinen Sie?«, fragte sie und ließ ihren Arm lässig aus dem Fenster baumeln.

»Meinen Sie nicht ich habe eine Erklärung verdient nach dieser abrupten Entführung. Ich habe weiß Gott genug Arbeit, die eigentlich wichtiger wäre als das hier und …«

»Es geht um Ihre Arbeit. Mehr als Sie denken.«

Hernandez musterte ihn nun noch eine Spur skeptischer. »Haben Sie vielleicht irgendwelche Medikamente genommen?«, fragte sie in spielerischem Ton. Grant sah sie an.

Dann berichtete er ihr in knappen Worten.

Als er fertig war, herrschte in dem Wagen für einen Sekundenbruchteil Stille. Nur das Geräusch des wirbelnden Windes war zu hören. Dann begann Hernandez lauthals zu lachen.

»Sie sind verrückt, wissen Sie das?«, lachte sie.

Grant warf ihr einen finsteren Blick zu.

»Ich verstehe wirklich nicht, was daran komisch sein soll«, sagte er.

»Ihre Geschichte ist ein Witz«, antwortete Hernandez.

»Haben Sie schon mal daran gedacht, dass Sie von irgendjemand einfach hereingelegt worden sind? Das erklärt alles. Auch die Häufung dieser

Fälle. Das Ganze ist wahrscheinlich ein riesen Schwindel und Sie haben sich nun wahrscheinlich zu allem Überfluss weiß Gott welche Viren in unser Computersystem gezogen. Da kann ich nur applaudieren.« Sie klatschte in die Hände. Als Grant nichts erwiderte, sagte sie:

»Das kann unmöglich Ihr Ernst sein. Wollen wir vielleicht, ich meine wenn wir schon dabei sind, auch gleich die Mörder Kennedys entlarven?« Grant schnaubte als Hernandez wieder zu lachen anfing.

»Jetzt halten Sie den Mund, okay?«, sagte er.

»Natürlich habe ich diese Möglichkeit in Betracht gezogen.«

Er fuhr in leisem Ton fort: »Bis ich sie gesehen habe.«

Hernandez sah ihn mit schief gelegtem Kopf an.

»Wen? Wen haben Sie gesehen?«

»Ihre Arbeit, genauer gesagt wohl Ihre und meine, zumindest seit heute Morgen.« Hernandez sagte nichts, sondern machte nur weiter ein fragendes Gesicht.

Grant bog von der Straße ab.

»Es war die Frau, wegen der wir heute Morgen angerufen wurden. Den Fall, den Sie abgeben mussten. Auf dem Monitor. Ich habe sie gesehen.« Hernandez sah ihn noch immer an. Ihr Blick spiegelte Unglauben.

»Möglicherweise haben Sie sich geirrt«, sagte sie dann.

»Hören Sie«, sagte Grant, »ich habe sie genau erkannt. Und nicht nur sie allein. Mindestens vier weitere Ihrer vermissten Personen.«

Er fuhr scharf an einem roten Kleinwagen vorbei.

»Sie waren alle dort. Zumindest vier, die ich sofort erkannt habe. Aber ich bin mir sicher, dass es noch mehr gibt. Das ist nur die Spitze des Eisbergs.«

Er wandte den Kopf zu Hernandez, die immer noch nicht überzeugt war. Allerdings hatte sich der Hauch eines Zweifels in ihr Mienenspiel geschlichen.

»Okay, versuchen wir es anders«, sagte er. »Was glauben Sie, wie viele Personen ich auf dem Monitor gezählt habe? 25. Erstaunlicher Zufall, nicht? Das entspricht genau der Anzahl, die in den letzten beiden Wochen verschwunden und auf ihrem Schreibtisch gelandet sind, plus unsere Biologin.

Sie haben mir selbst gesagt, dass es in keinem der Fälle brauchbare Hinweise gibt. Jemand läuft da draußen herum und lässt Menschen verschwinden. Oder wie in unserem Fall wieder auftauchen. Ich weiß nur nicht, was dahinter steckt.«

Grant widmete seine Aufmerksamkeit wieder der Straße. Sie waren nicht mehr weit von ihrem Ziel entfernt. Gut 300 Meter vor ihnen sah er bereits die ersten Ausläufer des herrschaftlichen Gebäudes auftauchen. Davor ein hoher schmiedeeiserner Zaun, der das Gelände umgab.

Die Universität von Mannheim war in einem alten Schloss untergebracht. Zwei eindrucksvolle Flügel zu beiden Seiten, die einen riesigen gepflasterten Platz einrahmten.

Grant steuerte den Wagen durch das Eingangstor auf die weitläufige Fläche und dann weiter nach hinten vor einen der Eingänge zum Gebäude. Die Reifen ratterten über das Kopfsteinpflaster. Dann hielten sie an und stiegen aus.

»Glauben Sie wirklich, dass dieser Professor so dumm ist, seinen Namen auf der Website zu zeigen, wenn er tatsächlich der Entführer all dieser Leute wäre?«, fragte Hernandez, während sie auf den Eingang zu liefen.

»Vielleicht ist der Name auch erfunden.«

»Nein, ich habe es überprüft.«

»So so«, sagte Hernandez immer noch skeptisch. »Wir werden ja sehen.«

Sie betraten durch eine schwere Holztür das Gebäude. Drinnen fanden sie sich auf einem langen Gang wieder. Ein paar Studenten lungerten in der Nähe herum.

Grant fragte sie nach dem Büro des Professors. Aber alle zuckten nur mit den Schultern.

»Dort drüben«, sagte Hernandez und steuerte auf einen Durchgang zu, hinter dem eine ältere Frau an einem viel zu großen Schreibtisch saß.

Sie öffnete die Tür und wechselte ein paar dringliche Worte mit der überraschten Dame. Grant sah, dass die Frau irgendein Verzeichnis konsultierte.

Sie hatten nicht die geringste Ahnung, wohin sie gehen mussten. Ihm gingen die Worte von Hernandez durch den Kopf.

Zerknirscht gestand er sich ein, dass sie mit ihren Äußerungen nicht ganz unrecht hatte. Und er hatte Paulson nichts von den Leuten erzählt, die er auf dem Monitor des Laptops erkannt hatte. Dafür war keine Zeit gewesen.

Hernandez erschien wieder durch die Tür und deutete den Gang hinuter.

»Da lang«, sagte sie nur und schob sich dann an ihm vorbei.

Sie folgten dem Flur eine Zeit lang, bis er sich gabelte.

»Wir müssen nach rechts hat die Frau gesagt.« Hernandez deutete in die Richtung. »Und dann immer weiter den Gang entlang, fast bis zum Ende.«

Sie hasteten los. Nach einiger Zeit kamen sie am Eingang zu einer Bibliothek vorbei. Wieder etliche Studenten. Die meisten mit gleichgültigen Mienen gegenüber ihrer Anwesenheit. Es roch ein wenig nach abgestandener Luft und Parfum.

Weitere Menschen kamen ihnen in dem langen Gebäudeabschnitt entgegen. Aber es wurden immer weniger. Sie waren offenbar in einem Bereich der Universität angekommen, in dem sich hauptsächlich Büros von Dozenten und anderen Mitarbeitern befanden.

Grant überflog im Vorbeigehen die Beschriftungen der Türschilder, aber nirgendwo tauchte der Name auf, den sie suchten.

Hernandez öffnete schließlich eine weitere Tür und fragte eine der Sekretärinnen im Innern nach dem Weg.

»Professor Strawns Büro?«

Mit unsicherer Stimme antwortete die junge Frau: »Das letzte Büro auf der rechten Seite, aber sie können nicht so einfach … … He!« Hernandez war schon wieder aus dem Raum hinaus.

Grant warf der Frau einen entschuldigenden Blick zu, dann wandte er sich um und lief Hernandez nach. Kurz hinter einem leichten Knick, den der Gang beschrieb, holte er sie ein.

Hinter sich hörte er, wie sich die Bürotür der Sekretärin wieder öffnete.

»Nicht gerade sehr feinfühlig«, sagte er zu der Spanierin.

»Für derlei Höflichkeiten fehlt uns die Zeit. Außerdem müsste es doch gerade in Ihrem Interesse liegen, dass wir schnell vorankommen.«

Sie machte eine Pause. Dann sagte sie: »Und je schneller wir das hinter uns haben, desto eher kann ich wieder an die Arbeit.«

Sie folgten dem Gang bis ans Ende und blieben vor der letzten Tür auf der rechten Seite stehen.

Grant konnte das Namensschild in einer billigen Plastikschale neben der Tür sehen.

»Prof. George S. Strawn«.

Darunter folgten Raumbezeichnung und Lehrstuhl.

Hernandez klopfte sofort.

Das Pochen, das das dicke Holz erzeugte, klang dumpf. Sie lauschten. Im Inneren des Büros tat sich nichts.

»Wohl niemand zu Hause, was?«, sagte Hernandez gleichgültig.

Grants Blick wanderte nach oben. Über der Tür war eine dicke Scheibe aus Milchglas angebracht, die mit einem Lüftungsschlitz versehen war und leicht schräg stand.

Dahinter brannte kein Licht. Er hörte ein Geräusch. Es waren Schritte, die sich von der Biegung des Ganges her näherten. Leise, aber bestimmt.

Hernandez klopfte noch einmal.

»Ich glaube, wir verschwenden unsere Zeit«, sagte Grant und deutete nach oben zu dem Viereck aus Milchglas.

Hernandez folgte seinem Blick, während das Geräusch der Schritte von der Gangbiegung lauter wurde.

Dann sah er einen Schatten um die Ecke biegen. Für einen Sekundenbruchteil konnte er die Gestalt im Gegenlicht nicht erkennen.

Dann erkannte er die Sekretärin aus dem Büro von eben.

Aufgeregt gestikulierend steuerte sie auf sie zu.

»Hey, Sie, was bilden Sie sich eigentlich ein?«, fauchte sie.

»Sie können hier nicht einfach hereinlaufen, wie es Ihnen passt.«

Hernandez kramte in ihrer Tasche und hielt der Frau ihren Dienstausweis unter die Nase. Zunächst erkannte diese nicht, was das Ding sein sollte. Dann aber bekam sie große Augen.

»Ah Polizei«, sagte sie.

»Was ist denn passiert? Gibt es Probleme?« Ihre Stimme klang neugierig.

Grant konnte aus der Frage den geschwätzigen Ton heraushören, den er als Kind in seiner Straße immer so sehr gehasst hatte. Die Gier nach neuen, möglichst schmutzigen Informationen, je schockierender, desto besser.

»Mehr oder weniger«, antwortete er ausweichend und berührte Hernandez an der Schulter.

»Ich glaube, wir können gehen.«

Die Sekretärin schien enttäuscht über die magere Auskunft. Dann aber plusterte sie sich wichtig auf und sagte mit so offiziell klingender Stimme wie möglich.

»Wenn Sie mich hätten erklären lassen und nicht wie die Wilden hier hineingestürmt wären, hätte ich Ihnen sagen können, dass sie ohnehin umsonst gekommen sind.«

Grant sah die Frau an, die triumphierend die Nase nach oben reckte.

»Wie meinen Sie das?«, fragte er.

»Der Professor ist schon seit drei Wochen nicht mehr hier gewesen.«

Und nach einem kurzen Blick in Grants und Hernandez fragende Gesichter fügte sie an: »Fragen Sie mich nicht wieso. Man hat mir etwas von einer Krankheit erzählt. Aber darauf gebe ich nichts.«

Sie machte einen Schritt auf sie zu. In verschwörerischem Ton sagte sie: »Hier an der Universität gibt es nämlich viel zu viel Unwahrheiten, die verbreitet werden, verstehen Sie? Klatsch und Tratsch, Gerede eben. Die verrücktesten Gerüchte. Da muss man schon sehr genau aufpassen, welche Dinge man für bare Münze nehmen kann. Das Einzige, was ich Ihnen mit absoluter Sicherheit sagen kann, ist, dass der Professor sich seit drei Wochen nicht mehr hat blicken lassen.«

Wie zum Signal, dass sie alle Informationen preisgegeben hatte, rieb sie ihre Fingernägel am Revers ihres Blazers und begutachtete angelegentlich das Ergebnis.

Grant registrierte, wie Hernandez die Augen verdrehte. Dann fragte sie: »Haben Sie vielleicht eine Privatadresse?«

Mannheim, Neckarau

James Talbot hörte das Geräusch der Schritte hinter sich näherkommen. Dann ertönte eine leise Stimme.

»Mr. Talbot Sir?« Er hielt inne. Dann drehte er sich um. Hinter ihm stand ein kleiner Mann mit randloser Brille und Halbglatze. Es war Paul Frick, sein Stellvertreter und Leiter der Personalabteilung. Es war eigenartig den Mann hier zu sehen. Seine Büros befanden sich in einem Gebäude am anderen Ende der Anlage. In diesen Abschnitt setzte er normalerweise keinen Fuß.

Frick wirkte nervös. Talbot legte die Stirn in Falten.

»Ja, was gibt es?«, fragte er und musterte sein Gegenüber.

»Würden Sie bitte mitkommen?«, kam Frick sofort zur Sache. »Ich würde Ihnen gerne etwas zeigen.«

Der Mann trat unsicher von einem Bein auf das andere. Das war normalerweise kein gutes Zeichen. Aber er hatte im Augenblick selbst genug zu tun. Er konnte nicht auch noch Fricks Kindermädchen spielen.

Ungeduldig sah er auf das Zifferblatt seiner Uhr. In elf Minuten begann die Telefonkonferenz. Wenn er sie verpasste, bedeutete das Schwierigkeiten.

»Es tut mir Leid Paul«, sagte er, »das wird warten müssen, ich muss …«

»Es geht um die verschwundene Frau«, platzte es aus Frick heraus.

Talbots Gesichtszüge gefroren. »Feiner?«

Frick nickte.

»Wenn sonst niemand verschwunden ist.«

»Was ist mit ihr?«, wollte Talbot wissen, ohne auf Fricks Spitze zu reagieren.

»Ich habe neue Informationen von unserem Sicherheitschef. Wir haben etwas auf den Überwachungsbändern gefunden.«

»Was?«

Frick sah sich um.

»Am besten besprechen wir das nicht hier. Und Sie sollten es sich selbst ansehen.«

Talbots Kiefer klappte auf und wieder zu. Er überlegte rasch.

Noch einmal sah er auf die Uhr. Dann zog er sein Handy hervor und gab eine Nummer ein. Nach kurzem Läuten meldete sich eine Frauenstimme.

»Sally, tun Sie mir einen Gefallen und sagen Sie die Telefonkonferenz ab. Erfinden Sie irgendeine Ausrede. Sagen Sie, ich würde mich nicht wohl fühlen.«

Die Frau am anderen Ende klang verdutzt, bestätigte aber die Anweisung.

»Na schön«, sagte Talbot nachdem er aufgelegt hatte. »Wohin müssen wir?«

»Folgen Sie mir bitte«, sagte Frick und drehte sich um. »Ich habe veranlasst, dass mir eine Kopie des Bandes zugeschickt wird. Am besten gehen wir in mein Büro.«

Sie verließen das Gebäude und gingen über einen der Schotterpfade fast über das halbe Gelände.

Dann betraten sie ein weiteres braunes Gebäude und gingen nach oben.

Frick liebte offenbar Schiffe. In seinem ganzen Büro, das beinahe die halbe Etage einnahm, waren etliche Modelle von Segelschiffen aufgestellt. Auch an den Wänden hingen alte Ölgemälde von Fregatten und der Schreibtisch bestand aus einem alten Ruderblatt. Er nahm dahinter in einem großen Sessel Platz. Talbot ließ sich auf einem Besucherstuhl nieder und stellte tatsächlich fest, dass er das Büro seines Stellvertreters noch nie gesehen hatte. Treffen hatten immer entweder in seinem Büro oder in irgendeinem Besprechungsraum stattgefunden.

»Also«, sagte er, nachdem Frick sich eine Tasse Kaffee eingegossen hatte.

»Möchten Sie?«, Frick hielt die Tasse in die Höhe. Talbot winkte ab. »Danke.«

»Hier sehen Sie«, sagte Frick und drehte seinen Computerbildschirm in Talbots Richtung. Dann klickte er auf eine Videodatei. Der Monitor wurde ausgefüllt von einem Bild, das den Parkplatz zeigte.

»Kommen wir am besten gleich zur Sache. Der Leiter des Sicherheitsdienstes hat mich darauf aufmerksam gemacht. Einer seiner Männer kam auf die Idee statt den Kameras im Inneren des Gebäudes die Aufnahmen der Außenkameras zu durchstöbern. Und tatsächlich hat er etwas gefunden.«

»Die Frau?«, fragte Talbot ungeduldig.

»Nein, nicht ganz. Diese Kamera nimmt nur den Parkplatz auf. Die Biologin hat sich an ihrem Wagen nicht blicken lassen.«

Talbot runzelte die Stirn.

»Ganz davon abgesehen, befindet sich einer der hinteren Kellerausgänge ganz in der Nähe des Parkplatzes. Man kann also vom Interpolatorraum, dort wo die Frau zuletzt war, ziemlich leicht und ungesehen auf diesen Parkplatz oder zumindest aus dem Gebäude gelangen.«

Talbots Stirnfalten wurden noch tiefer.

»Was bringt uns diese Information, wenn die Frau nicht auf den Aufnahmen zu sehen ist?«

Frick machte ein geheimnisvolles Gesicht.

»Weil jemand anderes auf den Aufnahmen auftaucht«, sagte er langsam.

Als Talbot ihn nur fragend anstarrte, klickte Frick einfach auf den Play-Button.

»Sie werden schon sehen«, sagte er und lehnte sich in seinem Sessel zurück, als wäre er im Kino.

»Die Bilder stammen von dem Morgen nachdem Feiner verschwunden ist.«

Talbot hatte die Zeit bereits registriert. Die Uhr auf dem Band zeigte 9:17 Uhr morgens. Die Aufnahmen waren in Farbe und das Bild war von guter Qualität. Dennoch erkannte Talbot bislang nichts außer einer halb leeren Parkfläche mit ein paar Autos darauf.

Im Hintergrund erblickte er eine Rasenfläche und noch weiter hinten den beginnenden Wald.

Als nach 30 Sekunden immer noch nichts passiert war, sah er zu Frick.

»Einen Augenblick noch«, erwiderte der.

»Jetzt.« Er schnippte mit den Fingern und zeigte auf den Bildschirm.

Talbot sah auf einmal eine Gestalt auftauchen. Sie kam über die Rasenfläche ins Bild. Offenbar war sie aus dem Wald gekommen. Die Gestalt hinterließ eine Spur auf dem vom Tau nassen Gras. Kurz blieb sie stehen. Dann steuerte sie auf den weißen Toyota zu. Der Gangart nach handelte es sich eindeutig um einen Mann. Feiners Auto stand genau dort, wo es auch jetzt noch stand.

Die Gestalt blieb neben dem Fahrzeug stehen. Sie war groß gewachsen, trug Jeans und eine Lederjacke und hatte sich eine Baseballmütze tief ins Gesicht gezogen.

Dann griff sie in eine ihrer Hosentaschen und zog ein Blatt Papier daraus hervor. Offenbar wusste der Mann genau, wo sich die Überwachungskamera befand. Er hielt den Kopf absichtlich so, dass sie sein Gesicht nicht sehen konnten.

Talbot beobachtete verdutzt das Schauspiel.

Die Gestalt griff nun in eine andere Tasche und zog einen Schlüssel hervor. Anschließend hielt sie beides hoch über den Kopf. Wie als wollte sie die beiden Gegenstände für die Kamera präsentieren. Talbot warf Frick einen Blick zu, aber der zuckte nur mit den Schultern.

Die Gestalt blieb für ein paar Sekunden so stehen. Sie wollte offenbar sichergehen, dass man registrierte, was sie tat. Dann schloss sie den Wagen auf und legte das Blatt Papier in den Kofferraum. Nachdem der Mann das erledigt hatte, schloss er die Klappe und hielt noch einmal den Autoschlüssel in die Höhe. Er bückte sich und deponierte ihn unter dem hinteren rechten Radkasten.

Dann wandte er sich ab und verschwand schnell über den Rasen in den dunklen Wald.

Frick hielt das Bild wieder an. Die beiden Männer sahen sich ratlos und stumm an. Das Büro versank in völliger Stille.

»Hat das schon jemand überprüft?«, fragte Talbot schließlich.

»Nein. Ich habe den Sicherheitsdienst angewiesen den Wagen nicht anzurühren. Vielleicht sollten wir die Polizei noch einmal anrufen.«

Talbot schürzte die Lippen.

»Ich kümmere mich darum.«

Er erhob sich langsam von seinem Stuhl.

»Danke Paul.«

Frick nickte ihm zu. Dann verließ Talbot das Büro.

Mannheim, Oststadt, Kolpingstraße

Anna Martin hatte sich selbst immer für eine wachsame und aufmerksame Frau gehalten, der niemand so schnell etwas vormachen konnte.

Mit einem gewitzten Geist, flinken Augen und einem Talent dafür, stets oder zumindest oft die richtigen Schlüsse aus den Dingen zu ziehen, die um sie herum passierten.

Gedankenverloren streifte sie eine weitere Masche des Häkelmusters von ihrer Nadel ab und sah nach draußen durch das Verandafenster, das auf die Straße hinausging. Um sich diese Wachsamkeit zu bewahren und um vor allem immer auf dem neuesten Stand zu sein, waren allerdings einige Maßnahmen nötig, auf die sie nicht verzichten konnte.

Sie lehnte sich in dem weichen, schwarzen Leder ihres Sessels zurück und beobachtete mit Genugtuung, wie Frieda Hartmann, die Frau von Gegenüber, mit ihrem Van aus der Einfahrt vor ihrem Haus zurücksetzte und dann die Straße hinunter beschleunigte.

Anna musste innerlich grinsen.

Der Grund für diesen überstürzten Aufbruch konnte nur wieder ein neuerlicher Streit mit ihrem Mann sein, mit dem sie vor nicht einmal drei Jahren den Bungalow auf der anderen Straßenseite bezogen hatte.

Sie atmete zufrieden aus. Seither kriselte es ständig.

»Frieda, Frieda«, murmelte sie vor sich hin. »Wann wirst du es endlich lernen?«

Nicht zum ersten Mal hatte sie von ihrem Beobachtungsposten aus die junge Frau auf diese Weise aus dem Haus stürmen sehen.

Und mindestens ebenso oft hatte sie, oft an Dienstagen und Donnerstagen, wenn Frieda lange arbeiten musste, einen verdächtigen weißen Toyota Prius auf einem der Parkplätze vor dem Bungalow gesehen.

Wieder streifte sie gedankenverloren eine Masche des Häkelmusters von ihrer Nadel und richtete den Blick auf den Parkplatz, wo eben noch der Van gestanden hatte.

Wie sie dank eigener Nachforschungen zu wissen glaubte, gehörte der Dienstags- und Donnerstags-Prius der Inhaberin eines Nagelstudios in der Innenstadt, einer Frau Namens Ebru Tunn. 40 Jahre alt, geschieden, die nur fünf Straßen weiter wohnte.

Mit selbstzufriedener Miene holte Anna einmal tief Luft und rutschte auf dem Leder hin und her. Dann spähte sie wieder nach draußen.

Sie wusste alles, oder vielleicht so ziemlich alles. Sie hatte sich alles genau zusammen gereimt. Aber eine Sache fehlte in ihrem Puzzle, und ohne dieses ergab sich kein vollständiges Bild. Sie hatte die Frau, der der weiße Prius gehörte, tatsächlich noch nie zu Gesicht bekommen. Irgendetwas hatte sie stets daran gehindert oder der Zufall war Ebru Tunn zur Hilfe gekommen.

Anna schnaubte und ließ die Nadeln in ihren Schoß sinken.

Aber heute würde ihr das nicht passieren. Wie um sich selbst noch einmal zu vergewissern, drehte sie den Kopf und warf einen Blick auf den Kalender.

Ja, sie hatte sich nicht getäuscht. Auch wenn diese Möglichkeit ohnehin unwahrscheinlich war. Es war Donnerstag, der 21. Und heute würde sie dieses Flittchen erwischen. Sie würde sie beobachten, wenn sie das Haus verließ und sie würde sich dieses Mal von nichts ablenken lassen.

Anna summte behaglich. Mit ihren mittlerweile 65 Jahren wusste sie alles, was es über die Vorgänge in der oberen Kolpingstraße zu wissen gab.

Mit einem Mal stutze sie, als das Brummen eines Motors die Straße heraufdröhnte. Es kam aus derselben Richtung, in die Frieda Hartmann soeben davongebraust war.

Anna lehnte sich vor, um besser sehen zu können. Die Straße war normalerweise ruhig.

Nur wenige Autos kreuzten im Laufe eines Tages die Strecke Asphalt vor ihrem Haus.

Und dies war auch gut so.

Kam Ebru Tunn etwa schon jetzt zu einem Stelldichein auf der anderen Straßenseite?

Das würde der ganzen Geschichte ja noch die Krone aufsetzen.

Der Verfall an Moral und gutem Benehmen in der heutigen Gesellschaft war erschreckend. Sie rutschte noch weiter nach vorne, sodass sie schon fast bis zur nächsten Kreuzung sehen konnte. Aber offenbar hatte sie sich geirrt.

Das Motorgeräusch war nicht von rechts, sondern von links gekommen. Eine dunkle Limousine schoss an ihrem Fenster vorbei und bremste scharf an der rechten Straßenseite.

Sie wandte sich wieder ihre Häkelarbeit zu, konnte aber sehen, dass ein Mann und eine Frau ausstiegen und sich auf dem Bordstein umsahen.

Diese beiden waren uninteressant. Es war nicht das Auto, auf das sie wartete. Sie konnte sich nicht weiter mit derlei Nebensächlichkeiten aufhalten und sie durfte sich nicht ablenken lassen. Schließlich gab es einen Grund, warum sie an diesem Donnerstag auf ihrem Beobachtungsposten saß. Heute würde sich endlich der gewünschte Erfolg einstellen.

Grant und Hernandez suchten die Fassaden der Häuser auf der rechten Seite nach dem Haus mit der Nummer 34 ab.

Die Sekretärin hatte sich zwar ein wenig geziert, schließlich aber doch mit der Adresse herausgerückt. Die Häuser auf dieser Seite waren meist ein paar Meter vom Gehweg nach hinten versetzt. Schmale Wege führten zu den Eingangstüren.

Hernandez stieß ihn mit dem Ellbogen in die Seite und deutet auf ein Gebäude, welches sich halb links von ihnen befand.

Grant folgte ihrem Blick. Nun sah auch er die schnörkeligen Lettern. Nummer 34.

Er besah sich den Bau so unauffällig er konnte.

Es war ein typisches Holzhaus der 90er-Jahre mit einer überdachten

Veranda und verstreut im Vorgarten gepflanzten Büschen. Im Vergleich zu Sarah Feiners Anwesen war hier zweifellos eine nüchternere Hand am Werk gewesen.

Grants Augen huschten weiter zu den Fenstern im ersten Stock. Hier war nichts zu sehen. Weder brannte irgendwo Licht, noch waren Fensterläden oder Rollos heruntergezogen. Das Gebäude wirkte völlig normal.

Sie gingen los und näherten sich der Eingangstür.

Grant betätigte die Türklingel und als niemand auf das Signal antwortete, begann er mit der rechten Hand vernehmlich an die Tür zu klopfen.

»Hallo, ist jemand da? Polizei. Machen Sie bitte die Tür auf.« Aber auch das brachte nichts. Das Einzige, was Grant hörte, war das flüsternde Geräusch eines weißen Toyota Prius, der sanft hinter ihnen vorbeischnurrte und bei einem Bungalow ein wenig weiter die Straße entlang zum Stehen kam.

Er sah Hernandez an und zuckte mit den Achseln.

»Ausgeflogen, wie es scheint«, sagte er.

Hernandez grinste und wandte ihren Blick von dem weißen Toyota ab, aus dem gerade eine attraktive Frau stieg und die Einfahrt hinauf zum Bungalow stolzierte.

Dann schürzte sie die Lippen und sagte: »Wenn ich aus eigener Erfahrung sprechen darf, ist es oft das genaue Gegenteil von dem, wonach es aussieht.«

Mit diesen Worten ließ sie ihn stehen, ging raschen Schrittes an ihm vorbei über den Rasen und verschwand hinter der Ecke des Hauses.

Grant sah ihr kurz unentschlossen nach. Dann folgte er ihr.

Auch an der Seite des Gebäudes waren keinerlei Hinweise auf irgendeine Aktivität im Inneren festzustellen.

Nur eine weiße Bretterwand mit dunkelgrauen Schlieren.

Die Fenster lagen tief in der Wand und sahen ungepflegt und abweisend aus.

Vor sich konnte er Hernandez sehen, die bereits in den hinteren Garten gelaufen war.

Soweit er es beurteilen konnte, musste das Grundstück einen ähnlichen Grundriss wie das Haus von Sarah Feiner haben.

Allerdings war das Gelände von seiner Topografie her hügeliger und unregelmäßiger.

Der Garten war ebenfalls nüchtern und einfach gehalten.

Er registrierte, wie Hernandez die Stufen zur Veranda erklomm und nun hier energisch mit der Faust gegen die Fliegengittertür hämmerte.

»Hey hallo.« Das Gebilde erzitterte unter den Schlägen ihrer Hand.

Er legte die letzten Meter zurück und sprang ebenfalls die Stufen nach oben. Die Dielenbretter ächzten.

Grant erkannte, dass die Veranda sich in eine Art kleine, mit leicht trübe angelaufenen Fenstern geschützte Gartenlaube fortsetzte.

Ein paar Möbel standen dort um einen gusseisernen Tisch.

Mit abgeschirmten Händen spähte er durch das Fenster neben der Hintertür.

Alles war dunkel.

Er konnte die Ausläufer eines Küchenblocks und einige weitere Küchengerätschaften ausmachen. Dahinter verlor sich der Raum in der Dunkelheit.

Er wandte sich ab und steuerte auf die Gruppe von Sitzgelegenheit in der Gartenlaube zu.

Erst jetzt bemerkte er, dass auf dem Tisch gut ein halbes Dutzend Bilderrahmen aufgestellt waren.

Er ließ sich in die Polster einer klapprigen Couch gleiten und sagte mit geschlossenen Augen an Hernandez gewandt:

»Ich glaube, Sie verschwenden ihre Mühe. Es wird niemand aufmachen.« Hernandez hörte mit dem Klopfen auf und kam zu ihm herüber. Dicht neben dem Fußende des Sofas blieb sie stehen.

»Ich glaube, Sie verschwenden ihre Mühe«, äffte sie ihn nach.

»Wieso denn auf einmal so entspannt Mister Superbulle? Waren Sie nicht derjenige, dem alles nicht schnell genug gehen kann?«

Grant öffnete die Augen und ließ seinen Blick über die Bilder auf dem Tisch wandern.

»Ist nur so ein Gefühl«, murmelte er.

Hernandez schnaubte.

»Und wollen Sie wissen, was mein Gefühl mir sagt?«
»Ehrlich gesagt nein.«

Es waren etliche Personen auf den Bildern zu sehen. Hätte die Sekretärin ihnen nicht ein Bild des Professors gezeigt, er hätte das Aussehen des Mannes bei den vielen verschiedenen Personen nicht herausfinden können. Zumal Prof. George S. Strawn gar nicht auf allen Aufnahmen zu sehen war. Manche, so wie es schien, waren bei feierlichen Anlässen, zweifellos bei irgendwelchen Spenden- oder Wohltätigkeitspartys der Universität aufgenommen worden. Andere wiederum zeigten nur einzelne Personen.

»Okay«, sagte er, »was sagt Ihnen Ihr Gefühl?«

»Dass Sie einige Punkte in dieser Sache nicht ausreichend berücksichtigen. Alles beruht auf ein paar Indizien und Vermutungen und selbst die stehen auf sehr dünnem Eis.« Grant musterte sie.

»Nehmen Sie doch nur einmal diese ganzen Personen auf dem Videoschirm des Computers. Wo auch immer sie sich gerade befinden. Sofern das, was Sie gesehen haben, überhaupt der Wahrheit entspricht. Sie wissen ja wohl selbst, was mit dem richtigen technischen Equipment heutzutage möglich ist.«

Sie hob beide Arme.

»Und vielleicht haben sich diese Leute ja zu diesem zugegeben schlechten Scherz verabredet. Ich weiß, das ist vielleicht etwas unwahrscheinlich und extrem aufwendig, ganz zu Schweigen von den Konsequenzen und den Mühen und Kosten, die man auf sich nehmen müsste, aber zumindest liegt es nicht ganz im Bereich des Unmöglichen. Die Alternative müssen Sie zumindest in Betracht ziehen. Die Menschheit dreht langsam durch. Das ist zumindest meine Wahrnehmung. Genügend Spinner, die auf etwas aufmerksam machen wollen, gibt es überall. Und das Internet führt sie wunderbar zusammen. Es sind einfach zu viele Variablen.«

Sie räusperte sich.

»Verstehen Sie mich nicht falsch. Ich hätte wirklich nichts dagegen. All meine Arbeit der letzten Wochen wäre auf einen Schlag erledigt. Aber es gibt noch etwas anderes, das nicht ins Bild passt.«

Grant sagte nichts.

»Ich habe die Verwandten, Arbeitskollegen, Familienmitglieder der Verschwundenen befragt, ich habe mir die Hintergründe vorgeknöpft, die Vorstrafenregister angesehen. Ich habe keinen Stein auf dem anderen gelassen. Kurz, ich habe das getan, was wir in solchen Fällen immer tun, und was den größten Erfolg garantiert. Und wissen Sie, was ich gefunden habe? Rein gar nichts. Keine Einträge in den Registern, keine Hinweise, keine Verdächtigungen. Alle diese verschwundenen Personen hatten eine blütenweiße Weste. Vom Bauarbeiter bis zum Bankmanager. Nichts. Und meinen Sie nicht, wenn mehrere dieser Personen, wie Sie vermuten, Verbrechen der übelsten Sorte wie Mord, Vergewaltigung oder schweren Diebstahl begangen hätte, dass es zumindest irgendeine Form der Verdächtigung oder Schuldzuweisung oder vielleicht in den Datenbanken einen Hinweis darauf gegeben hätte?«

Sie ließ ein paar Sekunden verstreichen.

»Halten Sie mich nicht für naiv, ich weiß wie man Spuren verwischen oder abtauchen kann. Bei einem Fall lasse ich mir das gefallen. Vielleicht auch bei zwei. Aber gleich bei 25? Hätte es etwas gegeben, hätte ich zumindest hier und da Hinweise finden müssen. Das habe ich gemeint, als ich gesagt habe, dass dieser Punkt nicht ins Bild passt.«

Grant rieb gedankenverloren die Handflächen aneinander.

»Ja«, sagte er schließlich. »Vermutlich haben Sie recht.«

Er fixierte das erste Bild auf dem Tisch.

Ein Mann um die 50 war darauf abgebildet. Groß gewachsen, stahlgraues, volles Haar und ein markantes Kinn.

Grant war sich sicher, Prof. George S. Strawn vor sich zu haben.

Wenn man das Bild bedachte, dass ihnen die Sekretärin gezeigt hatte, so musste es sich bei dem Foto auf dem Tisch um eine Aufnahme handeln, die noch nicht sonderlich alt sein konnte.

Hintergrund und Aufmachung ließen darauf schließen, dass das Bild bei einem offiziellen Anlass gemacht worden war.

Der Professor trug ein elegantes Sacco und hatte seinen Arm um eine blonde Frau gelegt. Die Pose wirkte natürlich.

Die Frau war deutlich jünger als der Professor. Womöglich eine Tochter. Oder vielleicht eine Kollegin?

Die Unverkrampftheit der Aufnahme ließ jedenfalls auf eine gewisse Vertrautheit schließen.

Genau hinter dem Bild war ein weiteres zu sehen, das Strawn ebenfalls im Anzug mit einem jugendlich wirkenden Mann an der Seite zeigte.

Grant bemerkte, dass das Foto im Gegensatz zu dem vorherigen eindeutig älter war. Die Haare des Professors waren noch nicht ergraut, sondern dunkel und sein Teint war glatt und gebräunt. Der Mann neben ihm hatte seinen Ellbogen auf die Schulter von Strawn aufgestützt.

Beide lächelten gekünstelt.

Einen kurzen Augenblick hatte Grant das Gefühl, die Gesichtszüge des jungen Mannes bereits bei einer früheren Gelegenheit gesehen zu haben.

Aber das Gefühl war sofort wieder verflogen. Vielleicht lag es daran, dass der Mann neben Strawn auf dem Foto ein knallbunt bedrucktes Metallica-T-Shirt trug, das zwangsläufig die Aufmerksamkeit und Erinnerung eines jeden Betrachters erregte.

»Wer war die erste verschwundene Person?«, fragte er. Hernandez dachte nach.

»Charlotte Kreidler, wenn ich mich recht erinnere. Eine Bankiersgattin. Reiche Oberschicht. 54 Jahre alt.«

»Was haben Sie über sie herausgefunden?«

Wieder überlegte Hernandez einige Augenblicke, ehe sie antwortete:

»Eigentlich nichts Außergewöhnliches, außer dass sie in einem riesigen Haus mit etlichen Hunden und Katzen gewohnt hat und so gut wie nie zu Hause war. Ständig irgendwelche Partys oder sonstige Veranstaltungen.«

Sie stricht sich mit der Hand eine Strähne aus dem Gesicht, dann fuhr sie fort:

»Auf jeden Fall ist sie fünf Tage vor allen anderen verschwunden. Danach ging es Schlag auf Schlag, zwei, manchmal sogar drei neue vermisste Personen pro Tag. Was aber nichts heißen muss, manche Menschen werden eben früher, andere erst später vermisst.« Sie erhob sich.

»Und was soll ich sagen, bei manchen wird es eben überhaupt nicht bemerkt.« Mit diesen Worten sah sie auffordernd zu Grant.
»Sind wir dann hier fertig?«

Mannheim

Der Raum, in dem er saß, war finster und wurde nur an wenigen Stellen durch das Licht einiger Lampen erhellt, die wie Glühwürmchen tapfer gegen die Dunkelheit anblinkten.

Die Luft roch nach Feuchtigkeit und Moder.

Rechts, dort wo sich die schwere Holztür befand, konnte er jetzt gedämpfte Geräusche hören.

Ein leises Wimmern, daneben kratzende und schabende Laute.

Er wusste, woher die Geräusche kamen, aber es interessierte ihn nicht. Nicht mehr.

Das Einzige, was zählte, war, dass er mit allem rechtzeitig fertig geworden war. Er lag genau im Zeitplan. Alles Weitere würde sich von selbst ergeben.

Obwohl ihn bei den Lauten ein Gefühl der Beklemmung überkam, das Triumphgefühl in ihm war viel stärker.

Er war schon fast am Ziel, auch wenn dies bedeutete, dass er … Möglicherweise war es schon so weit.

Er musste wachsam bleiben, durfte sich jetzt keinen Augenblick der Schwäche erlauben.

Allerdings war ihm bewusst, dass dies nur ein Zwischenziel darstellte.

Mit einem leichten Druck an seinem Handgelenk betätigte er die Leuchtzifferanzeige seiner Armbanduhr.

Zufrieden fuhr er über die Lehne des Behandlungsstuhls und genoss die letzten Sekunden, bevor endlich alles vollbracht war.

Er ertappte sich dabei, wie er den Atem anhielt und lauschte.

Bald würde es beginnen.

Mannheim, Polizeigebäude

Es war genau 18 Uhr, als Paulson auf seinem Bildschirm den Zahlen dabei zusah, wie die letzten Sekunden des Countdowns heruntertickten.

Zuerst erreichten die Zahlen die Nullgrenze und nachdem für einen Sekundenbruchteil gar nichts passiert war, fing nun die Anzeige, die auf 00:00 stand, in rhythmischen Abständen zu blinken an.

Paulson lehnte sich so weit vor, dass seine Nase beinahe den Monitor berührte.

Die Körnung des Bildmaterials konnte er damit zwar nicht ausgleichen, dennoch bildete er sich ein, besser zu sehen. Aus den Augenwinkeln taxierte er die angespannten Gesichter einiger Kollegen, die sich noch immer in seinem Büro aufhielten.

Andere waren mittlerweile zu ihren eigenen Computern zurückgekehrt, um die gesendete Mail in ihrem eigenen Account zu öffnen.

Er erkannte das Gesicht von Karl Bender, der immer noch neben ihm hockte.

Die Situation an sich war aberwitzig, aber er konnte nichts gegen diese unterschwellige Anspannung tun.

Er wusste, dass etwas nicht stimmte, auch wenn viele seiner Kollegen anderer Meinung waren. Dennoch verfolgten ausnahmslos alle das Geschehen.

Er kniff die Augen zusammen und wartete mit angehaltenem Atem ab.

Er konnte hören, wie Bender neben ihm geräuschvoll auf seinem Stuhl herumrutschte.

»Scheint, als passiert überhaupt nichts«, sagte er in nervösem Tonfall, in dem Paulson eine Spur Erleichterung vernahm.

Sie durften diese Sache nicht einfach als Lappalie abtun. Und dass er die junge Biologin auf den Bildern entdeckt hatte, bestärkte ihn nur noch mehr in seiner Meinung.

Irgendetwas Merkwürdiges war hier im Gange. Aber sie konnten nichts tun.

Er wusste, dass Grant irgendwo da draußen war und versuchte an Informationen heranzukommen. Nur hatte er bis jetzt nichts von sich hören lassen.

Ein weiterer Umstand, der nicht dazu beitrug, seine Stimmung zu bessern. Und wo war eigentlich Kauder abgeblieben?

Der Leiter der IT-Abteilung schien sich leise, still und heimlich aus dem Staub gemacht zu haben. Paulson kaute an seinen Fingernägeln. Er würde sich Kauder gehörig zur Brust nehmen, wenn … plötzlich kam in das matte Bild vor ihm Bewegung. Paulson zuckte zusammen.

Die Kamera schien in ihrer Halterung zu erzittern. Das Bild geriet ins Wackeln.

Dann schoss ein dunkler Schatten so schnell durch das Bild, dass Paulson erschrocken auf seinem Stuhl zurückzuckte.

»Scheiße, was war denn das?«, fluchte Bender neben ihm.

»Hast du das gesehen?«

Paulson nickte. Er hatte es gesehen.

Seine Augen ruckten reflexartig zum unteren Teil des Bildschirms.

Dorthin, wohin der dunkle Schatten verschwunden war und jetzt nur noch als blasses Rechteck immer kleiner wurde.

Weitere Schatten schweiften durch das Bild und sausten über den Schirm auf einer schnurgeraden Linie nach unten. Einige nebeneinander, einige um ein paar Millisekunden versetzt.

Paulson erkannte dicke Stahlplatten, an deren Unterseiten bedrohlich spitz geformte Zacken herausragten und Tische, die unter der Wucht des Aufpralls zerbarsten. Er war wie gelähmt.

Mit einer merkwürdigen Teilnahmslosigkeit starrte er auf das Geschehen auf dem Monitor. Es war unwirklich.

Dass es keine Tonspur gab, machte alles nur noch surrealer. Trotzdem hatte er begriffen, was da gerade geschah.

»Scheiße«, fluchte er.

Auch hinter sich hörte er Kollegen ungläubig ächzen.

Niemand sagte ein Wort.

Paulson presste seine Zähne so fest aufeinande, dass sein Kiefer wehtat.

Er blinzelte. Einmal, dann zweimal. Aber das Bild blieb das gleiche.

Er konnte nicht glauben, was da passierte. Das, was er dort verfolgte, war eine live übertragene Massenhinrichtung.

Mit einem weiteren Blinzeln wandte er sich vom Monitor ab und schloss die Augen. Er wollte nichts mehr sehen.

Aber dann öffnete er doch wieder die Augen. Er konnte sehen, wie sich bereits dunkle, ölige Flecken zwischen den Tischen am Boden ausbreiteten.

Er registrierte Körperteile, Arme und Beine, die unter Trümmerteilen spastisch hervorzuckten.

Auf einmal wurde der Bildschirm vor ihm schwarz.

»Was ist denn jetzt schon wieder los?«, fragte Bender mit schriller Stimme.

Paulson war nicht fähig, etwas zu sagen.

Er hielt den Atem an.

»Da«, sagte Bender plötzlich und deutete aufgeregt nach vorn.

Ganz blass baute sich eine Schriftzeile in der Mitte des Bildschirms auf. Das Gebilde nahm immer mehr Form an:

Neckarvorlandstraße 15, Mannheim

Mannheim, Neckarau

James Talbot Jr. stand vor dem weißen Toyota im Nieselregen. Nein, es war eigentlich kein Regen mehr. Eher Dunst, der über die ganze Anlage zog.

Er sah sich nach allen Seiten um. Kein Mensch war zu sehen. Hinter dem Parkplatz schloss sich Rasen und dahinter der Wald an. Er ging an dem Wagen vorbei und begutachtete den grünen Teppich vor sich.

Die Spuren, die die Gestalt im Tau hinterlassen hatte, waren natürlich längst nicht mehr zu sehen. Aber vielleicht hatte er auf dem feuchten Waldboden mehr Glück.

Er stapfte los, so gleichgültig er konnte und hatte bald die ersten Bäume erreicht. Tief hängende Äste versperrten ihm die Sicht. Er zwängte sich zwischen ein paar Wedeln hindurch und sofort hüllte ihn das Dunkel des Waldes ein. Die Luft roch nach Frische und Erde. Sie war auch hier erfüllt von dem feinen Dunst, der sich feucht auf seiner Haut niederließ.

Talbot atmete ein paar Mal tief durch.

Dann begann er den Boden abzusuchen.

Er suchte nach Vertiefungen, Fußabdrücken.

Aber er fand rein gar nichts. Er ging 50 Meter in beide Richtungen. Nichts. Keine Spuren, nicht einmal etwas, was, entfernt an eine Fährte erinnerte.

Weiter im Wald konnte er den Zaun sehen, der das Gelände umgab. Auch ihn suchte er etliche Meter in beide Richtungen ab. Aber das Ergebnis war das gleiche. Er rüttelte sogar probeweise an ein paar Stellen des Drahts, um zu prüfen, ob jemand ein Loch hineingeschnitten hatte.

Aber auch das war nicht der Fall. Ratlos schürzte er die Lippen. Wie war der Mann auf das Gelände gelangt? Und noch viel wichtiger, wie war er wieder verschwunden? Oder befand er sich am Ende noch auf der Anlage? Unsicher sah Talbot sich um. Der Wald lag in tiefer Stille. Er hörte kein Vogelgezwitscher, kein Rascheln von Zweigen. Sicher gab es genug Möglichkeiten, sich zu verstecken. Aber zu welchem Zweck? Und was hatte die Gestalt mit dem Verschwinden der jungen Frau zu tun? Wurde sie entführt? Vielleicht sogar von diesem Mann? Sollte er der Polizei Bescheid sagen?

Er wandte sich abrupt um.

Die Fragen waren zahllos, das wusste er und beantworten konnte er sie sicher nicht, wenn er einfach nur hier zwischen den Bäumen herumstand. »Du bist ein Mann der Tat, also tue etwas«, sagte er sich.

Er kehrte zum Waldrand zurück.

Die Anlage breitete sich in ihrer ganzen Weite vor ihm aus. Dann ging er wieder zum Parkplatz. Auf einem der ersten Parkbuchten stand hier der weiße Toyota.

Die Gestalt hatte den Schlüssel unter dem hinteren rechten Radkasten deponiert. Er fingerte eine Weile dort herum, bis er ihn fand.

Nachdem er sich noch einmal umgesehen hatte, entriegelte er den Wagen. Im Kofferraum lag allerhand Unrat herum. Feiner war offenbar wirklich nicht die ordentlichste Person. Er erblickte mehrere leere Flaschen, daneben Zeitschriften und ein paar verstreute Kleidungsstücke.

Auf einer zusammengefalteten Jacke lag das, was er suchte. Er nahm den kleinen Zettel an sich und faltete ihn auseinander. Wieder spürte er den kalten Dunst auf der Haut, als er zu lesen begann.

Mannheim, Neckarvorland

Die Gruppe von fünf Polizeiwagen preschte die Hafenstraße hinunter, während draußen der Wind über den Boden fegte.
Mehrmals war der Konvoi bereits abgebogen und schlängelte sich durch das Labyrinth an Fabrikanlagen und Lagerhallen hindurch. Paulson versuchte, das Straßenschild an der nächsten Kreuzung zu entziffern.
»Da vorne links«, sagte er zum Beifahrer, einem klein gewachsenen Saftkopf, untersetzt und mit einer merkwürdig schrillen Stimme. Paulson hatte den Mann noch nie im Revier gesehen, aber offenbar arbeitete der Kerl schon seit Jahren hier.
Er sah auf das Namensschild an der Uniform des Saftkopfes. Hofmann. Dann wanderte sein Blick nach oben, wo sich pomadige Haare über einer leicht fliehenden Stirn dahinzogen. Der Kerl blickte sich suchend um.
»Wo denn? Hier?«, fagte er mir schriller Piepsstimme und Paulson verdrehte die Augen.
»Neckarvorlandstraße«, sagte er in knappem Ton. »Die nächste Straße.«
»In Ordnung«, antwortete der Saftkopf.
Es würde nicht mehr lange dauern, bis sie am Ziel waren.
Schätzungsweise noch einen knappen Kilometer.
Um ihn herum breitete sich ein charakteristisches Hafenviertel aus. Überall standen Frachtcontainer, LKWs und Kräne herum.
Der Saftkopf hatte das Tempo beschleunigt und der Wagen sprang über einen Schienenübergang hinweg.
»Das da vorne, ich glaube das ist es«, quiekte er und deutete nach vorne.

Zu dumm, dass Brenslin im Revier hatte bleiben wollen. Aber so wie es aussah, schien der Saftkopf tatsächlich recht zu haben.

Am Horizont erhob sich ein dunkler, kastenförmiger Bau aus schwarzen Ziegeln. Daneben reihten sich drei Lagerhallen aneinander. Direkt am Flussufer dahinter stand die rostige Silhouette eines Krans. Wie ein Mahnmal des Verfalls reckte er sich gegen den düsteren Himmel.

Das Gelände wirkte, als wäre es schon jahrelang nicht mehr genutzt worden.

Er wies den Saftkopf an, in die Anlage hinein zu fahren und auf dem Platz vor den Hallen zu halten. Wieder rumpelten sie über Gleise hinweg.

Etliche Fenster auf der Frontseite des Gebäudes waren entweder im Laufe der Jahre eingedrückt oder von Jugendlichen mit Steinen zerstört worden und die untere Wand hatte offenbar einigen mäßig talentierten Graffitisprayern von Zeit zu Zeit als Übungsort gedient.

Paulson legte die Stirn in Falten. Kein besonders erhebender Ort. Aber wenn man ungestört sein wollte, ideal.

Er stieg aus.

Begleitet vom Heulen des Windes hörte er die Türen der anderen Streifenwagen schlagen.

Fußgetrappel ertönte. Befehle wurden gebrüllt.

Er ging zu einem der Lagertore und zog und zerrte daran herum. Hinter der großen Halle schloss sich direkt das braune Wasser des Neckar an.

Ein Kollege kam ihm zur Hilfe und gemeinsam schoben sie das Tor auf. Es quietschte erbärmlich und ließ sich nur einen Meter öffnen, bevor es in seiner Führung blockierte. Sie traten durch den Spalt ins Innere.

Tiefes Dunkel öffnete sich vor ihnen. Es schien sie augenblicklich zu verschlucken.

Nur durch ein paar zerbrochene Fenster am Ende der Halle fiel Tageslicht herein.

Um sich herum hörte er das Klicken von Taschenlampen, die eingeschaltet wurden. Staub lag in der Luft. Er holte seine eigene Lampe hervor.

Der Boden schien mit einer dicken Art Ascheschicht bedeckt zu sein. Mit den Füßen scharrte er darin, was sofort weitere Nebelwolken produzierte. Er musste husten. Einige der Beamten stürmten bereits los und wirbelten dabei weitere Staubfontänen auf. Das feine Pulver hing bereits wie Kanonendampf in der Luft.

Wieder musste er husten.

Dann ging er ein paar Schritte nach vorne und ließ dabei seine Taschenlampe langsam über die Wände gleiten.

Die Halle hatte riesige Ausmaße. Einen derart gewaltigen Raum hatte er noch nie gesehen. Zudem lag ein eigenartig beißender Geruch in der Luft.

Er leuchtete nach oben und erkannte sogleich den Grund dafür. Die Wände und etliche Vorsprünge waren dick mit Vogelexkrementen überzogen und auch auf dem Boden waren Spuren von Vögeln zu sehen.

Unzählige Federn lagen herum und hier und da konnte Paulson verweste, ursprünglich gefiederte Körper ausmachen.

Das Gebäude musste tatsächlich schon viele Jahre leerstehen.

Er ging weiter.

Von einer der Zinnen über ihm flogen nun einige Tauben auf. Das hektische Geflatter wurde von den Wänden als Echo zurückgeworfen.

Paulson konnte noch mehr Vögel erkennen, die einfach still auf Vorsprüngen herumhockten. Hin und wieder war ein leises Gurren zu hören.

Verflucht. Paulson blinzelte wieder gegen den Staub in der Luft an, hier war seit Jahren niemand mehr gewesen.

Und frische Fußspuren in dem Ascheteppich hatte er ebenfalls nicht gesehen.

Waren sie am falschen Ort? Nein, es stimmte alles. Vielleicht gab es noch weitere Zugänge zum Gebäude.

Wieder ertönte ein leises Gurren. Die Überbleibsel alter Produktionsstraßen hingen wie ein bizarres Kunstwerk an die 15 Meter über ihm.

Etliche Förderbänder und Laufstege. Daneben mehrere Treppen und Niedergänge. Er fragte sich, was hier früher produziert worden war.

Das Funkgerät an seinem Gürtel knisterte.

Rechts vor ihm tauchte ein Durchgang zu einer weiteren Halle auf.

Auch links gab es mehrere große Bogengänge, die in weitere Räume führten.

»Mein Gott«, dachte er. »Das hier war das reinste Labyrinth.«

Aus der Halle rechts konnte er schon die Strahlen mehrerer Taschenlampen sehen. Die Beamten waren auch dorthin ausgeschwärmt.

Auf der linken Seite jedoch blieb alles dunkel.

Er ging weiter. Bis zum Ende der Halle waren es noch 100 Meter.

Die scharrenden Geräusche der Polizisten hinter ihm wurden mit jedem Meter leiser.

Vorsichtig schlurfte er durch den Teppich aus Asche und Staub. Auf dem Boden konnte er unter der Schicht mehrere Streben und schienenartige Gebilde ausmachen.

Vorsichtig tastete er sich weiter. Die Torbögen von links rückten langsam näher.

Wieder flatterten über ihm Vögel auf.

Mannheim, Polizeigebäude

Es dämmerte bereits, als Grant zusammen mit Hernandez ihr Büro betrat.

Er goss sich einen Becher schwarzen Kaffee ein und ließ sich damit auf dem Stuhl nieder, der sonst von Hernandez Kollegen Lin mit Beschlag belegt wurde. Dann nahm er einen großen Schluck.

Hinter sich hörte er das Rattern einiger Papiere vor dem Lufteinlass der Klimaanlage.

Er ließ die Augen über das Chaos an Akten und Papierstapeln auf den Schreibtischen gleiten.

Hernandez schien das Durcheinander recht wenig auszumachen. Selbstzufrieden wie eine Königin inmitten ihrer Schätze hockte sie auf ihrem Bürostuhl herum und schüttelte gerade einen Behälter mit irgendeinem selbst gebrauten grünen Zeug darin.

Grant verzog angewidert das Gesicht, als sie die klumpige Brühe in eine Tasse goss und daran nippte.

»Erzählen Sie mir ein bisschen von sich«, sagte sie unvermittelt.

Die Spanierin zuckte mit den Achseln.

»Wir haben ein bisschen Zeit, oder? Oder reden Sie mit Ihren Kollegen grundsätzlich nicht über Privates?«

Sie grinste.

»Doch natürlich. Aber wir kennen uns ja kaum.«

»Dann ändern wir das eben jetzt. Wenn Sie wollen, fange ich auch an. Also, ich bin hier geboren und aufgewachsen. Meine Eltern sind vor über 30 Jahren von Madrid hierher gekommen. Und jetzt Sie.«

Sie stützte die Arme erwartungsvoll auf den Schreibtisch.

»Woher kommen Sie?«

Grant nahm noch einen Schluck Kaffee. Dann sagte er:

»Ich bin in Kanada geboren und in Maine aufgewachsen. Eigentlich eine ziemlich ähnliche Geschichte wie sie. Mein Vater hat in Maine als Parkaufseher gearbeitet. Nachdem ich zwei Semester Meeresbiologie studiert habe, bin ich Polizist geworden. Ein paar Jahre habe ich für ein Privatunternehmen in Chicago gearbeitet. Reicht das für den Anfang?«

Hernandez nickte enthusiastisch und nahm einen Schluck von ihrer klumpigen Brühe. Sie war offenbar in Plauderlaune.

»Was hat Sie hierher geführt?«

»Ein Austauschprogramm.«

»Sind Sie verheiratet?«

»Nein. Meine Partnerin ist vor über 10 Jahren gestorben.«

»Oh, das tut mir leid.«

Sie machte eine Pause.

»In Ordnung, ich bin wieder an der Reihe. Ich habe zwei ältere Brüder. Einer lebt wieder in Spanien. Der andere ist Rechtsanwalt in München geworden. Sie?«

»Eine jüngere Schwester.«

In diesem Moment klingelte das Telefon auf Hernandez Schreibtisch. Sie nahm den Hörer ab.

»Ja?«

Grant sah, wie sie die Stirn runzelte.

Er stellte die Tasse ab und begann auf dem Schreibtisch die Stapel nach einer bestimmten Akte abzusuchen.

Nach ein paar Augenblicken hatte er sie gefunden.

Auf der ersten Seite war wie bei allen Dossiers über die vermissten Personen ein Foto angeheftet.

Er betrachtete es genauer.

Eine hübsche Frau mit blondem Haar, Pferdeschwanz und einem markanten Kinngrübchen lächelte ihm entgegen.

Dann las er den Namen darunter.

Charlotte Kreidler.

Er überflog die erste Seite, die lediglich persönliche Daten enthielt. Dann blätterte er um.

Offenbar war die Frau nach einer Party mit Freunden in den Quadraten, die sie nach übereinstimmenden Aussagen allein und gegen 4 Uhr morgens verlassen hatte, wie vom Erdboden verschwunden.

Niemand hatte Hinweise auf ihren Verbleib liefern können.

Ihr Auto, ein silberner BMW, wurde offenbar ein paar Tage später in einem Parkhaus nicht weit von der Partylocation entdeckt. Aber auch dort keine brauchbaren Spuren.

Er blätterte zur ersten Seite zurück und musterte die gutaussehende Frau auf dem Foto eingehend. Nun war sie wieder aufgetaucht. Die erste verschwundene Person. In einer Serie aus 25. Er murmelte die Zahl vor sich hin, während er hörte, dass Hernandez den Hörer des Telefons wieder auflegte.

»Ich habe eine Idee«, sagte sie.

Ein freches, verschwörerisches Glitzern funkelte in ihren Augen.

»Kommen Sie. Wir werden einen kleinen Ausflug machen.«

Mannheim, Neckarvolandstraße

Paulson bewegte sich auf den Durchgang zu. Das Gebilde kam ihm wie der Eingang zu einer Kathedrale vor.

Über dem Torbogen konnte er in Stein gemeißelt einen fast menschengroßen Wasserspeier erkennen, der ihn regelrecht anzuglotzen schien.

Er zwinkerte dem Wesen zu. Weiter hinten hörte er das Geklapper von Metall. Er wandte den Kopf. Zwei seiner Kollegen waren gerade dabei, am anderen Ende der Halle über die Überreste eines Eisenstegs zu klettern.

Ihre Taschenlampen zuckten über die feuchten Wände. Hier und dort glitzerten im Licht kleine Wassertropfen.

Paulson beobachtete noch einen Augenblick das Schauspiel. Dann wandte er sich ab.

Die Öffnung des Torbogens gähnte ihm entgegen. Erst jetzt bemerkte er die in die Dunkelheit hinabführenden Stufen, die sich in einer leichten Biegung fortsetzten.

Das hier war überhaupt kein Durchgang in eine andere Halle. Es war ein Weg nach unten in die Finsternis.

Er beleuchtete die Wände.

Auch hier schimmerten feuchte Stellen. Ob das an der Nähe zum Fluss liegen mochte?

Es war möglich. Obwohl er sich eigentlich noch nicht unterhalb der Wasserlinie befinden konnte.

Vorsichtig setzte er einen Fuß auf die oberste Stufe. Von unten wehte ihm eine Wolke abgestandener Luft entgegen.

Mit der linken Hand versuchte er an dem glitschigen Mauerwerk Halt zu finden.

Einige Stücke Putz brachen unter seinen Fingern aus der Wand und kullerten die Treppe hinab.

Kurz krächzte das Funkgerät an seinem Gürtel. Er schaltete es ab.

Er blieb nach ein paar Metern stehen und wandte sich um. Er konnte bereits jetzt kaum noch das obere Ende der Treppe erahnen.

Wie weit mochte es nach unten sein?

Der Strahl seiner Stablampe zuckte über die Wände.

Das hier unten machte nicht mehr den Eindruck einer verlassenen Lagerhalle, nein, er kam sich viel eher wie in einem mittelalterlichen Verlies vor.

Er fluchte. Dann ließ er den Lichtkegel in einem Halbkreis nach vorn in die Dunkelheit gleiten. Ein leichter Dampf schien hier in der Luft zu hängen.

Kurz lauschte er. Aber die undurchdringliche Schwärze gab kein Geräusch preis.

Oder vielleicht doch? Es war ihm, als könne er weit vor sich ein leises, schabendes Geräusch ausmachen.

Die Haare in seinem Nacken richteten sich auf.

Seine Atemzüge gingen rasselnd. Etwas stimmte mit der Luft hier unten nicht. Aber nun hörte er auch das eigenartige Geräusch nicht mehr.

Plötzlich hielt er inne.

Da war der Boden, auf den er gewartet hatte.

Die letzten Treppenstufen endeten in einer Art dunkelbraunem Morast.

Vorsichtig nahm er die letzten Stufen. Es kam ihm beinahe so vor, als könne er die abnehmende Temperatur mit jedem Meter spüren.

Dann setzte er behutsam seinen Fuß auf den braunen Schlamm.

Das Erdreich machte schmatzende Geräusche.

Die Sohle seines Schuhs sank in dem Sumpf ein. Allerdings weniger als er gedacht hatte. Der Untergrund schien auf seltsame Art stabil.

Ein paar Meter weiter konnte er sehen, wie der schlammige Grund in einen Boden aus schwarzen Backsteinen überging.

Offenbar hatten sich am Fuße der Treppe Dreck und Flüssigkeit im Laufe der Jahre zu einem zähen Brei gesammelt. Es war fast wie Wackelpudding.

Er richtete die Taschenlampe nach hinten.

Dann jedoch fuhr er mit einem Mal mit einer reflexartigen Bewegung herum. Der Strahl der Lampe tanzte wild über die Wände.

Dort vorne in der Dunkelheit. Er war sich absolut sicher, das unheimliche Schaben wieder gehört zu haben.

Nur dieses Mal hatte das Geräusch näher geklungen. Wieder lief ihm ein Schauer den Rücken hinunter. Ob es wirklich so klug gewesen war, den Abstieg nach unten alleine in Angriff zu nehmen? Mit klammen Fingern ertastete er das Funkgerät an seinem Gürtel. Er nahm es in die Hand und drückte auf die Sprechtaste.

»Hey Leute, hier ist Paulson. Ich bin hier unten im Keller.« Er ließ den Knopf los und wartete auf eine Antwort. Aber aus dem Lautsprecher des Geräts drang nur statisches Rauschen. Er fluchte. Dann drückte er wieder den Knopf.

»Hallo. Hört mich jemand?«

In ungefähr zehn Metern begann sich der Raum, in dem er sich befand, zu einem schmalen Gang zu verengen. Auch dort waberten Schwaden von Nebel herum.

»Ich bin einem der Durchgänge in der ersten Haupthalle nach unten gefolgt und …«

Weiter kam er nicht, denn in dieser Sekunde schoss ein bleicher Schatten aus einer der Wandnischen vor ihm. Paulson schrie auf.

Er sprang entsetzt einen Satz zurück, schaffte es aber irgendwie den Strahl der Taschenlampe nach vorne gerichtete zu halten. Das Funkgerät viel klappernd zu Boden. Die Sohlen seiner Schuhe versanken wieder in dem braunen Morast.

Der Strahl der Taschenlampe zitterte, erhellte aber das Phantom, das nun in einer wahnwitzigen Geschwindigkeit davonjagte.

Keine zwei Sekunden vergingen, da hatte es das Ende des Raumes erreicht und verschwand in dem schmalen Gang am anderen Ende.

Paulsons Herz raste.

Er konnte das Blut in seinen Adern pulsieren fühlen. Aber nun hatte er sich wieder in der Gewalt.

Er hob seine Waffe und feuerte einen Schuss in die Richtung ab, in der das Phantom verschwunden war.

Gellend laut hallte die Explosion von den Tunnelwänden wider. Er konnte den Querschläger in dem Tunnel vor sich jaulen hören. Dann sprintete er los.

Irgendetwas krächzte das Funkgerät auf dem Boden, aber er beachtete es nicht.

Der Strahl seiner Lampe malte wirre Schatten auf die Wände und Decken des Gewölbes.

Keine zehn Meter vor sich sah er das Phantom um eine Ecke biegen und aus seinem Blickfeld verschwinden. Die Gestalt war fast komplett in Schwarz gekleidet. Ganz anders, als er es zunächst wahrgenommen hatte. Allerdings bewegte sie sich in beeindruckendem Tempo.

Paulson beschleunigte noch einmal. Im Laufen kam sein Atem nun stoßweise. Aber er merkte, dass es ihm in der abgestandenen Luft immer schwerer fiel zu atmen.

Lange würde er dieses Tempo nicht halten können. Er hielt an der Abzweigung an und spähte um die Ecke.

Der Gang war leer.

Weiter hinten konnte er erkennen, dass er sich erneut gabelte.

Das hier war ein vollkommener Irrgarten. Er musste höllisch aufpassen.

Mit einem Ächzen setzte er sich wieder in Bewegung.

Rechts in der Wand konnte er schwere Stahltüren ausmachen, die geschickt in die Mauer eingelassen waren. Dicke Rostspuren zogen sich über die massiven Gebilde.

Eine nach der anderen zischte an ihm vorbei. Verdammt, wo war dieses Ding hingelaufen?

Er verlangsamte sein Tempo. Die Gabelung kam näher.

Er richtete den Strahl seiner Lampe auf den Boden. Aber auf dem Backsteingemäuer war es fast unmöglich, irgendwelche Spuren zu erkennen.

Er hielt an.

Außer seinem eigenen rasselnden Atem war nichts zu hören. Mit der Taschenlampe suchte er hektisch den Boden ab.

Plötzlich blieb der Strahl an einer kleinen Pfütze am Boden des rechten Ganges hängen.

Ein scharfer Luftzug wehte ihm entgegen.

Es roch immer noch merkwürdig, aber eine Ahnung von frischer Luft mischte sich nun in die Brise.

Bewegte er sich auf den Fluss zu? Er hatte hier unten so gut wie jede Orientierung verloren.

Er richtete seine Aufmerksamkeit wieder auf die Pfütze. Die Zeichen waren eindeutig.

Das Wasser bewegte sich noch leicht. Es floss über dünne Rinnsaale zurück zum tiefsten Punkt.

Außerdem konnte er sehen, dass sich auf der Oberfläche kleine Blasen gebildet hatten. Die Farbe war trüb vom aufgewühlten Untergrund.

Keine Frage, hier war jemand erst vor wenigen Augenblicken hineingetreten.

Paulson grinste diebisch.

Dann hastete er weiter.

Der Tunnel erschien ihm noch schmaler als der vorhergehende. In Gedanken versuchte er, sich den Weg einzuprägen. Wie oft war er mittlerweile abgebogen? Und wer zum Teufel hatte hier unten so viele Gänge angelegt? Und wozu?

Weitere Nischen mit rostigen Türen tauchten auf.

Kurz überlegte er, ob das Phantom vielleicht in einer von ihnen verschwunden war.

Aber die Gebilde sahen derart massiv aus, dass sie sich sicher kaum schnell und ohne Geräusche bewegen ließen. Vom Rost und dem jahrelangen Verfall einmal ganz abgesehen.

Von oben baumelten nackte Glühbirnen in regelmäßigen Abständen von der Decke.

Daneben liefen Kabelstränge entlang.

Irgendwie wirkten die Installationen merkwürdig neuwertig.

Er wollte gerade anhalten und einen kurzen Blick riskieren, als er mit einem Mal aus dem Augenwinkel eine schnelle Bewegung wahrnahm.

Er registrierte einen Schatten hinter der nächsten Nische. Die Bewegung war unglaublich schnell.

Alle seine Instinkte schrien Alarm. Aber der kurze Moment Unaufmerksamkeit hatte gereich.

Ein Schlag traf ihn gegen die Schläfe und er taumelte.

Ein weiterer unglaublich harter Hieb gegen seine Brust. Dann ein weiterer, der ihn mitten ins Gesicht traf und von den Beinen schleuderte.

Mit dem Rücken knallte er hart auf den Backsteinboden. Japsend rollte er auf die Seite.

Die Taschenlampe fiel ihm aus der Hand. Sie rollte über den Boden und blieb knapp vor seinem Gesicht liegen.

Wild wühlte der Schmerz in seinem Kopf.

Es schmeckte Blut auf der Zunge.

Vor seinen Augen drehte sich alles. Mühsam versuchte er, seine Gliedmaßen zu bewegen, aber er lag da wie paralysiert.

Er kniff die Augen zusammen. Er musste wieder zu klarem Verstand kommen. Wo war seine Waffe? Und wo war sein Angreifer? Er konnte kaum einen klaren Gedanken fassen. Seine Welt schien nur aus einem einzigen riesigen Schmerz zu bestehen.

Noch immer drehte sich alles um ihn herum. Aber nun war da noch etwas anderes.

Er konnte von irgendwo über sich schwere Atemzüge hören.

Dort oben, irgendwo neben ihm stand dieser Mistkerl. Die Bilder tanzten wild vor seinem Gesichtsfeld.

Aber nun beleuchtete der Strahl der Lampe nicht mehr nur den nackten Boden. Nein, zwei schwere Stiefel waren in den Lichtkegel getreten.

An der Außenseite von einem der Schuhe konnte er sehen, dass sich dort zwei tiefe, parallele Risse durch das ansonsten glatte Leder zogen.

Dann überkam ihn eine neue Woge des Schwindels. Angsterfüllt verkrampfte er sich. Gleich würde der finale Angriff kommen.

Aber dann hörte er mit einem Mal dumpfe Erschütterungen, die sich zu entfernen schienen.

Das schwere Atmen über ihm war verschwunden und auch die Stiefel waren nicht mehr zu sehen. Stattdessen hörte er das Geräusch von Schritten, die immer leiser wurden.

Er rollte sich herum.

Feuchtigkeit durchtränkte den Stoff seiner Jacke und seines Hemdes. Offenbar lag er in einer weiteren Pfütze.

Fürs Erste musste er liegen bleiben. Dieser Mistkerl hatte ihn komplett außer Gefecht gesetzt.

Mannheim, Neckarau

Kein Mitarbeiter war mehr an seinem Arbeitsplatz als James Talbot Jr. die Tür zum Obergeschoss des Verwaltungsgebäudes aufschloss und den Abschnitt betrat, der an der Außenwand des Gebäudes entlangführte.

Die Front zu seiner Linken war komplett verglast und das Glas von außen verspiegelt, sodass niemand in das Gebäude hineinsehen konnte. Zufrieden atmete er aus.

Gut, wenn er keine unnötige Aufmerksamkeit erregte. Jetzt allerdings, als er die zahllosen leeren Büros bemerkte, hätte er sich die Mühe eigentlich auch sparen können.

Alle Mitarbeiter waren längst nach Hause gegangen.

Er fuhr sich mit der Hand durchs Haar. Und dabei hatte er extra das ATV in der Garage stehen lassen, um niemanden unnötig auf sich aufmerksam zu machen. Es war umsonst gewesen.

Umsonst hatte er den langen Weg zum äußersten Rand des Firmengeländes zu Fuß zurückgelegt.

Er hörte das gleichmäßige Schlurfen seiner Schuhe auf dem Teppichboden und runzelte die Stirn.

Er hatte diesen braun-gelben Stoff noch nie gemocht. Welcher verwirrte Geist war nur für derlei Scheußlichkeiten verantwortlich?

An den mit Holz verkleideten Wänden hingen in regelmäßigen Abständen ebenso scheußliche Bilder.

Behutsam drehte er den kleinen Zettel in der Hand, den er in dem Wagen der Biologin gefunden hatte.

Noch einmal rief er sich die Ziffern auf dem Blatt Papier ins Gedächtnis.

3986547

Er lächelte. Für die meisten würde diese Zahlenfolge wahrscheinlich keinen Sinn ergeben. Man würde wohl an eine Telefonnummer oder an ein Bankschließfach denken.

Aber er wusste genau, was sie bedeuteten. Frick hätte es ebenfalls sofort erkannt.

Zumindest glaubte er das. Allerdings war die nächste Schlussfolgerung beunruhigender.

Wieso hatte die Gestalt den Zettel ausgerechnet in den Wagen der Biologin gelegt?

Und zwar genau so, damit es jeder über die Kameras sehen konnte.

Die Gestalt wollte, dass man den Zettel fand.

Und sie wusste offenbar auch über die Bedeutung der Zahlen Bescheid.

Nach einigen Metern knickte der Gang ab und folgte weiter der Form des Gebäudes. Talbot ging den Flur bis zum Ende. Dann blieb er vor einer gläsernen Tür mit schwarzer Aufschrift stehen.

»Hauptarchiv« stand in großen Lettern über einem weiteren Satz in etwas kleinerer Schrift.

»Zutritt nur für autorisierte Mitarbeiter«.

Talbot zog die Schlüsselkarte hervor und steckte sie in das Lesegerät.

Beinahe sofort war ein Summton zu hören. Die Tür wurde entriegelt.

Das Archiv wurde auf 16 Grad Celsius heruntergekühlt. Er hatte das gewusst. Dennoch überraschte ihn die plötzliche Kälte.

Rasch schloss er die Tür hinter sich.

Im Innern umgab ihn der Geruch nach altem Papier und staubiger Luft.

Suchend sah er sich um. An der linken Wand schlossen sich lange Regalreihen an, die weit bis in die hintersten Winkel des Raumes reichten.

Auf der rechten Seite konnte er niedrige Kommoden ausmachen. Dazwischen einige Tische, auf denen in regelmäßigen Abständen Computerbildschirme angeordnet waren.

Rasch durchschritt er die Reihen.

Dann betätigte er einen Lichtschalter. Mehrere Deckenlampen flammten auf.

Nur die Hälfte der Regale lag im Licht.

Weiter hinten konnte er nur noch Schemen und Umrisse ausmachen.

Auch die Kommoden verschwanden im weiteren Verlauf im schwarzen Dämmerlicht. Nur ganz am Ende des Archivs konnte er die beleuchtete Schaltfläche eines Tastenfelds erkennen, das sich neben einer Tür für einen weiteren Raum befand.

Die Regalreihen, die an ihm vorbeizogen, waren in aufsteigender Reihenfolge nummeriert. Flüchtig überflog er einige Titel auf den Buchrücken.

In einer Entfernung von fünf Metern begannen die Regale in stählerne Aktenschränke überzugehen.

Er bog von dem Hauptkorridor ab und zählte leise im Geist die Nummern mit.

Dann stoppte er.

Dort war der Schrank, den er suchte.

Vor ihm öffneten sich mehrere Ebenen mit herausziehbaren Schubladen.

Jede einzelne trug eine Nummernbeschriftung.

An die hundert Aktenmappen befanden sich dort.

Talbot nickte.

Das, was er beinahe sofort erkannt hatte, war, dass die Zahlen auf dem Zettel eine Vorgangsnummer innerhalb des Archivsystems abbildeten.

Er blätterte die Akten mit nervösen Fingern durch.

Dann zog er eine aus ihrer Halterung.

Er ließ die Schublade offen stehen und klemmte sich das Bündel unter den Arm.

Dann hastete er so schnell er konnte zum Hauptkorridor zurück.

Keine zehn Sekunden später war er an einer der Workstations angekommen und knipste dort die Schreibtischlampe an.

Er setzte sich an den Tisch und legte die Akte samt des kleinen Zettels vor sich hin.

Mit einem Gefühl der Befriedigung betrachtete er sein Werk.

3986547 3986547

Die Zahlen auf der Akte und dem kleinen Zettel waren identisch.
Er schlug die Mappe auf und blätterte sich durch die ersten Seiten, die nur irgendwelche allgemeinen Laborinformationen
enthielten. Er überflog die Zeilen ohne genauer Notiz davon zu nehmen. Dann begann er bei der vierten Seite des Bündels zu lesen.

Mannheim, Quadrate

»Ich glaube, Sie handeln zu unüberlegt«, sagte Grant.

Hernandez steuerte den BMW gerade um eine Kurve.

Auf der leergefegten Straße gab sie wieder Gas.

»Ich bin nicht verrückt«, protestierte sie, »und wenn Sie einmal genau darüber nachdenken, dann ist das unsere beste Möglichkeit. Vielleicht sogar unsere einzige. Das Haus bringt uns nicht weiter und wir können uns das notwendige Dokument jederzeit nachträglich besorgen. Jetzt seien Sie nicht so ein Spielverderber.«

Grant sah Hernandez an und hielt dem Blick aus den stechenden Augen stand. Dann atmete er seufzend aus, als die Spanierin sich wieder der Straße zuwandte.

Gerade noch rechtzeitig, um einem auf der Straße liegenden Ast auszuweichen und die Einfahrt in die nächste Straße nicht zu verpassen.

Das Beste war wohl, wenn er einfach gar nichts mehr sagte.

Nichts schien Hernandez von ihrer Idee abbringen zu können.

Und weil er schließlich selbst schon mehrere fragwürdige Aktionen im rechtsfreien Raum hinter sich hatte, konnte er nun schlecht den Moralapostel spielen.

Kurze Zeit später stellte die Spanierin das Auto in der hintersten Ecke des großen Parkplatzes ab. Hier drang nur noch wenig von der Campusbeleuchtung zu ihnen herüber.

Sie stiegen aus.

Grant konnte in der Stille das Metall des Motors knacken hören. Vorsichtig sah er sich nach allen Seiten um. Der Parkplatz war leer. Die vor ihm liegenden Lichtinseln ebenfalls.

Zufrieden nickte er. Hernandez schloss die Tür.

»Es sieht gut aus«, meinte sie.

Sie fingen an den Parkplatz zu umrunden.

Obwohl niemand zu sehen war, war es klüger, diesen Weg im Dunkel der schützenden Mauern zu nehmen. Das Gebäude ragte massiv vor ihnen auf.

Grant wusste, was Hernandez vorhatte. Und er hatt kein gutes Gefühl dabei. Aber die Spanierin war von ihrem Vorhaben überzeugt und nicht daran zu hindern. Und alleine lassen würde er sie nicht.

Geduckt schlichen sie weiter. An der Zufahrt zum Parkplatz ging Hernandez in die Hocke und spähte nach links. Aber auf der Straße näherte sich kein Fahrzeug. Alles war dunkel und still.

Direkt vor ihnen befanden sich die massiven Mauern des Universitätsflügels. Das Schloss ragte wie ein gewaltiger Fremdkörper vor ihnen auf.

Hernandez setzte sich wieder in Bewegung.

»Dort«, sagte sie.

Im Innern des Gebäudes schien alles ruhig zu sein. Nur an wenigen Stellen brannte noch Licht.

Sie durchquerte einen kleinen Torbogen und fanden sich in einem Innenhof wieder.

»Ich hoffe Sie wissen, wohin wir müssen«, sagte Grant. Hernandez reckte einen Daumen in die Höhe. In diesem Moment vernahm Grant Stimmen.

Er zuckte zusammen. Auch Hernandez musste die Geräusche gehört haben.

Schwer atmend standen sie in der Dunkelheit.

Die Stimmen schienen von der anderen Seite des Platzes zu kommen. Eindeutig näherten sie sich.

Grant hörte lachende und lallende Geräusche. Hernandez zog ihn hinter eine Reihe von Büschen, die an der Gebäudeseite entlang gepflanzt waren.

In der nächsten Sekunde kamen drei Gestalten um die Ecke des Flügels. Es waren zwei Männer und eine Frau.

Alle bewegten sich unbeholfen.

Mal scherte einer aus der Dreierreihe aus, mal ein anderer. Offenbar waren alle betrunken. Nur das Mädchen schien noch verhältnismäßig nüchtern.

In der Hand von einem der Männer konnte Grant die Form einer Weinflasche ausmachen, die fleißig herumgereicht wurde. Hernandez schmunzelte.

Einer der Männer blieb etwas zurück und verschwand hinter einem Müllcontainer.

Wenige Augenblicke später hörte Grant das ratschende Geräusch eines Reißverschlusses.

Die anderen Gestalten blieben stehen und drehten sich um.

»Jetzt mach schon Philipp«, hörte Grant die belustigte Stimme des Mädchens.

Ihr Nebenmann gluckste nur etwas Unverständliches. Plötzlich erschien die Gestalt wieder.

»Na endlich«, war wieder die Stimme des Mädchens zu vernehmen.

»Hat irgendetwas geklemmt?«

Sie lachte.

Die einzelne Gestalt erwiderte etwas, lachte ebenfalls und schloss wieder zur Gruppe auf. Wenig später ging das Herumreichen der Weinflasche weiter.

Deutlich unsicher auf den Beinen, entfernte sich die Gruppe in Richtung Torbogen.

Wenig später waren sie außer Sicht.

»Das süße Uni-Leben«, sagte Hernandez wehmütig. »Vielleicht hätte ich doch etwas studieren sollen.«

Sie nutzen einen großen Strauch als Deckung und Hernandez zählte die Reihen der Fenster ab.

»Noch ein kleines bisschen weiter«, sagte sie.

Mannheim, Neckarvorlandstraße

Paulson versuchte ächzend sich aufzurichten und kam schließlich in einer halb sitzenden, halb kauernden Position zu der Erkenntnis, dass er womöglich eine nicht unerhebliche Gehirnerschütterung davongetragen hatte.

Noch immer dröhnte der Schmerz in seinem Schädel und Lichtpunkte tanzten vor seinen Augen. Er konnte kleine Blitze und einen hellen Streifen in seinem Gesichtsfeld ausmachen. Um ihn herum war der Nebel immer noch in der Luft zu sehen und sein Atem kondensierte in regelmäßigen Abständen.

Angestrengt suchte er die Umgebung ab und tastete gleichzeitig nach der Taschenlampe, die vor ihm auf dem Boden lag. Verflucht tat das weh.

Dieser verdammte Mistkerl, dieses Phantom hatte in völlig überrumpelt.

Die Bewegungen der Gestalt waren erstaunlich schnell und effektiv. Er hatte nicht die geringste Chance gehabt. Er sah nach oben. Die Gehäuse der nackten Glühbirnen reflektierten das Licht seiner Lampe und warfen es gebrochen zurück an die Wände.

Was wurde hier nur gespielt?

Er hatte das Gesicht seines Angreifers nicht sehen können. Nur eine bleiche Gestalt in schwarzer Kleidung, die es erstaunlich gut verstand, sich ungebetene Besucher vom Leib zu halten.

Ein neuerlicher Schmerz zwang ihn, die Augen zu schließen. Die Lichtpunkte wurden nun jedoch weniger. Er merkte, dass er sich langsam von der Attacke erholte.

Der helle Strich, der sich über sein Gesichtsfeld zog, war jedoch weiterhin vorhanden. Langsam beschlich Paulson ein ungutes Gefühl. Hatte er sich womöglich eine Augenverletzung zugezogen? Hatte der heftige Schlag ins Gesicht irgendeinen Teil seines linken Auges in Mitleidenschaft gezogen? Schmerzen verspürte er auch hier, aber die Verletzung schien merkwürdig.

Die Lichtpunkte bewegten sich im Zickzack, tauchten mal hier mal dort auf.

Aber der helle Streifen blieb dort, wo er war. Er folgte nicht wie die anderen Lichtblitze seinen Augenbewegungen, sondern verharrte fest an einem Ort. Was mochte das zu bedeuten haben?

Plötzlich stutzte er.

Dann verlagerte er den Winkel seines Blickfeldes nach unten. Der helle Strich verschob sich nach oben. Ein Kribbeln stieg in ihm auf. Er kniff die Lider zusammen und begutachtete die Umgebung.

Keine Frage, über dem hellen Schlitz war eine Vertiefung in die Wand eingelassen. Die Gleiche, die er bereits einige Male auf dem Gang gesehen hatte.

Er richtete den Strahl in die Richtung. Er traf auf die raue Oberfläche matten Stahls. Grau, an einigen Stellen zerklüftet und mit Nieten besetzt. Überall waren Rostspuren zu erkennen. Ein plötzliches Begreifen durchzuckte ihn.

Was er da vor sich hatte, war eine der schweren Türen. Ohne Zweifel. Und wenn ihn seine Sinne nicht trogen, schimmerte unter dem Türschlitz Licht von der anderen Seite hindurch.

Plötzlich war er hellwach.

Mühsam versuchte er aufzustehen.

Übelkeit stieg in ihm auf. Aber irgendwie schaffte er es auf die Beine.

Er machte einen Schritt in Richtung Tür.

Sein Angreifer war offenbar wirklich verschwunden.

Er war auf der richtigen Spur. Aber warum hatte dieser Mistkerl ihn nicht erledigt?

Die Chance dazu hätte er gehabt. Und wozu noch das Leben eines Polizisten schonen, wenn man gerade mit einer tödlichen Apparatur das Leben von 25 Unschuldigen beendet hatte?

Irgendwo in der Finsternis war das Plätschern von Sickerwasser zu hören.

Er tastete instinktiv nach seinem Funkgerät. Wo war das verdammte Ding?

Das Gehäuse war leer. Er fluchte. Scheiße.

Er musste das Gerät am Fuße der Treppe verloren haben. Höchstwahrscheinlich lag es dort irgendwo in dem Morast herum.

Mit der Hand schlug er frustriert gegen die steinerne Wand.

Er überlegte, den Rückweg anzutreten. Womöglich war es das Beste, zuerst Verstärkung herbei zu rufen, bevor er sich daran machte, weitere Teile des Tunnelsystems zu erkunden.

Wer wusste schon, was ihn hinter der nächsten Tür erwartete. Dann jedoch wandte er sich wieder um.

Nein, er konnte nicht so lange warten.

Mit klammen Fingern packte er den Türknauf und begann daran zu rütteln.

Nichts. Die Tür ließ sich nicht bewegen. Paulson trat zurück und warf sich mit der Schulter sacht dagegen. Der Schmerz in seinem Kopf meldete sich, aber das Geräusch, das er hörte, verdrängte jeden Gedanken daran.

Ein leises Kratzen.

Die Tür bewegte sich ein paar Millimeter.

Er grunzte triumphierend. Wieder warf er sich gegen das Gebilde. Diese mal ein wenig fester. Sie gab weiter nach. Der Lichtschlitz wurde breiter.

Noch einmal wiederholte Paulson das Manöver. Einen kurzen Moment passierte nichts. Dann schwang die Tür nach hinten.

Paulson taumelte.

Das einzige Licht im Raum ging von zwei Glühbirnen an der Decke aus, die an Drähten herabbaumelten.

An den Wänden sah er vereinzelte Apparaturen und Gefäße, Kolben und Pipetten herumstehen, die wie die Ausrüstung in einem wissenschaftlichen Labor aussahen.

In einigen schwappten Flüssigkeiten, andere wiederum waren vollkommen leer und von einer dicken Staubschicht bedeckt. Sein Blick wanderte weiter.

In der Mitte des Raumes konnte er eine Art Stuhl sehen, der wie der Patientenstuhl bei einem Zahnarzt aussah.

Der Raum war kaum größer als seine Doppelgarage. Lediglich die obligatorischen Ölflecken waren nicht zu sehen.

Im nächsten Moment blieb seine Aufmerksamkeit an einer Ansammlung von an der Wand aufgeschichteten Brettern hängen. Ebenso wie die Backsteine um sie herum waren sie pechschwarz.

Das Holz der Planken wirkte massiv und war über eine grobe Eisenschlinge miteinander verbunden. Paulson richtete den Strahl der Taschenlampe auf die Stelle.

Beinahe sofort reflektierte das Eisen das Licht. Er stutze.

Erst jetzt bemerkte er den halb im Holz versunkenen Riegel und daneben eine kaum zu erkennende altertümliche Türklinke.

Er pfiff leise durch die Zähne.

Plötzlich blieb er wie angewurzelt stehen. Da war ein Geräusch hinter der Tür. Ein dumpfes Rumoren, fast wie das Knurren eines Hundes.

Seine Finger krampften sich um den Griff der Lampe.

Der Riegel, der die Tür verschloss, wirkte alt und vorsintflutlich.

Der Mechanismus musste jedoch erst vor kurzem benutzt worden sein.

Kurz schweiften seine Gedanken zurück zu den verstörenden Bildern auf seinem Computer.

Dann griff er vorsichtig nach dem Riegel und drückte ihn nach unten.

Er spürte kaum einen Widerstand, als er das Gebilde aufschob.

Dann fiel ein Streifen Helligkeit durch den Spalt.

Paulson spähte durch die Lücke.

Im nächsten Moment sog er scharf die Luft ein. Die Bilder brannten sich in seine Netzhaut ein. Für einen Sekundenbruchteil war die Welt um ihn herum im Stillstand.

Mit einem Ruck stieß er die Tür ganz auf.

Mannheim

Sarah Feiner schlug die Augen auf.

Sie versuchte, ihren schmerzenden Arm zu bewegen. Ein brennendes Gefühl schoss hindurch bis in ihre Schulter, wie als habe jemand einen glühenden Dolch in das Fleisch gestoßen.

Reflexartig krampfte sich ihr Kiefer zusammen und ihr Hinterkopf sank wieder zurück auf die Holzplatte.

Sie schluchzte. Unter ihrem Kopf hatte sich ein See ihres eigenen Blutes gebildet.

Die zähe Masse verklebte ihr die Haare und drang durch den Stoff ihrer Bluse.

Ein zweiter Schmerz wühlte in ihrem linken Unterschenkel, ein weiterer im rechten Fußknöchel. Es fiel ihr schwer, bei Bewusstsein zu bleiben.

Sie presste die Lippen zusammen und atmete flach durch die Nase.

Es fühlte sich so an, als verbrannte sie innerlich.

Aber sie war nicht tot. Jedenfalls noch nicht. Wieder versuchte sie, den Kopf zu heben.

Sofern sie ihre Situation richtig beurteilte, waren drei Dolche der Metallplatte durch ihre Schulter und das linke und rechte Bein gedrungen.

Pfützen von Blut hatten sich auch unter ihren Unterschenkeln und Füßen gebildet.

Aber noch immer war sie fähig zu atmen und sich zumindest ein wenig zu bewegen. Sie verdrehte den Kopf.

Ein widerwärtiger Blutgeruch wehte durch den Raum. Es roch wie in einem Schlachthaus.

Sie versuchte den Kopf weiter zu drehen, aber sofort meldete sich der Schmerz in ihrer Schulter.

Überall auf dem Boden konnte sie Holzsplitter von den Tischen und blutige Pfützen erkennen.

Die Tische in ihrer Umgebung waren zum Teil zerbrochen, zum Teil komplett zerborsten, andere wiederum schienen noch erstaunlich intakt.

Verflucht tat das weh.

Der Schmerz in ihrer Schulter pochte heftig.

Die beiden Tische links von ihr badeten ebenfalls in Blut. Allerdings schien auch dort die Wucht der herunterstürzenden Eisenplatten nicht tödlich gewesen zu sein.

Sarah konnte sehen, dass sich sowohl auf dem Tisch, der ihr am nächsten stand, wie auch auf dem weiter entfernten die Gestalten wanden und vor Schmerzen krümmten.

Besonders auf dem Tisch direkte neben ihr gab es viel Aktivität. Außerdem schien hier die Menge an Blut verhältnismäßig gering. Sie musterte die Gestalt, die dort lag.

Es war ein junger Mann. Vermutlich nicht viel älter als sie selbst.

Er hatte dunkle Haare, einen schmuddelig wirkenden Drei-Tage-Bart und trug einen makellos sitzenden Anzug, der an zwei Stellen blutige Flecken aufwies.

Sturzbäche von Blut, wie an anderen Tischen, waren hier allerdings nirgendwo auszumachen. Irgendjemand, vermutlich der Entführer, hatte dem Mann beide Schuhe ausgezogen und sie neben dem Tisch auf dem Boden platziert.

Sarah musste mehrmals blinzeln. Der in der Luft umhertreibende Staub reizte ihre Augen.

Der Mann hatte sein Gesicht von ihr abgewandt. Er versuchte offenbar gerade seine Hand, die ebenso wie ihre immer noch in den Kettengliedern der Fesseln steckte, zu befreien.

Sarah runzelte die Stirn. Sie war erstaunt, über wie viel Bewegungsspielraum der Kerl verfügte.

Ihre eigenen Fesseln saßen unangenehm stramm. An einigen Stellen hatte sich das Material schmerzhaft ins Fleisch gegraben.

Die Verletzungen des jungen Mannes mussten weit weniger schlimm sein als ihre eigenen.

Die Ketten an den Gliedmaßen der Gestalt klirrten.

Zu ihrer Überraschung bemerkte Sarah, dass sich fast auf jedem Tisch um sie herum nun die Aktivität zu steigern schien.

Überall hörte sie Kettengerassel oder gepeinigtes Wimmern.

Sie kam sich vor wie in einer gigantischen Foltermaschine. Wie in einem makaberen Mittelalterstück.

Ihr Nachbar hatte seine Position nun erneut verlagert und einen Arm aus den Eisenschlingen befreien können.

Sarah wurde immer verblüffter.

Wie zum Teufel war ihm das gelungen?

Plötzlich wandte der Kerl ihr den Blick zu.

Rasch schloss sie die Augen, öffnete sie kurz darauf aber wieder einen Spalt weit.

Der Typ würde aus dieser Entfernung unmöglich erkennen können, dass sie ihn beobachtete.

Der Mann begann nun mit der freien Hand den Rahmen des Tisches abzutasten. Sarah registrierte, wie seine Hand unter der Platte entlangfuhr.

Dann verharrte sie an einem Punkt. Sie sah die Muskeln seines Unterarms arbeiten.

Die Hand dieses merkwürdigen Typen schien unter der Holzplatte um irgendeinen Gegenstand herum zu tasten.

Was zum Teufel trieb er da? Dann ruckte der Arm des Mannes plötzlich hoch. Sie zuckte zusammen.

Ihre Ketten klirrten.

Sofort hob die Gestalt den Kopf und spähte in ihre Richtung.

Für den Bruchteil einer Sekunde glaubte Sarah, dass ihr Schwindel aufgeflogen war.

Dann jedoch wandte der junge Mann den Blick wieder von ihrem Tisch ab. Sie beobachtete, wie er einen Gegenstand begutachtete, der sich nun in seiner Hand befand.

Das Ding hatte ungefähr die Größe eines Golfballes, war aber nicht ganz so weiß, sondern eher von einer bräunlichen Färbung. Außerdem hatte es eine quadratische und keine runde Form.

Wenn sie ihr Verstand nicht völlig getrogen hatte, dann musste dieses Ding sich die ganze Zeit unterhalb der Tischplatte befunden haben.

Sie sah, dass der Mann den Gegenstand in der Hand drehte und irgendwie zu überprüfen schien.

Dann hob er den Arm und ließ ihn in einer der Taschen seines Anzugs verschwinden.

Sarah bemerkte, dass auch die andere Hand des Mannes mittlerweile nicht mehr in den Handschellen steckte.

Sie hielt den Atem an.

Der Kerl verlagerte wieder seine Position und legte sich jetzt mit am Köper angelegten Armen flach auf die Tischplatte.

Wie ein Brett lag er stocksteif da.

Sie spürte, wie ein eigenartiges Gefühl sich in ihr breitzumachen begann.

Was hatte der Mann da gerade getan? Woher hatte er gewusst, was sich dort unter dem Tisch befand?

Und wieso ...

In diesem Moment ertönte von der anderen Hallenseite ein Krachen.

Sarah wandte den Kopf.

Der staubartige Nebel war im hinteren Teil der Halle etwas geringer und Sarah konnte die Wand gut erkennen.

Ein Loch hatte sich dort aufgetan. Ein schmaler Durchgang. Es war eine Holztür, die fast so schwarz war wie die Steine ringsum.

Das Ding wirkte niedrig.

Ein erwachsener Mann mochte kaum aufrecht hindurchpassen. Dennoch erkannte sie in der Mitte eine Gestalt, die sich vor dem erleuchteten Raum dahinter abzeichnete.

Die Gestalt schien zu zögern. Dann jedoch machte sie ein paar Schritte nach vorne. Sofort erkannte Sarah die vertraute Kleidung einer Polizeiuniform.

Mannheim, Neckarvolandstraße

Paulson musste sich am Türrahmen abstützen. So überwältigend war der Geruch nach Kupfer, Urin und Exkrementen in dem Gewölbe. Gleichzeitig fragte er sich, wie es möglich war, dass man eine unterirdische Halle von derartigen Ausmaßen gebaut haben konnte.

Allein die Decke musste sich gut 15 Meter über seinem Kopf befinden.

Unterhalb des Gewölbes baumelten etliche Kettenschlingen im Luftzug sacht hin und her. Zweifellos mussten die schweren Platten daran befestigt gewesen sein.

Immer noch schwankend kreisten seine Gedanken.

Wie war es möglich gewesen, ein derartiges Vorhaben zu bewerkstelligen?

Und das, ohne dass es jemandem aufgefallen war?

Der Anblick, der sich ihm bot, glich dem aus einem schlechten Horrorfilm.

Auf dem Boden flossen Ströme öligen Blutes dahin.

Dazwischen lag abgesplittertes Holz und Teile von abgesprengten Metall- und Kunststoffstücken.

Es sah aus wie auf einem Schlachtfeld, erinnerte ihn aber auch gleichzeitig an das wirre Durcheinander, das er schon im überirdischen Hallenteil ausgemacht hatte.

Auch hier unten gab es noch die Reste alter Produktionsstraßen und Förderbänder.

Nur, dass dieses Mal alles von einem ekelhaften Uringeruch umgeben war.

Es roch ähnlich wie in einer der Toiletten am Hauptbahnhof, nur dass dieser Gestank hier um ein Vielfaches intensiver war.

Vorsichtig setzte er sich in Bewegung.

Er sah zuckende Gliedmaßen, erschlaffte Körper und von spitzen Stahlstreben durchbohrte Torsos. An einigen Stellen konnte er das schmutzige Grau von aus den Wunden ragenden Knochen erkennen, die mehr wie gebrochene Äste wie als weiße Knochenmasse wirkten.

Allerdings, so schien es, waren die meisten Menschen noch am Leben. Nur an einem Tisch, der nun unmittelbar vor ihm auftauchte, kam zweifellos jede Hilfe zu spät.

Er sah dort eine Person, die an der Stelle, wo eigentlich der Kopf hätte sein sollen, nur noch einen matschigen Brei aus Knochensplittern, Blut und Gehirnmasse aufwies.

Auch der übrige Körper war an zahllosen Stellen von scharfen Metallstücken zersäbelt worden.

Nein, hier war nichts mehr zu machen.

Andere Tische und Gestelle schienen jedoch noch erstaunlich intakt.

Er konnte Menschen sehen, die lebendig unter ihren Gurten herumzappelten.

Einige hatten offenbar nur geringe Verletzungen davongetragen.

Auch aus den dunklen Ecken des Raumes drangen Schmerzensschreie zu ihm herüber. Hin und wieder war ein leises Knacken und Ächzen von hölzernen Planken oder das leise Knarzen von sich verschiebenden Metallstreben zu hören. Und über allem lag wie eine riesige Käseglocke dieser widerlich süßliche Geruch nach Tod und Pestilenz, der ihn beinahe benommen machte.

An der gegenüberliegenden Wand entdeckte er schon wieder eine weitere Tür zu einem angrenzenden Raum.

Langsam und vorsichtig ging er darauf zu.

Dann hielt er plötzlich inne. Ein neues Geräusch war mit einem Mal hinter ihm zu hören.

Es klang wie das Trappeln eines Tieres, einer Ratte oder einer Maus, die sich durch die Zwischenwände eines Hauses fraß.

Erschrocken fuhr er herum.

Noch immer gähnte hinter ihm die leere Türöffnung, aus der er gekommen war.

Ein Loch, aus dem der Moder hereinwehte.

Er umfasste den Griff der Waffe fester.

Das Geräusch wurde lauter.

Er starrte angestrengt in die Richtung. Kurz glaubte er einen fahlen Lichtschimmer in dem Raum mit dem Zahnarztstuhl wahrzunehmen.

Dann wurde er plötzlich von dem Strahl einer Taschenlampe geblendet, der aus dem Durchgang auftauchte.

Er fluchte.

»Nicht feuern, das ist Paulson«, hörte er auf einmal eine autoritäre Stimme.

»Den Raum sichern«, ertönte eine zweite. Sofort war wieder lautes Getrappel zu hören und das Geräusch von patschenden Schuhen in nassen Pfützen.

Etliche Strahlen von Taschenlampen durchschnitten jetzt die staubgeschwängerte Luft, während die Beamten in alle möglichen Richtungen ausschwärmten.

Paulson hörte wilde Rufe und Anweisungen.

»Hierher, nach links, nach links.«

Dann schloss er resigniert die Augen.

Mannheim, Neckarau

James Talbot Jr. knallte die Aktenmappe vor sich auf den Tisch und ließ die Hand frustriert auf das Holz daneben niedersausen. Das hier war überhaupt nichts.
Es war der reinste Witz, eine wahre Farce.
Um ihn herum breitete sich die Ödnis des Archivs aus.
Nur die Schreibtischlampe vor ihm bildete eine Lichtinsel.
Die Lichter der Regalreihen weiter hinten reichten kaum bis hierher und so saß er grübelnd und verwirrt in den Halbschatten.
Noch einmal beugte er sich vor und ließ seine Blicke über die erste Seite der Akte wandern, die er soeben mehrmals durchgeblättert hatte.
Dann holte er noch einmal den zusammengefalteten Zettel hervor. Er verglich die Nummer mit der auf der Vorderseite.
Nein, es war kein Zweifel möglich.
Das hier war die richtige Akte. Die Nummern waren identisch. Er hatte sich nicht getäuscht. Ratlos fuhr er sich mit der Hand über sein Gesicht.
Nein, das war zweifellos die richtige Akte. Es war der Inhalt, der ihm Kopfzerbrechen bereitete.
Er überflog noch einmal prüfend den Text auf den ersten Seiten.
Eine Medikamentenversuchsreihe, ein Tierversuch in frühem Stadium für ein Medikament zur Suchtentwöhnung. Allerdings ein Wirkstoff, der es, wenn er den Informationen glauben konnte, niemals zur vollen Produktreife gebracht hatte.
Man hatte sich wohl auf halber Strecke dafür entschieden, den eingeschlagenen Weg nicht weiter zu verfolgen. Die Ergebnisse waren hinter

den Erwartungen zurückgeblieben. Der Wirkstoff hatte es nie aus dem Labor heraus geschafft.

Wie zur Bestätigung schlug er die letzte Seite auf.

Das Papier, das die Einstellung von Geldmitteln für das Projekt bezeichnete. Datiert vor mehr als neun Jahren.

Eine mickrige, geradezu lächerliche Untersuchung. Ein kleines Projekt mit noch geringerem Budget. Er hatte während seiner Laufbahn Gelder für Projekte bewilligt, die hundertmal so groß waren.

Astronomische Summen, von denen manche Leute nicht einmal zu träumen wagten. Und er hatte damit herumgespielt, als wäre es nichts.

Wie Kleingeld, das ihm ein reicher Onkel in die Hand gedrückt hatte, um sein Glück beim Roulette oder bei irgendwelchen Wetten zu probieren. Nimm dieses Geld und sieh zu, wie viel du daraus machen kannst.

Aber all das half ihm nun auch nicht weiter.

Diese Nummer. Diese Zahlen. Es musste ein Fehler sein.

Entweder ein Zufall oder eine absichtliche Finte, um ihn zu verwirren oder auf eine falsche Fährte zu locken. Denn das hier war bedeutungslos.

Der Leiter des damaligen Projekts war ein Mann namens Abergnale gewesen, Geoffrey Abergnale.

Ein Name, den er noch nie gehört hatte.

Auch nach langem Grübeln hatte er nichts mit dem Namen anfangen können. Gut möglich, dass dieser Kerl ebenso bedeutungslos war wie das Projekt, das er geleitet hatte. Die Firma unterhielt Dutzende Standorte weltweit.

Vermutlich saß er in irgendeinem verlassenen Winkel herum und betreute lauter solch lachhafte Missionen.

Mit einem entnervten Schnauben drehte er die Akte auf dem Tisch, schlug sie mal auf dieser, mal auf jener Seite auf, während er über eine mögliche andere Bedeutung der Zahlenreihe auf dem Zettel nachdachte.

Seine Augen flimmerten.

Berichte, Ergebnisse und Zahlen türmten sich vor ihm zu Bergen und verschwammen. »Erste Testergebnisse negativ. Tiere zeigen keinerlei Veränderungen im Verhalten oder im Ansprechverhalten auf die verabreichte Substanz.

Gelegentlich entnommene Proben deuten auf eine verminderte Ausschüttung an …«

So ging es seitenweise.

Viel Gerede, wenig Ergebnisse und noch weniger brauchbare Hinweise.

Wenn er es sich eingestand, war das eine Sackgasse.

Er hätte sich lieber auf andere Dinge konzentrieren sollen.

Aber diese ganze Geschichte und der Mann auf den Überwachungsbändern waren kein Zufall. Er verstand es nicht. Und was er nicht verstand, hatte ihm schon immer Angst gemacht.

Irgendetwas steckte dahinter, zweifellos. Nur war er nicht im Stande, es zu sehen. Noch nicht.

Er erhob sich. Dann verstaute er die Akte wieder in dem Schrank, aus dem er sie entnommen hatte.

Anschließend ging er zurück zum Hauptkorridor des Archivs.

Was hatte er übersehen?

Vor dem Gebäude angekommen, zog sich Talbot seinen Mantel fest um den Körper und stapfte gegen den Nieselregen los.

Samt wie Seide legten sich die Wassertröpfchen auf seine Haut und er spürte die Feuchtigkeit an Lippen und Wangen. Die einzeln vor sich hin glimmende Lampe über dem Eingang zum Gebäude verströmte kaum Licht.

Er konnte die im Schatten liegenden Silhouetten der Tannen und das Dunkel des Waldes jenseits des Grenzzaunes nur erahnen.

Er bog auf einen der Schotterpfade ein.

Plötzlich blieb er stehen. Dann drehte er sich um.

Er legte die Stirn in Falten. Es war ihm, als habe er ein Geräusch gehört. Nicht laut, aber dennoch vernehmbar.

Vielleicht Tiere, Rehe im Wald. Er wandte sich wieder um.

Seine Schritte knirschten auf dem Boden.

Während er den beleuchteten Parkplatz in der Ferne näher kommen sah, schweiften seine Gedanken nochmals zurück.

Soweit er sich erinnern konnte, waren die Labors der Gruppe im mittleren Westen der USA die mit Abstand größten. Unmengen von unterschiedlichen Projekten. Tausende von Untersuchungen und Testreihen. Und das vermutlich jeden Monat. Das hier war nur ein vergleichsweise mittelgroßer Außenposten. Das, was er gefunden hatte, konnte mit dieser Geschichte nichts zu tun haben.

Talbot schüttelte den Kopf. Wie er es auch drehte und wendete. Sinn machte es nicht.

Dieses Mal war das Geräusch, das er hörte, lauter.

Ein Knacken aus dem Wald. Er zuckte zusammen.

Seine Nackenhaare kräuselten sich. Es war nicht zu fassen, welche Wirkung die banalen Geräusche irgendeines Tieres auf seinen überreizten Verstand hatten. Mit beherrschter Miene zwang er sich zur Ruhe.

Es gab keinen Grund zur Beunruhigung. Aber als er weiterging, waren seine Schritte schneller als zuvor und es dauerte nicht lange, bis auch die Geräusche im Wald wieder einsetzten. Und, soweit Talbot es beurteilen konnte, auch ein wenig schneller als zuvor. Die Laute schienen im Dunkel des Waldes mit ihm Schritt zu halten. So ging es einige Minuten.

Ein unheilvolles Kältegefühl lief durch seinen Körper, aber nun sah er die Lichtinsel des Parkplatzes direkt vor sich.

Mit einem beherzten Sprung überquerte er die Regenablaufrinne und hastete zu seinem Wagen.

Die schwarze Limousine stand genau in der Mitte des Platzes. Direkt unter der Beleuchtungslampe, die jedoch nur notdürftige Helligkeit verströmte.

Mehrmals sah er über die Schulter, aber es war nichts zu sehen. Mit zitternden Händen fingerte er die Schlüssel aus seiner Hose.

Er entriegelte den Wagen. Die Blinker flammten auf. Er schob sich auf den Fahrersitz.

Dann knallte er die Tür zu und betätigte den Verriegelungsmechanismus.

Vor sich konnte er die Nebelschwaden sehen, die knapp über dem Boden umherwaberten.

Er schaltete die Scheinwerfer ein und startete den Motor.

Noch mehr Nebelschwaden.

Einige auf dem Boden liegende Äste malten Schatten auf die Stämme der Bäume und hier und da war der Boden bedeckt von Farnbüscheln.

Talbot atmete auf.

Er konnte nichts Verdächtiges sehen. Nur den nächtlichen Wald. Still, verlassen.

Er lenkte den Wagen vom Parkplatz und auf die Zufahrtsstraße.

Wenige Minuten später passierte er den Grenzzaun.

Das Paar schwarzer Augen, das ihn aus dem Wald heraus beobachtete, registrierte er freilich nicht.

Mannheim, Universitätsgelände

Hernandez stoppte vor einem der Fenster. Dann zählte sie noch einmal.
»Ja, hier sind wir richtig«, flüsterte sie. »Der Gang liegt auf der anderen Gebäudeseite. Das hier müsste die richtige Stelle sein.«
Grant zuckte die Achseln.
»Wenn Sie meinen.«
»Gut«, sie wollte sich erheben aber Grant packte sie am Ärmel ihres Hemdes.
»He, wollen Sie mir nicht vielleicht endlich Ihren Plan mitteilen?«, fragte er.
»Wie haben Sie sich das genau vorgestellt? Ich helfe Ihnen, keine Frage, aber ich muss wissen, was Sie vorhaben.«
Er konnte in dem Dunkel nicht genug sehen, meinte aber zu erkennen, wie Hernandez grinste.
»Keine Panik, lassen Sie das meine Sorge sein, okay? Passen Sie nur auf, dass niemand kommt.« Mit diesen Worten machte sie sich von ihm los.
Grant brummte verärgert. »Keine Panik, lassen Sie das meine Sorge sein«, äffte er sie nach.
Die Spanierin entwickelte sich langsam zu einem wahren Ärgernis. Als ob das, was sie taten, nicht schon Schwierigkeiten genug bedeutete.
Mit einem unheilschwangeren Gefühl erhob er sich.
»Hier halten Sie mal«, sagte Hernandez und drückte ihm ihre Stablampe in die Hand.
Grant hörte ein Rascheln und registrierte, dass es sich um den Stoff von Hernandez Jacke handelte.

Mit einer geschmeidigen Bewegung entledigte sie sich des Kleidungsstückes und streckte anschließend ihre Hand nach hinten aus.

Grant gab ihr die Taschenlampe zurück.

»Ein bisschen Beeilung, ja«, trieb ihn Hernandez an. Dann bekam sie den Griff zu fassen.

»Danke«, hauchte sie, was beinahe in dem Rascheln des Stoffes unterging. Hernandez legte das Kleidungsstück auf den Boden und faltete es.

Dann hob sie mit einer schnellen Bewegung das Bündel an die Scheibe und vollführte mit der Taschenlampe einen wohl dosierten Schlag.

Alles geschah so schnell, dass Grant erst zu spät begriff, was sie vorhatte.

»Nein«, fluchte er. Ein dumpfes Klirren war zu hören und danach ein Poltern, als die Scherben auf den Boden des Büros auf der anderen Seite kullerten.

»Na wunderbar«, sagte er mit ironischer Stimme. »Jetzt weiß niemand, dass wir hier waren.«

Hernandez sah ihn über die Schulter hinweg an.

»Wenn Sie schon so etwas tun, dachte ich, Sie hätten wenigstens Erfahrung oder seien gut darin. Aber das hier ist doch Mist. Ein Sechstklässler hätte das so hingekriegt, Sie Meistereinbrecherin.«

»Pssst«, zischte Hernandez.

»Seien Sie still! Hauptsache es ist offen oder?

Daum ging es doch. Außerdem sieht es jetzt es so aus, als ob irgendwelche Vandalen oder betrunkene Studenten das Fenster eingeschlagen oder eingeworfen hätten. Wir wollen ja auch nichts stehlen. Es wird ja nichts fehlen. Und wenn man uns nicht erwischt … naja Sie kenne das ja selbst. Kein Verbrechen, keine Untersuchung. Also entspannen Sie sich und halten Sie uns stattdessen lieber den Rücken frei.«

Grant wollte etwas erwidern, aber Hernandez hatte sich bereits wieder umgewandt.

Die Spanierin griff mit einer geschickten Bewegung durch die Öffnung im Glas und hebelte das Fenster mit einem Ruck auf.

Der gesamte Vorgang konnte nicht länger als ein paar Sekunden gedauert haben.

Sie zwinkerte ihm zu. »Wer hat jetzt keine Erfahrung in solchen Dingen?«

Mit einer katzenhaften Bewegung zog sie sich an dem Sims nach oben und schlüpfte durch die Lücke.

Grant folgte ihr.

Vorsichtig ließ er sich auf der anderen Seite in den Raum gleiten. Die Splitter knirschten unter seinen Sohlen.

Vor ihnen lag das in fahlem Licht gebadete Büro von Prof. George S. Strawn.

Kurz schweiften Grants Gedanken zurück zu der geschnörkelten Schrift des Namens auf Paulsons Computermonitor. Vielleicht konnten sie ja hier ein wenig Licht ins Dunkel bringen.

Ohne genaues Ziel ließ Grant seinen Blick das Büro erwandern. Zu beiden Seiten türmten sich an den Wänden Reihen von Bücherregalen.

Es waren ganze Berge von Büchern.

Direkt vor ihnen stand der Schreibtisch. Ein gewaltiges, schweres Ding. Er wirkte für den schmalen Raum mindestens zwei Nummern zu groß.

Neben dem Tisch konnte er einen hölzernen, altmodischen Globus erkennen, der auf einem Dreibein ruhte.

Zweifellos, Prof. George S. Strawn liebte es extravagant.

Hernandez stieß verächtlich die Luft aus.

»Was für ein Spinner. Los, fangen wir an.«

Mit diesen Worten drückte sie ihm eine Stablampe in die Hand.

Grant begann vorsichtig die Regale auf der Türseite abzusuchen, während Hernandez ihre Aufmerksamkeit auf den Schreibtisch konzentrierte.

Die beiden Kegel ihrer Lampen huschten mal hier, mal dorthin, während Grant das Geräusch der Schubladen hörte, die von Hernandez eine nach der anderen aufgezogen und durchwühlt wurden.

Auch in den Regalreihen waren einige Ziehfächer eingelassen.

Wahlweise zog er ein paar davon auf, fand aber nichts außer einigen kleinen Figuren aus Schiefergestein.

Er schob die Fächer wieder zu.

Der Inhalt erinnerte ihn mehr an eine nostalgische Sammlung von

Urlaubsandenken als an irgendwelche wissenschaftlichen Gegenstände.

In der nächsten Schublade entdeckte er einen Folianten, der ein paar gepresste Blütenblätter und einige handgezeichnete Skizzen enthielt.

Er blätterte ein paar Seiten durch. Dann legte er das Buch wieder zurück.

Kurz sah er zu Hernandez hinüber, die noch immer tief über den Schreibtisch gebeugt war.

Der Strahl seiner Lampe glitt über die Rücken der Bücher.

Sein Blick huschte über abgegriffene Exemplare von Romanen von Orwell und Tolstoy. Dazwischen zwei Ausgaben unterschiedlichen Datums von Darwins The origin of Species.

Mit einem verstohlenen Blick musterte er die Gestalt der Spanierin. Sie schien es zu spüren und sah auf.

»Und?«, fragte sie.

Grant schüttelte den Kopf.

»Verdammt.« Sie zog munter weitere Schubladen auf und raschelte mit darin befindlichem Papier herum.

»Das sind alles Zahlen und irgendwelche Tabellen, ein paar Klassenlisten und irgendwelches Kauderwelsch, von dem ich nichts verstehe. Aber wir müssen weitersuchen.«

Ausnahmsweise stimmte Grant ihr zu. Der Schaden war ja bereits angerichtet. Auf ein paar Minuten mehr oder weniger kam es jetzt auch nicht mehr an.

Er wollte sich eben wieder den Regalen zuwenden, als eine kurze Reflektion des Glases in Hernandez Rücken seine Aufmerksamkeit erregte.

Wie elektrisiert blieb er stehen.

War dort draußen jemand?

Er verharrte wie angewurzelt in seiner Position und starrte auf die Stelle.

Nichts. Er musste sich getäuscht haben.

Alles, was er draußen wahrnahm, war das Mondlicht.

Auch auf der linken Seite des Büros fand er nichts außer noch mehr Reihen mit Hunderten von Büchern.

Die meisten mit der Zeit dem Verfall und dem Staub anheimgefallen.
Alles schien wirr, ohne irgendeine erkennbare Ordnung zusammengestellt.

Auf einem Regalbrett, das sich etwa in Brusthöhe befand, tauchten aus dem Dunkel einige Bilderrahmen samt Fotografien darin auf.

Es war eine ähnliche Ansammlung wie die in dem Pavillon in dem Haus des Professors.

Auch hier gab es mehrere Aufnahmen, die den Mann selbst mit allerlei anderen Leuten zeigten.

Grant konnte vereinzelt ein paar Fotos hinter den Glasscheiben ausmachen, die eindeutig noch älter sein mussten als die, die er auf dem Verandatisch gesehen hatte.

Und ebenso wie im Haus des Professors standen auch hier alte und neue Fotografien wild durcheinander.

Fast so, als hätte jemand sämtliche Bilder umgeworfen und sie rasch einfach wieder irgendwie zufällig zurückgestellt.

Plötzlich zögerte er.

Dann richtete er den Strahl der Taschenlampe auf eine in kühlen Blautönen gehaltene Aufnahme.

Ein großer Mann war darauf fotografiert, der den Arm um die Schultern des Professors legte.

Die beiden Personen lächelten vor einem dunklen Samtvorhang in die Kamera.

Grant trat einen Schritt näher an die Aufnahme. Mit angestrengtem Blick musterte er das Foto.

Dann weiteten sich seine Augen.

Der Mann, der neben dem Professor stand, war gut einen Kopf größer und trug das Haar nun straff über der aristokratischen Stirn nach hinten gekämmt.

Alles in allem war die Aufnahme im Vergleich zu den anderen ein unauffälliges Foto, aber Grant erkannte den Mann sofort wieder.

Verschwunden war das bunte Metallica T-Shirt, das einem grauen Anzug mit akkurat gebundener Krawatte gewichen war.

Auch die Haare waren kürzer und das Foto musste gut zehn Jahre später aufgenommen worden sein als die Aufnahme auf dem kleinen Verandatisch.

Es war überhaupt kein Zweifel möglich.

»Oh Mann«, schnaufte er unwillkürliche und bemerkte, dass Hernandez sich vom Schreibtisch löste und den Strahl ihrer Stablampe zu ihm herüberschwenkte.

»Was ist?«, fragte sie, während sie auf ihn zu kam.

Grant betrachtete noch immer das Bild.

Nein, ein Zweifel war absolut ausgeschlossen.

Zwei Tage später

»Na gut, vielen Dank«, sagte Grant und knallte den Hörer des Telefons wieder in die Halterung.

»Was ist los? Was hat sie gesagt?«, fragte Hernandez.

»Noch immer nichts. Der Typ ist offenbar seit zwei Tagen weder im Büro erschienen, noch ist er zu Hause zu erriechen oder hat sich sonst irgendwo blicken lassen.«

»Und wieso fahren wir nicht einfach hin und sehen nach? Die könnten uns alles Mögliche erzählen.«

Grant runzelte die Stirn. Er dachte über Hernandez Worte nach.

»Ich glaube nicht, dass das etwas bringen würde«, sagte er.

»Mal ganz abgesehen davon, dass bei dieser Geschichte der reine Zufall ein Rolle gespielt haben könnte. Wir haben keinerlei Beweis. Nur eine merkwürdige Übereinstimmung.«

Hernandez verzog widerwillig die Mundwinkel, während Grant gedankenverloren einen Kugelschreiber durch seine Finger wandern ließ.

Er hatte es nicht glauben können, als er auf dem Foto in Strawns Büro das hakennasengesichtige Profil von James Talbot Jr. wiedererkannt hatte.

Seine Gedanken wanderten zurück zu dem Laborkomplex.

Einen Ort, den er nur ein paar Tage zuvor mit Paulson und Brenslin aufgesucht hatte.

War das noch Zufall? Aber mitunter passierten die verrücktesten Dinge.

Zuerst hatte der Fund des Bildes auf ihn wie ein Schuldeingeständnis gewirkt. Wie ein stichhaltiger Beweis, dass dieser Büromensch etwas mit dieser Sache zu tun haben musste.

Er trommelte mit dem Kugelschreiber auf den Schreibtisch.

Gedankenverloren warf er einen Blick auf seine Armbanduhr. Paulson würde mit Sicherheit gerade im Krankenhaus sein, um einige der Verletzten zu befragen.

Aber bei genauerem Nachdenken war sein so schöner stichhaltiger Beweis nicht einmal einen Pfifferling wert. Ja, sie konnten noch nicht einmal eindeutig beweisen, dass dieser nebulöse Professor, der genau wie nun auch Talbot verschwunden war, etwas mit der ganzen Sache zu tun hatte.

»Nein, das hätte keinen Sinn«, wiederholte er noch einmal wie zu sich selbst, »zumindest noch nicht.«

Er sah zu Hernandez, die ihn immer noch skeptisch taxierte.

Dann zog er die Akte, die vor ihm auf dem Tisch lag, zu sich und schlug sie auf.

»Aber das Ganze ist doch merkwürdig«, sagte Hernandez. »Da stimmt etwas ganz eindeutig nicht.«

»Möglicherweise«, sagte er knapp.

»Was denken Sie?« Die Spanierin holte tief Luft.

»Wenn diese beiden Gestalten schon jetzt nichts miteinander zu tun haben. Nur mal angenommen. Das Foto beweist doch, dass sie sich zumindest früher kannten.« Grant nickte.

»Zunächst einmal also nicht überaus verdächtig«, fuhr Hernandez fort.

»Aber finden Sie es nicht auch merkwürdig, dass die Frau, wie hieß sie noch gleich, Feiner, gerade aus diesen Labors verschwindet?«

»Vielleicht auch ein Zufall«, Grant zuckte die Achseln. Dann sagte er:

»Was ist mit den anderen Personen? Von denen hatte keiner im Entferntesten etwas mit den beiden zu tun. Ich habe ein wenig nachgeforscht, aber auch beide Lebensläufe sind völlig unterschiedlich. Keine gemeinsamen Arbeitgeber etc. Woher also kennen sie sich?«

Grant sah sie an, ehe er fortfuhr:

»Vielleicht haben sie sich ja einfach auf irgendeinem Kongress kennengelernt oder so was. Oder auf einer Vergnügungsreise, die die Unternehmen ihren Mitarbeitern spendiert haben.

Es gibt die erstaunlichsten Begegnungen.« Hernandez runzelte die Stirn.

»Naja also ich weiß nicht so recht. Ein paar Zufälle zu viel für meinen Geschmack.«

»Was sollen wir denn Ihrer Meinung nach tun? Wollen Sie vielleicht wieder bei jemandem einsteigen oder irgendwelche Büros durchwühlen. Bitte, aber ohne mich. Ein schlecht geplanter Einbruch hat mir vollkommen gereicht.« Sie grinste.

»Ach kommen Sie. Außerdem ist alles gutgegangen.«

»Aber etwas wirklich Brauchbares haben wir nicht gefunden.«

»Naja«, Hernandez machte eine gleichgültige Handbewegung.

»Manchmal klappt es eben und manchmal nicht. Aber der eigentliche Punkt ist, dass hier etwas ganz und gar nicht zusammen passt.«

»Was Sie nicht sagen.«

»Nehmen Sie doch nur einmal diese Menschen, die jetzt im Krankenhaus hier in Mannheim liegen. 25 so wie es aussieht willkürlich ausgewählte Personen. Alle mehr oder weniger schwer verletzt. Und drei, drei von ihnen sind tot.« Sie hob die Augenbrauen, um ihren Worten Nachdruck zu verleihen.

»Worauf wollen Sie hinaus?«

»Warum ausgerechnet diese drei?«

»Wenn ich auch sonst bei dieser Geschichte nicht viel begreife, eines ist mir doch klar. Zufällig passiert hier gar nichts. Ich werde Ihnen mal etwas sagen. Hier sieht das bestimmt auch nicht viel besser aus als bei unseren zwei anderen alten Bekannten. Drei völlig unterschiedliche Personen, die so wie es scheint, nicht das Geringste miteinander verbindet. Von auffälligen Gemeinsamkeiten ganz zu schweigen.«

Grant hob fragend die Augenbrauen. Um Sie ein wenig zu ärgern, fragte er schlicht:

»Vielleicht Zufall?« Er grinste.

»Das könnte ja auch schlicht das Werk irgendeines Verrückten sein.«

Hernandez nickte, schien jedoch nicht im Geringsten überzeugt.

»Kann schon sein«, sagte sie und blätterte dabei einige Tatortfotos durch.

»Aber es ist doch merkwürdig, dass manche der Opfer kaum Verletzungen davongetragen haben, während man bei diesen drei offenbar auf Nummer sicher gehen wollte.«

Mit spitzen Fingern drehte sie einige der Fotos von der einen auf die andere Seite.

Dann hielt sie sie ins Licht. Grant konnte die blutroten Aufnahmen der Spurensicherung durch den Stoff des Papiers hindurchschimmern sehen.

»Ich meine, wieso bei diesen drei so auffallend gründlich? Oder nicht?«, fragte Hernandez und sah auf.

»Wie Sie gerade so treffend sagten. Kann schon sein«, antwortete Grant.

»Nur, dass wir bei den Verletzten und den Toten beinahe ähnlich im Dunkeln tappen.«

Hernandez zog eine Augenbraue nach oben.

»Denken Sie doch nur mal an diese Liste«, sagte Grant.

»Die verschiedenen Straftaten. Nach unseren Datenbanken und auch nach Ihren Nachforschungen haben fast alle Opfer eine blütenweiße Weste.

Sie haben es mir doch selbst gesagt. Keine Verbrechen oder Vergehen, weder jetzt noch früher. Wie passt das in Ihre Theorie?«

Hernandez legte die Fotos weg und knetete ihre Finger. »Vielleicht passt es ja besser in Ihre als in meine.

Dass es eben hier keine Logik gibt. Dass das das Werk eines völlig Wahnsinnigen ist. Vielleicht kam es ihm gar nicht so sehr darauf an, dass die Personen die aufgezählten Taten auch wirklich begangen haben. Vielleicht ging es ihm mehr um das Ergebnis.«

Grant starrte eine Weile vor sich hin.

»Ist genauso gut möglich«, sagte er, »auf der anderen Seite muss man schließlich nicht wegen jedem Verbrechen angeklagt und verurteilt werden. Wo kein Kläger, da kein Richter. Viele schlüpfen uns durch die Finger, das wissen Sie genauso gut wie ich.«

Er sah zu einer der Postkarten an Hernandez Urlaubswand. »Möglicherweise läuft da jemand herum, der glaubt, er wisse mehr als wir und denkt unsere Arbeit machen zu müssen. Oder das, was wir versäumt haben.«

Hernandez schüttelte den Kopf.

»Aber wozu dann dieser Aufwand? Und warum dieses Risiko? Und das Wichtigste von allem. Warum dann bis auf drei Personen alle wieder davonkommen lassen?« Grant sah sie an. Auf diese Frage wusste er keine Antwort.

»Mal abgesehen davon, dass wir die Verbrechen den Personen sowieso nicht zuordnen könnten. Es gab schließlich nur eine zusammenhanglose Liste.«

Wieder legte sich Stille über das Büro. Nur die Klimaanlage schnurrte vor sich hin.

Grant schloss die Augen und lehnte sich zurück, wobei er merkte, dass er die Akte, die er vom Schreibtisch genommen hatte, noch immer in der Hand hielt.

Noch einmal sah er sehnsüchtig zu den Bildern von Meeresstränden an der Wand, dann schlug er die Mappe auf und betrachtete zum wiederholten Mal an diesem Tag das Foto einer Frau.

Charlotte Kreidler. Schon wieder.

Hernandez war der festen Überzeugung, dass die erste Person, die verschwunden war, etwas zu bedeuten hatte.

Die intelligenten Augen der Frau blitzten, ähnlich wie bei Hernandez, unter in filigranen Bögen geschwungenen Augenbrauen hervor.

Als er den Blick für einen Moment hob, bemerkte Grant, dass die Spanierin ihn immer noch anstarrte.

Mit unheilvoller Stimme sagte sie:

»Irgendetwas Eigenartiges ist hier im Gange. Und wir verstehen es nicht. Etwas Merkwürdiges ist hier am Werk.«

»Sie hören sich an wie in irgendeinem Film«, antwortete Grant.

Mannheim, Neckarstadt

Sandra Hulgadi schob sich von ihrem Computerbildschirm zurück und wünschte sich nicht zum ersten Mal an diesem Tag endlich nach Hause gehen zu können.

Aber das würde wohl noch eine Weile dauern. Ungeduldig wanderten ihre Augen zu der Uhr an der Wand.

16:35 Uhr.

Eindeutig zu früh, um jetzt schon zu verschwinden, zumal die eigentliche Ablösung erst in 25 Minuten eintreffen würde.

Sie seufzte.

Um sie herum war das geschäftige Treiben der Mittagszeit abgeebbt und nur noch gelegentlich bewegten sich Gruppen von Leuten an ihrem Rezeptionsboard vorbei und die Gänge hinunter.

Sie sah in die Richtung.

Von eben dort näherte sich gerade wie aufs Stichwort ein Mann im Anzug mit weit ausholenden Schritten.

Ohne Zweifel war der Typ nach etwas auf der Suche und sie vermutete stark, dass er in wenigen Minuten vor ihr stehen würde.

Geistesabwesend legte sie ihre Finger auf die Computertastatur und begutachtete ihre manikürten Nägel.

Damals, als sie sich auf den Posten beworben hatte, hatte sie geglaubt, der Job sei entspannter und ruhiger, aber an Tagen wie diesen war dem offenbar nicht so.

»Guten Tag«, sagte plötzlich eine leicht außer Atem klingende Stimme. Sie hob den Kopf.

Direkt vor ihrem Tresen stand ein Berg von einem Mann. Ein Schwarzer, mit Sicherheit um die zwei Meter groß und mit furchteinflößenden Muskelbergen unter der knappen Weste.

Allerdings glitzerten die Augen des Riesen freundlich und unverbindlich. Sie bezweifelte, dass es sich um jemanden handelte, der sich bei ihr beschweren wollte. Mit jahrelanger Erfahrung setzte sie ein neutrales, professionelles Lächeln auf und ratterte ihren Standardtext herunter:

»Wie kann ich Ihnen helfen?« Der Mann räusperte sich. Dann sagte er:

»Ich bin auf der Suche nach Zimmer 3.28. Man hat mir gesagt, es befände sich hier.«

Sandra musterte den Neuankömmling. Noch immer lächelte der Mann sie an. Dennoch war sie misstrauisch.

»Wer sind Sie bitte?«, fragte sie förmlich und schob dann hinterher: »Momentan dürfen den Bereich, den Sie suchen, außer dem medizinischen Personal nur Personen betreten, die …«

Der Mann zog ein Ledermäppchen hervor und hielt es ihr hin. Sofort ekannte sie, worum es sich handelte.

»Natürlich«, sagte sie rasch und deutete mit dem Finger auf einen Durchgang gegenüber, vor dem ein Polizist Wache stand.

»Dort hindurch. Auf der rechten Seite.« Der Mann zwinkerte ihr zu. Dann drehte er sich um.

»Danke«, sagte er über die Schulter. Sandra beobachtete, wie er auch dem Polizisten das Mäppchen zeigte und ein paar Worte mit ihm wechselte, ehe er in den Gang einbog.

Dann beugte sie sich wieder nach unten und brummte ungeduldig bei einem weiteren Blick auf die Uhr. Immer noch 20 Minuten.

Paulson folgte dem Krankenhausflur.

Die linke Front war verglast und gab den Blick frei auf die riesigen Grünanlagen des nahen Hauptfriedhofs, der sich direkt an das Klinikgelände anschloss.

Vor einer der unscheinbaren Türen, die in derselben Farbe wie der Gang gehalten waren, hielt er an und klopfte.

Als nach einigen Sekunden keine Reaktion erfolgte, drückte er die Klinke vorsichtig herunter und betrat das Zimmer.

Ebenso wie das gessamte Krankenhaus roch es streng nach Desinfektion- und Reinigungsmitteln.

Gegenüber gab es zwei riesige Fenster, die teilweise mit einer Jalousie abgedunkelt waren.

Links zweigte eine Tür in einen Raum mit Dusche, und WC ab.

»Hallo?«, sagte Paulson fragend, als er bemerkte, dass das einzige Bett in dem Raum leer und die Laken zurückgeschlagen waren. Niemand antwortete.

Probeweise drückte Paulson die Klinke zu dem WC herunter.

Auch hier niemand.

Er wollte sich gerade umdrehen, um aus den Fenstern einen Blick hinunter auf die Grünanlagen zu werfen, als er hinter sich ein Geräusch hörte. Er fuhr herum.

Hinter ihm stand ein junger Mann in der offenen Tür.

Paulson runzelte die Stirn. Er hatte nicht bemerkt, dass die Tür geöffnet worden war. Der Mann musste sich leise wie eine Katze bewegt haben.

Mit argwöhnischer Miene musterte er den Neuankömmling.

Der Mann hatte ordentlich gescheiteltes Haar, das ihm für Paulsons Geschmack ein wenig zu lang über Ohren und Stirn fiel, und den leichten Schatten eines Drei-Tage-Barts im Gesicht.

»Wer sind denn Sie?«, wollte der Mann von ihm wissen. Paulson gefiel der Ton überhaupt nicht.

Aber er würde sich nicht provozieren lassen.

»Sind Sie Robert Merchant?«, wollte er von dem jungen Mann wissen, der zögernd ein paar Schritte in den Raum machte und dabei die Tür hinter sich schloss.

Die Geräuche des Ganges, die Laute hektischer Schritte von ein paar Pflegern verstummten.

»Wer will das wissen?«, fragte er in dem gleichen unverschämten und aggressiven Tonfall wie zuvor.

Paulsons Kiefer malten. Er trat seinerseits einen Schritt auf den Kerl zu, der gut einen Kopf kleiner war.

»Ich bin von der Polizei«, sagte er. »Tim Paulson.«

Dann wiederholte er seine Frage:

»Sind Sie Robert Merchant?«

Zu seiner Überraschung lächelte der Mann nur. Dann setzte er sich langsam in Bewegung und steuerte an Paulson vorbei auf das Bett zu.

Paulson fiel der hinkende Gang des Jungen auf und er erinnerte sich an die Informationen des Chefarztes. Dem arroganten Mistkerl hatten zwei Stahlstreben das rechte Bein durchbohrt.

Es waren zwar keine schweren Verletzung, aber momentan ertappte sich Paulson dabei, dass er die Vorstellung sogar beinahe ein wenig genoss.

Er beobachtete sein Gegenüber, wie er sich in dem Krankenhaushemd an dem Bett vorbeischleppte und sich auf einem der Stühle vor dem Fenster niederließ. Den Blick von ihm abgewandt, begann er mit den Fingern am Kragen des Umhangs herum zu nesteln.

Langsam verlor Paulson die Geduld.

In so neutralem Tonfall wie möglich sagte er: »Ich muss Ihnen einige Fragen stellen Herr Merchant. Wenn Sie …«

»Robert«, entgegnete sein Gegenüber. Dann fügte er hinzu: »Sagen Sie bitte Robert. Wenn Sie Herr Merchant sagen, drehe ich mich um und denke mein Vater steht da.«

Paulson war einen Moment irritiert.

»Na schön«, sagte er. »Robert.«

»Robert, ich muss Ihnen einige Fragen stellen.«

Merchant ließ genervt den Kopf sinken.

»Na wenn es nicht anders geht.«

»Wie geht es Ihrem Bein?«, fragte Paulson.

»Die Ärzte sagen, es wäre lediglich eine Fleischwunde rechts und links des Oberschenkelknochens. Ich habe offenbar Glück gehabt. Die Hauptschlagader wurde nicht verletzt.«

Paulson nickte.

»Ein sonderlich großer Spaß ist es dennoch nicht. Das kann ich Ihnen versichern«, fügte der junge Mann in sarkastischem Ton an, während er sich die Seiten seiner Stirn massierte.

»Dennoch sind Sie ziemlich glimpflich davongekommen. Besonders im Vergleich zu Ihren Mitgefangenen. Keine gebrochenen Knochen, keine verletzten inneren Organe.« Und nach kurzem Zögern fügte er hinzu: »Und Ihr Bein wird in einigen Tagen fast wieder völlig genesen sein.«

Merchant sah Paulson mit einem Ausdruck im Gesicht an, den er nicht zu deuten vermochte. Fast glaubte er sogar, Belustigung darin zu lesen.

»Wollen Sie vielleicht mit mir tauschen oder wie darf ich das vestehen?«, fragte der Mann.

Paulson schüttelte den Kopf.

»Nein.«

»Nein, ich frage mich nur warum. Warum haben Sie so wenige Verletzungen davongetragen, während andere ihrer Mitgefangenen ein paar Monate brauchen werden, um sich wieder vollständig zu erholen. Bei einigen könnte es sogar noch deutlich länger dauern.«

Der Mann vor ihm zuckte gleichgültig die Achseln.

»Keine Ahnung, Glück schätze ich. Den Tisch, auf dem ich angebunden lag, habe ich mir jedenfalls nicht ausgesucht oder worauf wollen Sie hinaus?«

»Auf gar nichts«, antwortete Paulson. »Ich möchte das nur verstehen.«

Wieder schien der Kerl amüsiert.

»Woher kommen Sie?«, wollte Paulson wissen.

»Aus Glendale.«

»Das ist in Kalifornien, richtig?«

Der junge Mann nickte.

»Und irgendwann sind Sie hierher gekommen?«

»Offensichtlich.«

»Haben Sie hier Verwandte?«

»Nein. Meine Eltern sind hierher ausgewandert als ich sechs Jahre alt war. Aber sie sind beide mittlerweile gestorben.« Der Mann wirkte irritiert. »Was sollen diese Fragen?«

Paulson machte eine Pause. Dann stellte er die Frage, wegen der er gekommen war:

»Was haben Sie unter dem Tisch versteckt?«

Der Mann sah ihn wieder an. Verständnislosigkeit spiegelte sich auf seinem Gesicht. Echt oder gekünstelt?

»Wovon zum Teufel reden Sie?«

»In der unterirdischen Halle. Wir haben eine Frau, die sagt, sie habe gesehen, dass Sie irgendeinen Gegenstand unter ihrem Tisch hervorgezogen haben, nachdem alles vorbei war.«

»Unter meinem Tisch?«

Paulson beobachtete Merchants Mienenspiel.

Kurz meinte er erneut ein belustigtes Zucken der Mundwinkel wahrzunehmen.

»Also darauf läuft das hier hinaus«, sagte er.

»Dann wissen Sie also, wovon ich spreche?«, hakte Paulson ein.

»Was ich weiß«, sagte der Mann und erhob sich, »ist, dass Sie das rein gar nichts angeht.« Er kam hinkend auf Paulson zu. Paulson wollte protestieren.

»Und wenn Sie mich sonst nichts mehr fragen wollen, dann verschwinden Sie jetzt bitte.«

Merchant stricht sich eine Strähne seines dunklen Haares aus dem Gesicht.

»Ich kann mich an nichts erinnern«, sagte er, »okay? An nichts, das passiert ist, nachdem ich in dieser Halle aufgewacht bin. Es ist alles wie verschwommen. Und mein Kopf schmerzt, jede einzelne Sekunde.«

Mühsam ging er zum Bett und hievte sich auf die Matratze.

»Also, wie ich bereits sagte, wenn Sie mich sonst nichts fragen wollen, dann verschwinden Sie.«

Paulson war verblüfft. Für einen kurzen Augenblick dachte er tatsächlich daran, sich einfach umzudrehen und das Zimmer zu verlassen. Dann jedoch hielt er inne.

»Ich weiß, dass Sie das schon einmal erzählt haben«, begann er, »aber wie sind Sie in diesem Kellerverlies gelandet?«

Der Mann auf dem Bett sah ihn ungläubig an.

»Wirklich? Können Sie das nicht einfach in irgendeiner Akte nachlesen?«, fragte er.

»Ich würde es gerne noch einmal von Ihnen selbst hören.«

Merchant rollte mit den Augen. Dann schloss er sie und lehnte sich in die Kissen zurück. Paulson sah, wie sich sein Körper entspannte. Beinahe konnte man glauben, der Mann sei eingeschlafen.

»Das war am 15.«, sagte er.

»Meine Schwester wollte an diesem Tag zurückkommen und mich besuchen. Sie war für drei Monate in China, um dort an einem Projekt zu arbeiten. Um 22 Uhr hätte ich sie vom Flughafen abholen sollen, die Spätmaschine aus Peking.« Er machte eine kurze Pause, in der Paulson nichts hörte außer dem leisen Geräusch von Schritten vor der Tür.

»Ich hole sie jedes Mal vom Flughafen ab. Ist mittlerweile fast so etwas wie ein Ritual bei uns geworden. Ihre Firma hat ihren Hauptsitz in Frankfurt, aber sie muss ständig ins Ausland.«

Paulson sah, wie der Blick des jungen Mannes aus dem Fenster wanderte.

»Ich konnte auf der Seite des Flughafens lesen, dass die Maschine eine Dreiviertelstunde Verspätung haben würde. Nichts Außergewöhnliches. Das passiert öfter. Aber ich dachte, dass ich damit noch genug Zeit hätte, um eine kurze Runde Laufen zu gehen.«

Er fuhr sich wieder durch die Haare.

»Ich wohne am Stadtrand Richtung Heidelberg. Es dauert von dort aus zu Fuß nicht länger als zehn Minuten, bis man mitten in der Natur ist. Eine Menge Leute gehen dort Laufen.«

Seine Stimme war kaum mehr als ein Flüstern. Paulson hörte zu, während er sich im Geiste Notizen machte.

»Es muss kurz nach 20 Uhr gewesen sein, als ich zum Fluss kam. Der Weg führt eine gewisse Strecke daran entlang. Normalerweise sind dann immer noch einige Leute unterwegs und ich treffe ein paar Freunde aus der Nachbarschaft oder Leute, die ich aus dem Laden kenne.«

Paulson nickte.

Er wusste, dass der Mann in einem Laden für Angelbedarf in der Nähe seines Wohnortes arbeitete.

»Aber an diesem Abend war wenig los. Vermutlich lag das am Wind und an dem Regen. Ein paar Hartgesottene waren aber trotzdem da.

Ich habe ein, zwei bekannte Gesichter gesehen, noch bevor ich zum Ufer kam.«

Der Mann blinzelte wie als müsse er einen unsichtbaren Schleier vor seinen Augen verscheuchen.

»Der Weg führt dann immer gerade am Wasser entlang ohne unangenehme Steigungen und dergleichen. Es ist geradezu ideal.« Paulson bemerkte, dass Merchant nervös seine Hände zu kneten begann.

»Ich jogge immer bis zu einer großen, umgestürzten Weide, die halb im Fluss liegt und von dort aus einen anderen Weg zurück. Das ist eine gute Markierung. Ich hatte schon so ein komisches Gefühl, als ich die Weide gesehen habe.

Irgendetwas war anders als sonst.

Ich bin sogar kurz stehen geblieben, weil mir etwas merkwürdig erschien. Ich kann mich allerdings nicht mehr erinnern, was.

Zu diesem Zeitpunkt hatte ich schon seit einigen Minuten keinen weiteren Läufer oder Spaziergänger mehr gesehen. Der Weg führt dort durch ein Wäldchen am Ufer hindurch.«

Ein paar Augenblicke herrschte Stille.

»Danach weiß ich nur noch, dass ich weitergelaufen bin. Der Regen hatte zu diesem Zeitpunkt etwas nachgelassen. Es ist so ziemlich das Letzte, woran ich mich richtig erinnere, bis auf die Tatsache, dass ich mich kurz umwandte und einen weiteren Läufer hinter mir bemerkt habe.«

Er zog die Augenbrauen zusammen.

»Er war erstaunlich schnell. Ich erinnere mich noch an das Geräusch seines flatternden Regenumhangs hinter mir, als er näher kam. Danach ist da nur noch Dunkelheit.«

Wieder senkte sich Stille über das Zimmer. Merchant setzte sich auf als Zeichen, das die Geschichte zu Ende war.

Er fixierte Paulson. Dann sagte er:

»War es das jetzt? Habe ich alle Ihre Fragen zu Ihrer Zufriedenheit beantwortete oder möchten Sie noch über etwas anderes mit mir sprechen?«

Paulson zögerte. Dann trat er einen Schritt zurück.

»Fürs Erste«, sagte er, »reicht mir das. Wann werden Sie entlassen?«

»Morgen Nachmittag.«

»Danke für Ihre Hilfe.«

Mit diesen Worten verließ er das Zimmer.

Ein Gefühl des Unbehagens beschlich ihn, als er den Flügel verließ. Und sein Gefühl hatte ihn noch nie getrogen. Noch einmal warf er einen Blick über die Schulter zurück.

Er hatte eine Entscheidung getroffen.

Mannheim, Neckarau

Der Mond kam gerade hinter den Wolken hervor, als James Talbot Jr. den Wagen auf den Seitenstreifen lenkte.

Auch wenn sich zu dieser Stunde vermutlich kein Mitarbeiter mehr in den Labors befand, war es doch besser, wenn er vorsichtig war. Er schaltete den Motor ab.

Vor allem in seiner augenblicklichen Situation.

Zwei Tage hatte er sich nun schon nicht mehr im Büro blicken lassen.

Er spähte durch die Frontscheibe. Ob seine Sekretärin die Lüge über einen Vorfall in der Familie geglaubt hatte?

Vermutlich hatte sie seinen Bluff sogar durchschaut, wohl aber einfach nichts gesagt.

Es konnte ihr ja auch gleichgültig sein. Schließlich interessierte ihn umgekehrt ihr Leben genauso wenig.

Und es war ja auch unwichtig.

Wichtig war nur, dass er Zeit zum Nachdenken gehabt hatte. Er atmete zufrieden aus.

Und diese Zeit hatte er genutzt. Er überprüfte, ob das Licht an seinem Handy funktionierte. Anschließend den Ladezustand des Akkus.

Auch wenn er es vermutlich gar nicht brauchen würde.

Der Mond stand hell am Himmel und bereits jetzt hatten sich seine Augen an das Dunkel außerhalb des Wagens angepasst.

Er stieg aus.

Dann ging er den Teerweg entlang und warf nach etwa 50 Metern einen Blick zurück.

Das Auto war kaum sichtbar unter den tief hängenden Ästen. Niemand, der nicht aktiv danach suchte, würde es entdecken.

Zufrieden zog er seine Jacke enger um die Schultern.

Vor ihm erstreckte sich der Gebäudekomplex.

Sorgsam hielt er nach den Kameras Ausschau. Er wollte nicht unnötig die Aufmerksamkeit des Wachdienstes auf sich ziehen.

Auch wenn er sich auf dem Gelände frei bewegen konnte.

Vor einer der Außentüren eines kleineren Bauwerks hielt er an.

Die Glühbirne über dem Eingang hatte Nachtfalter und Motten angezogen, die durch die Lichtinsel schwirrten.

Er öffnete die Tür mit seiner Schlüsselkarte.

Im Inneren stieg er im Treppenhaus nach oben, ehe er mithilfe der Karte einen weiteren Raum betrat.

Ebenso wie vor zwei Tagen sah Talbot vor sich etliche Reihen von Regalen mit Büchern und Aktenschränken. Wieder öffnete ihm ein Teil des Archivs seine Pforten.

Zahlen und Nummerncodes zogen an seinen Augen vorbei, während er durch die Reihen schritt.

Er fluchte innerlich.

Wie hatte er nur so kurzsichtig sein können? Er hatte einen Fehler gemacht.

Dieser Raum war zwar bei Weitem nicht so vollständig katalogisiert und mit Workstation-Suchsystemen ausgestattet wie der Hauptraum des Archivs, aber nur hier würde er die Informationen finden, die er benötigte.

Er befand sich in einem Abschnitt der Anlage, den er schon seit Jahren nicht mehr aufgesucht hatte.

Plötzlich blieb er stehen.

Dort war die Schranknummer.

Er packte eine der Kordeln, die anstelle von Griffen an den Türen angebracht waren.

Es dauerte keine 15 Sekunden, bis er den richtigen Umschlag gefunden hatte.

Er kramte nach dem kleinen Zettel und verglich noch einmal rasch die beiden Zahlenreihen.

3986547   RN-37- 3986547

Er hastete mit der Akte zurück zu einem Tisch.

Es waren diese Ziffern gewesen. RN-37, die er bei seinen Überlegungen nicht bedacht hatte. Kein Wunder, dass ihm die zunächst aufgestöberten Informationen nichts gesagt hatten.

Er ärgerte sich über sich selbst. Er hatte diese Möglichkeit schlicht nicht in Betracht gezogen.

Der Code RN-37 bedeutete, dass die Akten Vorgänge und Untersuchungen enthielten, die nur einem stark eingegrenzten Personenkreis zugänglich waren. Talbot rieb sich das Kinn. Ein Umstand, der sein vorheriges Versagen nur noch unentschuldbarer machte.

Er blätterte die ersten Seiten durch.

Wenn er es richtig sah, dann lagerten laut System die Akten aus den Jahren 1985 bis 2010 in diesem Teil-Archiv.

Das Kürzel RN-37 wurde mittlerweile zwar nicht mehr verwendet, aber er war sich sicher, dass es Leute gab, die die Aktennummer implizit voraussetzten.

Ähnlich, wie es mit den Papieren in der Firmenzentrale gehandhabt worden war, wo ein ähnlicher Code allerdings noch verwendet wurde.

Mit spitzen Fingern blätterte er weitere Seiten um.

Er zog die Schreibtischlampe herunter und begann zu lesen.

Draußen erhellte das Mondlicht die Außenseite des Gebäudes und die Spitzen des Waldes.

Das Gelände lag still da.

Das einzige Geräusch kam von einem der Ränder des Waldes, wo ein leises Scheppern des Metallzauns zu hören war.

Dann folgte ein Knacken von brechenden Ästen, ehe eine Gestalt in das Mondlicht trat.

Einen Augenblick lang sah sie sich um und registrierte dann einen Streifen Licht, der aus einem der Gebäude am Waldrand kam. Langsam setzte sich die Gestalt in dieser Richtung in Bewegung.

Genau 28 Minuten später schloss Talbot die Akte. Zufrieden fuhr er sich mit der Zunge über die Lippen.

Er hatte gefunden, wonach er gesucht hatte.

Dennoch durfte er nicht den Fehler begehen, voreilige Schlüsse zu ziehen.

Denn selbst wenn seine Schlussfolgerung nun stimmte, wieso hätte ihm jemand diese Information zukommen lassen sollen?

Aus welchem Grund? Eine simple Frage. Und unendlich kompliziert zugleich.

Er war ein merkwürdiges Gefühl, das ihn beim Lesen beschlichen hatte. Irgendetwas war da, zweifellos. Aber er konnte es nicht erfassen.

Wollte man ihm eine Nachricht senden? Vielleicht sogar eine Warnung? Doch worin sollte diese bestehen?

Ihm fiel einfach keine zufriedenstellende Erklärung ein. Und eine Lösung seines Problems schon gleich gar nicht.

Er verfügte trotz diesen Seiten noch immer nicht über genügend Informationen.

Und waren diese Unterlagen so wichtig, dass eine seiner Mitarbeiterinnen deswegen entführt werden konnte?

War sie dem Täter womöglich in die Quere gekommen? Aber dann hätte er im völlig falschen Gebäudekomplex gesucht. Oder was hatte das Ganze zu bedeuten?

Langsam erhob er sich.

Kurz entschlossen klemmte er sich die Akte unter den Arm und löschte das Licht. Er würde sie sich später noch einmal genauer zu Gemüte führen.

Er ging raschen Schrittes zum Eingang des Archivs zurück und betätigte den Lichtschalter.

Der Raum versank wieder in Dunkelheit.

Talbot schloss die Tür hinter sich und ging den Gang entlang.

Er stieg wieder nach unten und betrat einen weiteren Flur. Vor sich konnte er bereits die Glastür nach draußen erkennen.

Plötzlich trat eine Gestalt aus den Schatten neben der Tür. Talbot erstarrte. Er konnte die Silhouette eines groß gewachsenen Mannes sehen. Seine Gestalt zeichnete sich im Gegenlicht von draußen deutlich ab. Der Kerl trug eine Schirmmütze, die er tief ins Gesicht gezogen hatte.

Talbots haut kribbelte. Die Gestalt stand einfach nur so da. Sie stand in seinem Weg, mitten in dem schmalen Gang. Das war kein Mitarbeiter des Wachdienstes.

Sämtliche Instinkte in ihm schrien Alarm. Das war der Mistkerl, den er auf den Überwachungsbändern gesehen hatte. Er musste es ein. Wie zur Hölle war er ins Gebäude gelangt?

Er musste die Tür nicht richtig geschlossen haben. Er hatte auf ihn gewartet. Die schwarze Gestalt stand einfach nur da und sah zu ihm herüber.

»Wer sind Sie?«, fragte Talbot mit erstickter Stimme.

Der Schatten antwortete nicht.

»Was wollen Sie von mir?«

Die Gestalt stand einfach nur da.

Talbot war klar, dass die Situation kein gutes Ende nehmen konnte. Er war allein. Es war mitten in der Nacht. Der Wachdienst würde niemals schnell genug hier sein. Wenn diese Pfeifen überhaupt die Überwachungskameras im Auge behielten. Er würde sie alle feuern, wenn er diese Nacht überlebte.

Er drehte sich um und rannte los. Hinter sich hörte er schwere Schritte auf dem Teppichboden. Der Mann kam ihm hinterher. Er hastete um ein paar Ecken herum und stieß dann eine Tür auf, die nicht mit einem Zahlenschloss gesichert war.

Wieder fand er sich in einem Raum mit Regalreihen wieder. Allerdings befanden sich keine Bücher darin, sondern ein wildes Durcheinander an Rohren, Lampen, Bohrmaschinen und Kabeln. Es war einer der Wirtschaftsräume der Hausmeister.

Hinter sich hörte er seinen Verfolger ebenfalls durch die Tür kommen. Er sah nach hinten. Der Schatten kam auf ihn zu. Talbot bog nach rechts ab. Dann wieder nach links.

Er zog an einem Regal und das Gebilde fiel scheppernd hinter ihm zu Boden.

Er hörte das Schnaufen des Mannes, als er darüber sprang. Die Jagd ging weiter durch die Regalschluchten. Talbot bog nach links ab und sah eine weitere Tür am Ende des Raumes. Daneben ein elektronisches Schloss. Das Lämpchen neben dem Bedienfeld leuchtete rot.

Wieder zog er hinter sich ein Regal zu Boden. Er musste mehr Abstand zwischen sich und seinen Verfolger bringen. Dutzende Plastikrohre und Farbeimer fielen zu Boden.

Talbot lief so schnell er konnte.

Noch ein Regal. Sein Verfolger umrundete das Hindernis auf dem Boden.

Talbot fingerte nach seiner Schlüsselkarte. Mit zitternden Fingern hielt er sie vor den Sensor der Tür. Nichts passierte. Scheiße, er fluchte. Der Schatten kam näher. Nur noch ein paar Meter.

Plötzlich hörte er ein Klicken und das Lämpchen wechselte von rotem zu grünem Licht. Er stieß die Tür auf und warf sich von der anderen Seite dagegen.

Im oberen Drittel war ein kleines rundes Fenster eingelassen. Sein Verfolger warf sich gegen das Gebilde. Wieder ein leises Klicken. Das Schloss rastete ein.

Die schwarze Gestalt prallte dumpf vom anderen Ende dagegen. Talbot sah den Kopf seines Verfolgers hinter dem kleinen Fenster.

Er rannte weiter, einen breiten Gang mit Betonboden entlang.

Nach zwei weiteren Türen trat er hinaus ins Freie.

Er musste zu seinem Wagen gelangen.

Panisch vor Angst hetzte er über die Rasenfläche in Richtung Waldrand. Er wagte nicht, sich umzusehen. Der Wagen kam in Sicht. Talbot warf die Akte auf den Beifahrersitz und drückte, nachdem der Motor angesprungen war, das Gaspedal bis zum Anschlag durch.

Der Motor jaulte auf. Die Reifen drehten durch. Dann griffen sie auf dem schmierigen Untergrund. Der Wagen schlingerte auf den Asphalt zurück.

Talbot beschleunigte und schaltete die Scheinwerfer ein.

»Scheiße, scheiße«, er fluchte und suchte die Umgebung ab. Von seinem Verfolger war nichts zu sehen.

Der Wagen tauchte in den Wald ein. Bald würde der Begrenzungszaun vor ihm auftauchen.

Weit hinter ihm öffnete sich die Seitentür des Gebäudes und eine Gestalt mit Schirmmütze trat in die Nacht hinaus. Sie folgte mit den Blicken dem Paar Scheinwerfer, dass sich zwischen den Tannen entfernte.

Mannheim, Kolpingstraße

Es war 6 Uhr, als Grant den BMW zum zweiten Mal innerhalb weniger Tagen in der Kolpingstraße abstellte. Er warf einen Blick zu Hernandez.
»Haben Sie den Brief?«
Anstatt einer Antwort hielt Hernandez nur den Umschlag in die Höhe.
»Gut.« Grant nickte. »Dann los.«
Sie stiegen aus. Das Viertel schien noch nicht aus seinem nächtlichen Schlaf erwacht. Nur am Ende der Straße war eine einzelne Joggerin mit ihrem Hund unterwegs. Ein großes wuscheliges Fellknäuel.
Grant kannte die Rasse, aber der Name fiel ihm nicht ein.
In den meisten Häusern brannte noch kein Licht.
Sie gingen den Weg zur Veranda des Hauses empor.
Hernandez betätigte die Klingel.
Grant spähte durch die schmalen Fenster, die in die Tür eingelassen waren. Das Nichts schien in dem Gemäuer zu hausen.
Sie lauschten. Nach ein paar Augenblicken war das Läuten, wie es schien, ungehört verklungen.
Hernandez klingelte erneut.
Kein Knarren von Dielen als Antwort und auch keine anderen Geräusche. Es herrschte einfach Stille.
»Na dann«, sagte Hernandez.
Sie holte aus und trat mit dem Fuß so heftig gegen das Schloss, dass das weiche Holz regelrecht explodierte.
Ein Knall war zu hören, als die aufschwingende Tür gegen die Wand dahinter schepperte.

»Warum denn nicht gleich?«, Hernandez grinste.

»Ich liebe meinen Beruf.«

Mit ein paar schnellen Bewegungen verschwand sie im Haus.

Grant folgte ihr. Unter seinen Füßen spürte er die weiche Masse eines Teppichbodens.

Er bückte sich und hob einen Stapel Briefe und Zeitschriften auf, die sich vor dem Postschlitz gesammelt hatten.

Bedachte man die Dicke des Stapels, so war seit Tagen wohl niemand mehr hier gewesen.

Er blätterte die Umschläge durch. Ein Brief von einer Reinigungsfirma mit einem unaussprechlichen Namen.

Daneben etliche Werbebroschüren und eine Rechnung der Telefongesellschaft. Zwei Postkarten und mehrere Zeitungen rundeten den Berg ab.

Grant widerstand der Versuchung, die Karten zu lesen. Nach den Vorderseiten zu urteilen, kam eine aus Südafrika, die andere aus Nepal.

Er legte den Stapel auf einer Kommode ab und machte ein paar Schritte in den angrenzenden Raum auf der rechten Seite.

Die Möblierung war spärlich.

Zwei Sessel, ein niedriger Couchtisch und ein Regal an der Wand, daneben zwei vernachlässigt wirkende Topfpflanzen.

Wohnlich und gemütlich wirkte die Atmosphäre nicht.

Es kam ihm beinahe so vor, als wäre das Zimmer nie wirklich benutzt worden.

Jegliche Formen von individueller Wohngestaltung fehlten.

Keine Bilder an den Wänden, nur wenige Bücher in dem Regal davor.

Wenn sämtliche Räume so aussahen, würden sie nicht viel Zeit brauchen.

Hinten im Haus hörte er Hernandez. Durch einen der nächsten Durchgänge betrat er die Küche.

Sie war in einem aseptischen Farbton gehalten. Kacheln, Wände, Anrichten, alles verbreitete den Eindruck vollkommener Sterilität.

Durch die Fenster konnte man auf den Garten hinaussehen.

Grants Blick streifte ungepflegte Ginsterbüsche und Tulpenbeete.

Er ging weiter zu einer Anrichte und öffnete wahllos Schubladen. Aber außer einem großen Messerblock und einem Sortiment silbernen Essbestecks kam nichts zum Vorschein.

Er schlenderte weiter und betrat ein angrenzendes Büro. Eine Ledercouch an der einen Seite, zwei Kommoden auf der anderen.

Und vor einer hockte Hernandez.

Sie saß da wie ein Kind inmitten seiner Lieblingssammlung. Die Spanierin schien beinahe den ganzen Inhalt der untersten Schublade ausgekippt und um sich herum verteilt zu haben.

Sie blätterte in einem Buch, das, wie es aussah, nur loses Papier enthielt.

»Sehen Sie sich das an«, sagte sie und deutete auf das Chaos.

Grant ging in die Hocke und schlug einen der kleineren Bände auf.

Es war eine Art Fotoalbum. Allerdings mit einem Problem. Nirgendwo waren Fotos zu finden. Sämtliche Seiten waren leer. Und offenbar war das kein Einzelfall.

»Alles leer«, sagte Hernandez wie zur Bestätigung. »Wer bitteschön kauft sich 20 Fotoalben, wenn er keine Fotos hat, die er darin aufbewahren will?«

Grant schlug den Einband wieder zu.

»Merkwürdiger Typ«, bemerkte Hernandez. Mit ein paar raschen Bewegungen raffte sie die Bücher zusammen und verstaute sie wieder in der Kommode.

»Gehen wir nach unten?«, fragte sie. Grant sah sie an.

»Unter der Treppe zum ersten Stock ist eine schmale Tür und ich wette, dass die nach unten führt.«

Grant folgte Hernandez um zwei Abbiegungen herum, ehe sie vor einer alten Holztür mit einer ebenso altmodischen Verriegelung anhielt.

Hernandez löste den antiquierten Mechanismus, sodass hinter der Tür ein dunkles Loch zum Vorschein kam.

Tatsächlich führten auf dem Boden Stufen nach unten. Ein kaum wahrnehmbares Licht war am Ende zu sehen. Hernandez sah Grant triumphierend an.

Sie zog die Taschenlampe von ihrem Gürtel und leuchtete um die Biegung herum.

»Kein Lichtschalter«, sagte sie.

Bereits nach ein paar Metern konnten sie den Boden des Kellerraumes erkennen. Er war mit Steinplatten ausgelegt, zwischen denen sich tiefe Spalten dahinzogen.

Am Fuß der Treppe leuchtete Hernandez den Raum ab.

»Ach herrje«, sagte sie verblüfft.

An den Wänden waren etliche Terrarien und Schaukästen angeordnet. Neonröhren tauchten die meisten in flackerndes Licht.

»Ist ja irgendwie unheimlich.«

Grant entdeckte mehrere Eidechsen und Käfer, weiter rechts Glaskästen mit Schlangen darin.

Er kratzte mit der Spitze seines Schuhs an einer der Kanten auf dem Boden herum. Dann drehte er sich zu Hernandez um.

»Gehen wir weiter.«

Gemeinsam stiegen sie die Steinstufen wieder nach oben.

Während Hernandez den ersten Stock durchsuchte, ging Grant auf die rückwärtige Veranda. Die Fliegentür ließ sich geräuschlos bewegen.

Er steuerte auf den Pavillon an der Ecke zu.

Nichts hatte sich seit dem letzten Mal verändert.

Er ließ er sich auf der Couch daneben nieder.

Der Wind erzeugte in den hohen Baumkronen ein sanftes Rascheln.

Es hatte eine beinahe beruhigende Wirkung. Grant ließ seinen Blick über die Bilder auf dem Tisch gleiten. Er sah die gleichen Personen wie beim letzten Mal.

Die gleiche unchronologische Anordnung und das Durcheinander von alten und neuen Fotografien. Manche bereits verblasst vom Sonnenlicht, andere noch voller farbenfroher Intensität.

Mit einem Mal jedoch stutzte er.

Eines nach dem anderen ging er die Bilder noch einmal durch. Konnte das wahr sein? Im Haus konnte er einige polternde Laute hören.

Offenbar war Hernandez gerade dabei, das Gebäude komplett auseinander zu nehmen. Aber er achtete kaum darauf. Er war wie elektrisiert.

Er konzentrierte sich wieder auf die Fotografien. Vorsichtig zog er mit dem Zeigefinger eine Spur durch die dicke Staubschicht auf dem Tisch.

Mannheim, Neckarvorlandstraße

Paulson stand wieder in der riesigen Halle.

Noch immer lag ein süßlicher Blutgeruch in der Luft, der offenbar einfach nicht verschwinden wollte.

Er rümpfte die Nase. Dann ging er einige Meter weiter in den Raum hinein.

Schließlich blieb er stehen. Links von sich sah er den Bretterverschlag, durch den er die Halle beim letzten Mal betreten hatte.

Dahinter das Licht von aufgestellten Scheinwerfern. Auch in der Halle selbst waren etliche Strahler installiert worden.

Paulson wandte sich nach links um. Dann warf er einen Blick auf den Computerausdruck in seiner Hand.

Er überprüfte einen Punkt an der Wand. Zufrieden schnaubte er. Er hatte die richtige Stelle gefunden. Eindeutig. Mit einer raschen Bewegung faltete er die Karte zusammen.

Dann konsultierte er seine Armbanduhr.

8:27 Uhr. Draußen war es längst hell. Aber hier in diesem unterirdischen Gewölbe waren die Scheinwerfer, die das Spurensicherungsteam aufgebaut hatte, die einzige Lichtquelle.

Es war kühl.

Er sollte sich beeilen. Besser nicht zu lange in diesem Loch bleiben. Mal ganz davon abgesehen war ihm der Ort unheimlich.

Überall war das im Luftzug flatternde gelbe Polizeiband zu sehen und die Reste der zerstörten Holztische lagen auf dem Boden herum.

Plötzlich vernahm er einen Laut. Er fuhr herum. Ein junger Kerl in Polizeiuniform trat gerade über die am Boden liegenden Holzsplitter hinweg und kam auf ihn zu.

Paulson seufzte resigniert, als er das Gesicht des Mannes wieder erkannte. Es war der Saftkopf, mit dem er sich das Einsatzfahrzeug hatte teilen müssen.

Er schüttelte den Kopf, während der Kerl mit einem Grinsen auf ihn zusteuerte.

»Hallo, wie geht's?«, sagte der Saftkopf in Plauderlaune als er bei ihm ankam.

»Was tun Sie denn hier?«, wollte Paulson wissen.

»Aufpassen.«

»Worauf?«

»Keine Ahnung, aber Befehl ist nun einmal Befehl.«

Er sah sich um.

»Ganz schönes Durcheinander was?«

Paulson ging nicht auf die Frage ein.

»Sind Sie schon länger hier unten?«

»Seit acht Stunden. In gut 30 Minuten werde ich aber abgelöst.« Er kratzte sich am Kopf.

»Hoffe ich zumindest. Hoffentlich vergessen die mich hier unten in diesem Loch nicht einfach. Ist irgendwie gruselig.«

Er wippte unruhig von einem Bein auf das andere.

»Und was führt Sie hierher? Einer Ihrer Kollegen war heute schon hier. Hat sich auch den Raum angesehen. Aber ansonsten habe ich hier in den letzten acht Stunden außer den fetten Ratten, die hier offenbar zu Hunderten nisten, nicht viel zu Gesicht bekommen. Da braucht man schon ein sonniges Gemüt, kann ich Ihnen sagen. Denke der eine oder andere würde sich schnell die tollsten Dinge einbilden.«

Er verzog erneut den Mund zu einem schiefen Grinsen.

»Wer war heute Morgen hier unten?«, wollte Paulson wissen.

Das Grinsen des Saftkopfs erlosch.

»Ähm, keine Ahnung«, antwortete er vorsichtig. »So ein dünner Kerl mit blonden Haaren. Den Namen weiß ich aber leider nicht mehr.«

»Sonst noch jemand?« Der Saftkopf kratzte sich am Kinn.

»Hmmm, nicht, dass ich wüsste. Aber hören Sie, diese Keller hier unten sind gigantisch. Ich kann nicht auf alles gleichzeitig aufpassen. Sehen Sie sich nur das einmal an.«

Der Saftkopf packte Paulson am Ärmel und zog ihn ein paar Meter weit in Richtung einer der Wände. Dann hielt er an und deutete mit dem Finger nach oben.

»Sehen Sie das?«, fragte er.

Paulson kniff die Augen zusammen. An der Wand liefen Rohre und Kabel nach oben, aber er konnte nicht erkennen, was der Mann ihm zeigen wollte.

»Ich weiß nicht, was Sie mir zeigen wollen«, sagte er.

Der Saftkopf brummte.

»Dort, wo die Rohre den Kabelschacht verlassen, sind die Halterungen erneuert worden.«

Er streckte sich und deutete mit dem Finger an eine Stelle, die sich ungefähr fünf Meter über ihnen befand.

»Und hier«, fuhr der Kerl fort, »sehen Sie diese Kabelstränge?« Paulson nickte.

»Normalerweise sind die Kabel spröde und porös, aber diese hier«, er deutet auf ein schmales Röhrenbündel direkt vor ihnen, »sind eindeutig neu und mit Sicherheit erst vor kurzem hier angebracht worden. Offenbar ist das bei all der Hektik niemandem aufgefallen.« Paulson beugte sich nach unten. Der Saftkopf hatte tatsächlich recht.

»Und ich habe noch etwas anderes herausgefunden«, sagte der Mann stolz.

Er machte Paulson ein Zeichen, ihm zu folgen. Vorsichtig stiegen sie über noch mehr Trümmerteile hinweg und betraten durch eine faulige Holztür einen weiteren Raum.

Hier war die Decke niedriger.

Paulson musste sogar den Kopf einziehen.

Nackte Glühbirnen hingen an ebenfalls neu wirkenden Kabeln von oben herab. An der linken Wand stand vor einem Tisch mit einigen elektronischen Geräten ein ebenfalls fast neuwertiger Stuhl.

Der widerliche Geruch aus der Halle war noch deutlich spürbar.

»Ich nenne diesen Raum die Kommandozentrale«, sagte der Saftkopf.

»Die Kommandozentrale?«, fragte Paulson. Der Saftkopf nickte.

»Oh ja, sehen Sie die verschiedenen Apparaturen auf dem Tisch? Ich wette von hier aus wurde alles gesteuert.«

Paulson ließ seinen Blick über den Tisch gleiten. Mehrere Monitore waren dort aufgestellt. Daneben Schalttafeln und andere Geräte.

»Aber etwas passt nicht«, fuhr der Saftkopf fort.

Paulson wandte sich ihm zu.

»Was?«

»Das hier.«

Der Mann deutete auf eine Stelle knapp unterhalb der Decke in der hinteren Ecke des Raumes.

Paulson konnte nichts erkennen.

»Was meinen Sie?«

Der Saftkopf machte ein paar Schritte in die Richtung. Das Zimmer hatte die Ausmaße eines kleinen Verschlages.

»Hier, sehen Sie.«

Er deutete auf ein Loch in der Wand. Genau an der Stelle, an der die zwei Wände auf die Decke trafen.

Paulson betrachtete die Vertiefung. Der Saftkopf kratzte mit dem Finger an der Kante des Loches herum, dann zog er sein Handy aus der Hosentasche und leuchtet die Stelle ab.

»Die Ränder sind frisch«, sagte er.

«Und unten auf dem Boden liegt noch der aus dem Loch gerieselte Verputz. Und die Länge des Loches passt genau. Ich habe so etwas schon einmal vor gut einem Monat gesehen, als wir die Wohnung einer Prostituierten nach Drogen durchsucht haben.

Die Öffnung ist jetzt zwar leer, aber ich wette, darin war eine Kamera versteckt. Die Prostituierte hatte genau so eine, um ein Druckmittel gegen übergriffige Freier zu haben. Aber hier hat jemand die Kamera entfernt, noch bevor wir angekommen sind.« Paulson runzelte skeptisch die Stirn.

»Das Merkwürdige ist nur«, fuhr der Saftkopf fort, »wieso mit einer

Kamera einen Überwachungsraum überwachen? Das will mir einfach nicht in den Schädel. Und warum die Kamera entfernen und das ganze übrige Zeugs«, er deutete im Raum umher, »einfach hierlassen. Das ist es, was mich verwirrt.« Paulson sagte nichts. Nach einer kurzen Pause fuhr der Saftkopf fort:

»Aber Sie haben bestimmt Besseres zu tun, als sich meine Hirngespinste anzuhören.«

Er lachte.

»Vielleicht merke ich es nicht und werde doch langsam verrückt. Wird Zeit, dass ich jetzt erst einmal für ein paar Tage aus diesem Loch heraus und an die Oberfläche komme. Ich fühle mich schon wie ein Maulwurf.«

Mit diesen Worten drehte er sich um und stapfte davon.

Paulson blickte noch einen Moment zu dem Loch in der Wand.

Dann nach unten, wo wirklich ein kleines Häufchen frischen Staubes auf dem Boden lag.

Er wandte sich nach dem Saftkopf um, der den Raum schon wieder verlassen hatte.

Nein, verrückt wurde er auf gar keinen Fall.

Nach kurzem Zögern verließ auch er den Verschlag wieder.

Er musste machen, dass er hier herauskam. Aber zunächst galt es noch etwas zu erledigen.

Er zog wieder den zusammengefalteten Plan hervor und versuchte, sich zu orientieren.

Er konnte den Saftkopf schon nicht mehr sehen. Vermutlich war er in einen der übrigen Räume weitergegangen.

Mit ein paar Schritten maß er die Entfernung zu dem auf der Karte markierten Punkt ab. Dann faltete er die Zeichnung wieder zusammen.

Vor ihm stand ein gut erhaltener Tisch. Bis auf ein paar tiefe Einkerbungen und Kratzer an der Oberfläche schien das Holz fast unversehrt.

Noch immer waren daran Gurte und Eisenketten befestigt. Einige hingen wie Lianen an der Seite herab. Paulson bückte sich, drehte sich auf den Rücken und schob sich unter die Tischplatte.

Kurz lag er einfach nur da und lauschte.

Ohne das Gebrabbel des Saftkopfes war es plötzlich unglaublich still geworden.

Dann begann er die Tischplatte mit den Fingern abzutasten. Nichts.

Aber im nächsten Moment berührten seine Finger doch etwas. Er hielt in der Bewegung inne.

Nach einem Sekundenbruchteil schob er sich weiter.

Das Ding nahm mehr Kontur an. Er tastete darum herum. Es war etwas, das hier eindeutig nicht hingehörte. Paulson brummte zufrieden.

Mannheim, 36 Stunden später

»Die Bilder waren anders angeordnet. Da bin ich sicher«, sagte Grant und stellte den heißen Kaffeebecher wieder zurück auf den Tisch. Er und Hernandez saßen in der Kantine des Polizeireviers, während über der Theke der Anrichte irgendein Nachrichtensender auf dem Fernsehbildschirm lief.

Die Angestellte der Kantine war vor ein paar Minuten in der Küche verschwunden und bis auf eine Gruppe von Kollegen im hinteren Drittel des Raums waren sie allein.

»Ich weiß, das erzählen Sie mir nun seit zwei Tagen«, sagte Hernandez.

Grant schaute beiläufig über die Schulter zum Fernseher hinüber.

»Warum hätte das jemand machen sollen?« Er murmelte die Worte leise vor sich hin.

»Wenn Sie mich fragen, aber Sie fragen mich ja nicht«, sagte Hernandez, »dann haben Sie sich einfach getäuscht.«

Grant schüttelte den Kopf.

»Nein, sicher nicht.«

»Da, sehen Sie«, sagte Hernandez und deutete zum Fernseher.

»Es läuft schon wieder.«

Grant wandte sich um. Die wohlbekannte Schlagzeile flimmerte zum weiß Gott wievielten Mal über den Bildschirm.

»Verrückter Professor ermodet Menschen mit Fake-Umfrage.«

»Ziemlich suggestiv diese Formulierung, finden Sie nicht?«, sagte Hernandez und nippte an ihrem Kaffee. Grant sah sie an.

»Ist das etwa das Einzige, das Sie daran stört?«

Hernandez lächelte, ehe sie einen weiteren Schluck schlürfte.

»Naja nicht das Einzige, aber ich glaube, Sie haben auch das Wort Professor nicht richtig geschrieben.«

Grant schlug auf den Tisch. »Verdammt, was übersehen wir?«, sagte er.

»Und wie zum Teufel sind diese Leute vom Fernsehen an diese Informationen gekommen?« Hernandez zuckte mit den Schultern.

»Reine Wahrscheinlichkeit. Sie wissen doch, wie so etwas läuft. Früher oder später sickert jede Information durch. Irgendjemand hat sich vielleicht ein paar Euro zusätzlich verdient.«

»Nicht zu fassen«, sagte Grant. »Seit heute Mittag scheint nichts anderes mehr zu laufen.« Er schob seinen Kaffee vor sich auf dem Tisch herum.

»Und den Professor haben wir auch noch nicht gefunden. Am Ende finden die«, er deutete mit dem Finger auf den Bildschirm, »ihn noch vor uns. Dann sind wir richtig blamiert.«

Hernandez grinste.

»Sie scheint das nicht sonderlich zu stören«, stellte Grant fest.

Die Spanierin zuckte lakonisch mit den Achseln.

»Nein, wieso auch«, sagte sie, »früher oder später wäre es sowieso passiert. Ob wir uns nun die Nächte um die Ohren schlagen oder nicht. Seit zwei Tagen sind wir doch keinen Schritt weitergekommen. Vielleicht ist das da«, sie deutete ebenfalls mit dem Finger auf den Bildschirm, »ja gar nicht so schlecht. Wer weiß, ob nicht doch jemand irgendetwas gesehen oder bemerkt hat.«

Sie lehnte sich zurück.

»Oder«, sagte Grant »wir werden jetzt mit so viel Mist bombardiert, dass wir die nützlichen von den unnützen Informationen gar nicht mehr unterscheiden können.« Er seufzte. »Irgendetwas Neues bei Strawns Ehefrau?«

Hernandez schüttelte den Kopf.

»Wie schon gesagt. Sie ist vor 16 Jahren gestorben. Soweit ich herausgefunden habe, an einer Überdosis Medikamente. Sie litt wohl an irgendeiner Form von Epilepsie und musste deswegen jeden Tag Tabletten nehmen. Aber ansonsten nichts Auffälliges. Sie war Lehrerin an einem

Gymnasium in Heidelberg. Ihr Grab ist dort auf dem Bergfriedhof. Ein Urnengrab in einer der Gedenkwände.« Grant nickte.

»Irgendwelche Kinder?«

»Ein Sohn«, sagte Hernandez.

»Stuart William, was für ein Name. Er hat bis vor einem Jahr in Florenz in Italien gelebt. Letztes Jahr ist er wieder hierher gezogen. Was er beruflich macht, weiß ich nicht. Eine feste Adresse konnte ich nicht herausfinden. Scheint nach dem Studium ein ziemlich wildes Leben geführt zu haben. So etwas, was man sich für seine Kinder eigentlich nicht wünscht. Haben Sie welche?«

Grant sah sie an.

Gedankenverloren schüttelte er den Kopf.

»Und Sie?« Hernandez schüttelte ebenfalls den Kopf.

»Nein, sagte ich Ihnen doch bereits. Wenn die Polizei gewollt hätte, dass ich Kinder habe, hätten sie mir welche mit der Uniform und dem Dienstausweis zuteilen müssen.«

Sie lachte. Grant musste grinsen. Dann sah er wieder auf den Bildschirm.

»Aber mal im Ernst, was glauben Sie? Wo ist die Verbindung?«

»Zwischen Strawn und Talbot meinen Sie?«

»Ja.«

»Naja«, sagte Hernandez, »möglich ist vieles. Und verdächtig ist es auch, da haben Sie recht. Aber wir wissen nicht, ob das heute noch eine Rolle spielt.«

Ein paar Sekunden herrschte Schweigen.

Dann stand Hernandez auf.

»Wie dem auch sei. Vielleicht ist es an der Zeit, einen neuen Ansatz auszuprobieren. Wenn Sie mir noch einen kleinen unorthodoxen Ausflug gestatten, wüsste ich vielleicht, wo wir noch an Informationen herankommen könnten.«

Sie lächelte geheimnisvoll.

Dann stand sie auf.

»Kommen Sie. Keine Angst, wir brechen nirgendwo ein. Ich würde Sie gerne einem alten Bekannten vorstellen.«

Mannheim, Lindenhof

Das Zimmer lag in Finsternis. Nur der Fernseher verströmte ein wenig Helligkeit.

Stroboskopartig warf er zuckende Lichter an die Wände.

Draußen war das Geräusch eines vorbeifahrenden Autos zu hören. Kurz streiften die Scheinwerfer das Haus und malten zwei helle Balken an die Rückwand des Wohnzimmers. Dann kehrte die Dunkelheit zurück.

James Talbot Jr. saß regungslos auf der Ledercouch vor dem Fernseher. Völlig fassungslos starrte er auf die Meldung, die nun schon zum zehnten Mal lief.

Dann wanderten seine Augen nach unten. Dort, wo die Akte auf der Glasscheibe des Tisches lag.

Sie verharrten ein paar Sekunden auf dem Stapel Papiere, dann zuckten sie zurück zum Bildschirm.

Das Glas Leitungswasser in seiner Hand geriet gefährlich in Schieflage.

Das musste des Rätsels Lösung sein. Er dachte nach. Verschiedene Bilder durchzuckten sein Gehirn. Ja, das musste der Kern des Geheimnisses sein.

Wieder betrachtete er die Akte. Die Papiere, deren Geheimnis er bislang nicht hatte ergründen können.

Eine Medikamentenversuchsreihe. Ein Test. Eine Kooperation mit mehreren Instituten.

Aber er hatte nicht vermocht, einen tieferen Sinn dahinter zu entdecken. Alle Informationen, die mit den Testreihen und Ergebnissen zu tun hatten, konnte er zwar lesen, dennoch hatten sie ihn nicht auf die richtige Spur gebracht.

Bis vor einigen Minuten hatte er sogar die vage Möglichkeit in Betracht gezogen, dass irgendjemand sich mit dem Zettel einen Scherz erlaubt haben könnte. Aber nun nicht mehr. Nun ergab alles Sinn.

Er starrte auf die Papiere. Dann wieder auf den Fernsehschirm, wo noch immer die Moderatorin einen eingeübten Text zu der Meldung im unteren Teil herunterbetete.

Nein, nun war ihm alles klar. Und es war weit schlimmer, als er gedacht hatte.

Wie in Trance stand er auf und ging zum Kühlschrank.

Er holte eine Flasche mit einer klaren Flüssigkeit daraus hervor und goss sich ein Glas ein.

Anschließend leerte er es in einem Zug. Die Flüssigkeit brannte so sehr in der Kehle, dass er husten musste.

Er stellte das Glas ab und starrte, die Hände auf der Anrichte, wie betäubt durch das Küchenfenster nach draußen in die Nacht.

Mannheim, Käfertal

Hernandez lenkte den Wagen an den Straßenrand und schaltete die Scheinwerfer aus.

»Wir sind da.«

Hinter mehreren hohen Büschen verborgen war die Silhouette eines Bungalows zu erkennen.

»Nummer 62«, sagte Hernandez und stieg aus. Grant schlug die Tür zu und sah, dass in einem der Fenster des Bungalows noch Licht brannte. Ansonsten war alles dunkel.

»Ich hoffe, wir vergeuden nicht unsere Zeit«, sagte er skeptisch. Hernandez lächelte.

»Keine Sorge, vertrauen Sie mir.«

Mit ein paar Schritten waren sie vor dem Haus angelangt und Hernandez bog nach links ab. Ein Weg schlängelte sich an dem Gebäude entlang.

Sie folgte dem Pfad und bog dann um eine Ecke.

Grant blieb hinter ihr. Äste von Büschen blockierten ihren Weg. Hernandez schob sie beiseite, während es um sie herum immer dunkler wurde. Dann hielt sie vor einer Glastür an und klopfte. Das Material vibrierte unter ihren Fingerknöcheln.

Der Schein von Kerzenlicht flackerte im Inneren des Hauses. Grant lauschte. Um sie herum war das Geräusch von zirpenden Grillen zu hören.

Weiter hinein in den Garten konnte er nicht sehen. Es war ihm, als wäre jeder Meter des Grundstückes mit dichtem Buschwerk bepflanzt. Wie eine Art Dschungel wechselte dichtes Schilfrohr mit fleischigen Blättern.

Fast glaubte er, das zischende Geräusch von Schlangen um sich herum zu hören.

Sie waren nur ein paar Meter von der Straße entfernt. Trotzdem fühlte es sich wie in eine andere Welt an.

Ein dicker Käfer krabbelte die Hauswand entlang. Weiter unten konnte Grant das Durcheinander ungemähten Grases ausmachen.

Fast konnte man den Himmel zwischen den Blättern über ihnen nicht mehr wahrnehmen.

Hinter der Glasscheibe tat sich etwas. Ein Schatten huschte über das Kerzenlicht.

Im nächsten Moment erschien eine Gestalt in der Tür. Massig, schwer, jedoch gleichzeitig mit einer kraftvollen Eleganz. Die Gestalt zögerte.

Dann entriegelte sie die Tür.

»Warum bringst du jemanden mit?«, fragte eine dumpfe Stimme, als das Glas geöffnet wurde.

Die Stimme klang tief und kratzig. Grant stellte sich vor, dass so die menschliche Version eines Bären klingen musste.

Hernandez nickte zu Grant.

»Keine Sorge, er ist in Ordnung.«

»Bist du sicher? Sieht irgendwie hinterlistig aus.« Grant bemerkte, dass der Mann ihn von oben bis unten musterte.

»Na gut, kommt rein«, sagte er dann. »Ich habe nichts zu verbergen.« Hernandez lachte.

»Wieso nur glaube ich dir das nicht?«

Die Gestalt führte sie durch einen zwielichtigen Raum und durch zwei Bogengänge in ein Zimmer, in dem neben einer Schreibtischlampe zahllose Kerzen überall aufgestellt waren.

»Führst du einen Kleinkrieg gegen die Stromkonzerne oder was ist hier los?«, wollte Hernandez belustigt wissen. Aber der Mann schüttelte nur den Kopf.

»Lange Geschichte«, sagte er, »und vor dem da«, er deutete auf Grant, »erzähle ich sie dir schon gleich gar nicht.« Grant beobachtete den bärig wirkenden Kerl argwöhnisch.

»Aber okay«, fuhr er schließlich fort, »an mir soll es nicht liegen. Die Freunde meiner Freunde sind auch meine Freunde oder wie geht der Spruch.« Er zögerte, ehe er hinzufügte: »Vorerst zumindest.«

»Dein Misstrauen ist völlig fehl am Platz«, sagte Hernandez und setzte sich auf eines der Sofas.

»Ist er ein Bulle?«

»Genau wie ich doch auch.«

»Auch das noch.«

Der Bär schnaubte.

»Jetzt lass den paranoiden Mist«, forderte Hernandez ihn auf.

»So eine große Nummer bist du auch wieder nicht.«

Der Mann wandte sich ab und setzte sich der Spanierin gegenüber hinter einen schweren Eichenschreibtisch.

Das Gegenlicht der Kerzen verwandelte sein Gesicht in eine Maske. Die dicke Nase und die fleischigen Backen traten nun noch deutlicher hervor. Grant bemerkte, dass der Kerl ihn trotzdem nicht aus den Augen ließ.

Er ließ er sich in einem Sessel nieder, der direkt neben der Couch von Hernandez stand.

Ein Pappkarton voller Essensreste stand neben dem Möbelstück.

»Alles klar. Was hast du für mich?«, sagte Hernandez mit einem Tonfall, als besuchte sie einen Verwandten.

Der Mann schien noch immer zu zögern. Dann jedoch stand er auf und ging zu einem der Schränke.

Er zog zwei Pack Papiere hervor und ging damit zurück zum Schreibtisch. Als er sich niedergelassen hatte, richtete er die beiden Stapel penibel zur Tischkante hin aus.

»Das hier ist, worum du mich gebeten hast.«

Er schob beide Haufen nach vorne.

Hernandez rührte sich nicht.

»Es ist alles da.« Wieder wanderten die Papiere ein Stück über den Tisch. Hernandez blieb sitzen. Der Mann verzog das Gesicht.

»Alles, was du brauchst ist hier drin.«

Er tätschelte einen der Stapel fast liebevoll.

Hernandez schlug die Beine übereinander und sah den Bär an.

»Eigentlich«, sagte sie, «hatte ich gehofft, du gibst uns die Kurzfassung.«

Ihr Gegenüber blieb stumm.

Schließlich stand er erneut auf.

»Einen Drink?«, fragte er. Hernandez schüttelte den Kopf. Der Mann ging zur Anrichte und goss sich aus einem Schwenker einen Whiskey ein.

Dann kehrte er zurück.

»Na schön. Die Kurzfassung also.« Er sah sich suchend auf dem Tisch um.

Schließlich nahm er die Pfeffer- und Salzstreuer, die neben einem halb leeren Teller mit Pasta standen und platzierte sie vor sich.

»Okay. Sagen wir einfach, es gibt zwei Typen. Mr. X auf der einen Seite«, er tätschelte den Salzstreuer, »und Mr. Y auf der anderen«, er tätschelte den Pfefferstreuer.

»Beide sehr erfolgreich in ihrem Leben. Und das nicht zufällig.«

»Was soll denn das für eine Masche werden?«, fragte Hernandez ungeduldig. »Du hast eindeutig zu viele Filme gesehen.«

Aber der Bär ließ sich nicht beirren. Begeistert fuhr er mit seiner Darbietung fort:

»Mr. X geht nach der Schule auf eine angesehene Uni. Mr. Y genauso, allerdings auf eine andere. Bis dahin also nichts Ungewöhnliches. Verschiedene Unis, verschiedene Städte.«

Er zwinkerte Hernandez zu.

»Zumindest am Anfang. Mr. X heuert nach seinem Abschluss in Wirtschaftswissenschaften bei einem großen Pharmaunternehmen an und steigt dort schnell auf. Mr Y geht zunächst nach seinem Abschluss in Psychologie für ein paar Jahre ins Ausland. Zuerst Wien, dann einige Jahre Italien und die Schweiz. 1989 kehrt er zurück.«

Hernandez legte die Finger wie ein Zelt aneinander.

Grant beobachtete, wie der Mann den Salz und Pfefferstreuer auf dem Tisch nach vorn und auseinanderschob.

»Wir sind also ungefähr hier. Bisher kein Kontakt, weder privat, noch beruflich. Der kann frühestens vier Jahre später entstanden sein. Kurz nach dem Jahreswechsel 1993 nehmen beide an einem Symposium über das Design und Projektförderung wissenschaftlicher Studien in der Dominikanischen Republik teil.

Das Symposium dauert etwas über eine Woche und umfasst im Ganzen 200 Vorträge. Ob zu dieser Zeit ein Treffen oder ein Kontakt stattgefunden hat, lässt sich wie gesagt nur mutmaßen. Möglich aber ist es.«

Der Bär zwinkerte.

»Konkret wird es dann weitere zwei Jahre später.«

Er schob den Salzstreuer nach vorne.

»Mr. X ist inzwischen in eine Leitungsposition seiner Firma aufgestiegen. Mit einem stattlichen Verdienst. Macht, alles, was so dazugehört. Aber das Interessante kommt jetzt.«

Er schob den Pfefferstreuer nach rechts.

»Obwohl Mr. Y zu dieser Zeit bereits seinen Lehrstuhl innehat, landen auf seinem Nummernkonto in der Schweiz Monat für Monat Schecks abgezeichnet von dem Arbeitgeber von Mr. X. Und keine unerheblichen Beträge. Nicht die üblichen kleinen Beraterhonorare, sondern ansehnliche Summen. Insgesamt über einen Zeitraum von zweieinhalb Jahren.« Er schob den Pfefferstreuer in die Nähe des Salzstreuers.

»Was also ist passiert? Dieser Punkt bleibt völlig im Dunkeln. Nach zweieinhalb Jahren brechen die Zahlungen abrupt ab. Danach gibt es keinen weiteren Kontakt.« Nach einer Pause schob er hinterher: »Zumindest nichts, wobei ich dir behilflich sein könnte.« Sein Blick ruhte auf Hernandez.

Die Spanierin saß noch immer entspannt auf dem Sofa herum als wäre sie in dem Gemäuer zu Hause. Dann strich sie eine imaginäre Falte auf ihrer Hose glatt.

»Das ist alles?«

»Ja.«

»Von welchen Summen sprechen wir?«

»1,9 Millionen Schweizer Franken insgesamt. Ein wenig unter 70.000 pro Monat. Zu jedem Monatsanfang, pünktlich wie ein Uhrwerk und immer auf das gleiche Konto.«

»Was hast du ansonsten herausgefunden?«

»Nichts, sage ich doch, das war es.«

Hernandez zog eine Augenbraue nach oben.

»Ich schwöre es dir«, sagte der Mann und hob theatralisch einen Arm.

»Ich habe versucht, tiefer zu graben, aber es gibt nichts. Das sind nicht irgendwelche Behördencomputer, in die ich mich ohne weiteres einklinken kann. Diese Typen verlieren wahrscheinlich mehrere Millionen pro Jahr durch Industriespionage. Glaub mir, die verstehen was davon, ihre Daten zu schützen.«

»Hmmm«, machte Hernandez, »interessant.«

Sie blickte mit abwesendem Gesicht durch die Scheibe nach draußen. Plötzlich stand sie auf.

»In Ordnung, danke Mule, ich schulde dir was.«

Sie nahm die Akten vom Schreibtisch und nickte dem Bären zu, der das Nicken erwiderte.

Grant vermied es, sich von dem Mann zu verabschieden. Er folgte Hernandez durch den Bogengang und die Glastür nach draußen. Erst als sie wieder im Auto saßen, fragte er:

»Was zum Teufel war denn das?«

Hernandez wendete das Auto und fuhr die Straße zurück, aus der sie gekommen waren.

»Eine lange Geschichte«, sagte sie und schaltete die Scheinwerfer ein.

»Zumindest sind wir jetzt ein bisschen schlauer.«

Mannheim, Waldhof

Paulson biss ein Stück von seinem trockenen Hähnchen ab und nahm dazu einen großen Schluck aus der Thermoskanne auf dem Beifahrersitz. Dann spähte er wieder nach draußen.

Das Haus lag in Grabesstille da. Beinahe konnte man glauben, es sei verlassen.

Aber Paulson hatte den Mann vor nicht einmal einer Stunde in dem Gebäudeeingang verschwinden sehen. Er zog die Akte von Robert Merchant vom Armaturenbrett.

Der Typ war ihm sofort verdächtig erschienen. Seit ihrem Gespräch im Krankenhaus hatte ihm die Sache keine Ruhe gelassen. Er schlug die Mappe auf. Das arrogant grinsende Gesicht lächelte ihm von der ersten Seite entgegen. Er blätterte schnell um. Widerlich.

Die Daten des Lebenslaufs waren hingegen mehr als überschaubar. Der Mann war in Glendale geboren und dann mit seinen Eltern nach Deutschland gekommen. Wie er gesagt hatte.

Er hatte das Gymnasium abgeschlossen und war seitdem teilzeit in einem Laden für Angelbedarf angestellt. An Geld mangelte es ihm offenbar nicht.

Mehr ließ sich den Blättern nicht entnehmen. Keine Vorstrafen, nichts. Keine Geschwister, unverheiratet.

Aber irgendetwas ließ ihm keine Ruhe, irgendetwas stimmte mit diesem Kerl nicht. Es war zu normal, zu glatt.

Gedankenverloren ließ er den kleinen Gummiring durch die Finger wandern, den er unter der Tischplatte in der unterirdischen Halle gefunden hatte. Offenbar war er dazu gedacht gewesen, etwas an der Unterseite des Tisches zu halten. Paulson beobachtete die Frontscheibe, wo sich langsam die ersten Regentropfen zeigten. Nur was, darauf hatte er keine Antwort. Nicht mal eine Idee.

Vielleicht sollte er noch einmal mit dem Mann reden, aber irgendwie wusste er, dass er auf diese Art nicht weiterkommen würde.

Immer mehr Regentropfen prasselten auf die Scheibe.

Von draußen warf ein Reklameschild milchiges Licht ins Wageninnere. Paulson seufzte. Hoffentlich musste er sich nicht die ganze Nacht hier um die Ohren schlagen. Es war trostlos genug.

Der Mann war zwar in dieses Haus gegangen, aber seine Wohnung befand sich am gegenüberliegenden Ende der Stadt. Was kam also in Frage? Besuchte er einen Bekannten, Freunde, seine Geliebte? Oder gehörte ihm auch dieses Anwesen?

Er trommelte mit den Fingern auf dem Lenkrad herum. Vielleicht sollte er nach Hause fahren. Der Mann würde das Haus bei dem aufziehenden Wetter bestimmt nicht so schnell wieder verlassen. Die Sicht wurde ohnehin immer schlechter.

In diesem Moment bemerkte er durch die Regenschlieren eine Bewegung auf der anderen Straßenseite. Rasch ließ er das Beifahrerfenster herunter.

Regen spritzte sofort ins Innere. Da war ja der Mann. Geduckt und mit eingezogenem Kopf gegen das schlechte Wetter kam er gerade aus der Hauseinfahrt und beschleunigte seinen Schritt auf den Gehweg. Fast rannte er.

Paulson überlegte für einen Sekundenbruchteil. Dann stieg er aus. Regen schlug ihm ins Gesicht. Der andere entfernte sich jetzt schnell die Straße hinunter. Dann bog er ab und nahm einen Weg, der von der Straße wegführte. Paulson sah nach rechts. Der Wagen des Mannes stand immer noch in der Einfahrt.

Ob er bemerkt hatte, dass man ihm folgte? Paulson überquerte so schnell er konnte die Fahrbahn. Weit in der Ferne tauchten hinter ein paar Büschen die Scheinwerfer eines Wagens auf. Er lief um ein paar Pfützen herum und bog ebenfalls in den Weg ein, den der Mann genommen hatte. Nach ein paar Augenblicken blieb er stehen.

Es war eine schmale Schneise, die jemand ins Unterholz geschnitten hatte.

Rechts und links des Pfades machte er Reste von Verpackungen und anderen Unrat aus. Weiter vorne führte der Weg eine steile Böschung empor. Paulson rannte los. Nasse Zweige klatschten ihm ins Gesicht.

Nach ein paar Metern waren die meisten Spuren von Müll verschwunden und der Boden wurde schlammiger. Paulson meinte weit vor sich das Geräusch eines vorbeifahrenden Autos zu hören. Dann hielt er an.

Vor ihm schlängelt sich ein schmales Bachbett durch das grüne Dickicht. Mit einem Satz sprang er darüber hinweg und kämpfte sich dann die Böschung auf der anderen Seite nach oben. Der Boden war glatt. Immer wieder rutschte er aus und musste sich an Zweigen und Ästen festhalten.

Dann hatte er den höchsten Punkt der Böschung erreicht. Er rannte weiter und bog um eine Ecke im grünen Pfad.

Mit einem Mal öffnete sich das dunkle Grün um ihn herum und Paulson blieb stehen. Er hatte das Dickicht hinter sich gelassen. Vor ihm erstreckte sich ein breites Asphaltband. Der Bordstein, auf dem er stand, war an einigen Stellen mit Kies aufgefüllt und wirkte vernachlässigt und heruntergekommen.

Paulson spähte nach links, dann nach rechts. In beiden Richtungen konnte er außer dem leeren Bordstein nichts erkennen. Er fluchte. Keine 200 Meter weiter konnte er das beleuchtete Schild einer weiteren großen Werbetafel sehen. Wütend trat er mit dem Fuß gegen einen Ast, der auf dem Boden herum lag.

Dieser Mistkerl war ihm tatsächlich entwischt. Müde und durchnässt drehte er sich zu dem dunklen Tunnel hinter sich um.

Mannheim, Lindenhof, 00:38 Uhr

James Talbot Jr. ging in das Arbeitszimmer mit den holzgetäfelten Wänden und schloss die Tür hinter sich.

Er sah sich um. Fürs Erste konnte er wohl riskieren, die Lampe auf dem Schreibtisch einzuschalten. Er ging zu dem massiven Block hinüber und betätigte den Schalter.

Vor ihm ragte die massive Schrankwand auf. Zahllose Bücher, Zeitschriften und lose Blätter, die er über die Jahre angehäuft hatte. Er zögerte nur kurz.

Dann aber ging er entschlossen auf die Bücherwand zu und öffnete einen kleinen Klappschrank im unteren Bereich. Zwei weitere Reihen Bücher befanden sich darin. Talbot ließ seinen Blick über die Titel wandern.

Dann begann er, sie heraus zu ziehen. Dahinter kam eine matte, metallische Oberfläche zum Vorschein. Er löste eines der Regalbretter und nahm es aus dem Schrank heraus. Dann entfernte er auch die übrigen Bücher.

Schließlich zog er einen altmodisch wirkenden Steckschlüssel hervor. Er begutachtete die kunstvolle Verzierung auf dem Griff.

Er hatte den Wandsafe vor etlichen Jahren gekauft und installieren lassen, aber der Schlüssel, diese Verzierungen waren immer das, was den wahren Reiz des stumpfen Metallkastens ausgemacht hatte.

Er wollte den Schlüssel gerade in das dafür vorgesehene Loch stecken, als er auf einmal in der Bewegung innehielt. Dann legte er den Kopf schräg. Was zur Hölle war denn das?

Rund um das Schloss war das Metall mit zahllosen kleinen Kratzern übersäht. Unruhe stieg in Talbot auf. So schnell er konnte, steckte er den

Schlüssel in das Schloss und drehte ihn. Dann hielt er erneut inne. Nichts. Da war kein Widerstand. Der Schlüssel drehte in seiner Fassung hohl. Er versuchte es noch einmal.

Wieder griff der altmodische Fuß des Schlüssels ins Leere. Talbot begann zu schwitzen. Mit klammen Fingern versuchte er die Fingerspitzen in den Spalt zwischen vorderer Eisenplatte und Einfassung zu schieben. Er zog an der Stahlklappe, die mühelos und fast ohne Geräusch aufschwang.

Talbot ließ den Schlüssel los.

Er landete klimpernd auf dem dicken Teppichboden.

Dann drückte er die Tür des Safes auf.

Er war leer.

Talbot fühlte sich, als öffnete sich der Boden unter seinen Füßen. Panisch tastete er mit den Händen das Innere des Metallkastens ab. Er war tatsächlich vollkommen leer. Nur das Tuch der Bodenabdeckung war noch vorhanden. Unwillkürlich schluchzte er leise. Dann fluchte er.

Das konnte nicht wahr sein. Man hatte ihn bestohlen. Er ließ sich an der Schrankwand nach unten sinken und fuhr sich mit der Hand über das Gesicht.

Aber diese Tatsache war noch nicht einmal das Schlimmste.

Das gesamte übrige Haus wirkte normal. Er hätte die kleinste Veränderung sofort bemerkt. Es fehlte einzig der Inhalt dieses Safes. Seine Augen flitzten von einer Seite zur anderen.

Derjenige, der ihn beraubt hatte, hatte es einzig auf diesen Inhalt abgesehen.

Wenn er Glück hatte, war er das Opfer eines simplen Einbruchs geworden.

Wenn das zutraf, lagen die Akten aus dem Safe bestimmt schon in irgendeiner Mülltonne der Stadt herum. Was sollte ein einfacher Dieb damit anfangen?

Aber so ziemlich alles sprach dagegen.

Geld, sonstige Wertgegenstände, alles war noch da.

Und offenbar hatte der Dieb genau gewusst, wo sich der Safe befinden musste. Talbot warf einen Blick durch das Fenster zu einer der Straßenlaternen.

Ob man ihn beobachtet hatte? Ob man ihn auch jetzt beobachtete? Nein. Er schüttelte den Kopf. Eine solche Annahme war nicht sehr wahrscheinlich.

Jemand hatte es genau auf diese Dokumente abgesehen. Ohne die übrigen Ereignisse der letzten Tage hätte er womöglich an die Möglichkeit eines gut geplanten, aber simplen Einbruchs geglaubt.

Aber dies war einfach zu viel des Zufalls.

Er wischte sich über die schweißnasse Stirn.

Er hatte die drei Namen vor nicht einmal zwanzig Minuten im Fernsehen gesehen.

Dieselben Namen, die auch auf drei der Dossiers standen, die sich im Inneren des Safes befunden hatten. Und auch die übrigen Akten waren samt dem restlichen Safeinhalt verschwunden. Talbot fluchte erneut.

Warum sollte man ihn zuerst auf etwas stoßen, nur um dann die Informationen selbst an sich zu bringen?

Und wieso um alles in der Welt waren … In seinem Kopf verschwamm alles zu einem wirren Strudel. Diese ganze Sache entbehrte jeglicher Logik.

Er versuchte, wieder Ordnung in seine Gedanken zu bringen.

Dann wandte er sich um. Es gab nur eine einzige Sache, die er jetzt tun konnte. Und es gab nur eine einzige Person, die Licht ins Dunkel bringen konnte.

Mit schnellen Schritten verließ er das Arbeitszimmer, ging in den ersten Stock hinauf und warf ein paar Kleidungsstücke und andere Habseligkeiten in eine Reisetasche.

Anschließend löschte er alle Lichter und verließ das Haus durch den Hintereingang.

Draußen war alles still. Niemand war zu sehen.

Der Umriss der Garage tauchte vor ihm auf. Hier hinten im Garten war alles dunkel.

Der große Nussbaum, der fast das gesamte Grundstück überrankte, verschluckte zusätzlich alles einfallende Licht.

In der Garage tauchten die Silhouetten seiner beiden Wagen auf. Er entschied sich für den grauen Landrover und warf die Tasche in den Kofferraum.

Dann setzte er sich hinters Steuer.

Er betätigte einen Knopf neben dem Armaturenbrett und das Garagentor setzte sich in Bewegung.

Mit verdrehtem Hals beobachtete Talbot die entstehende Öffnung. Die Straße und die Auffahrt waren leer.

Er legte den Rückwärtsgang ein und setzte aus der Auffahrt zurück.

Dann berührten die Reifen den Asphalt der Straße. Talbot trat auf die Bremse und legte den Vorwärtsgang ein. In diesem Moment wurde er von starken Scheinwerfern geblendet.

Er riss die Arme zum Schutz hoch, aber die Helligkeit war so grell, dass sie sogar noch bei geschlossenen Augen schmerzte.

Er hörte das Aufheulen eines Motors. Im nächsten Moment traf ein gewaltiger Schlag den Landrover.

Mannheim, Lindenhof

Grant bog in die Straße ein und betrachtete im Vorbeifahren die Häuser, die sich zu beiden Seiten erhoben.
 Es waren schöne Gebäude. Großzügig angelegt und nach Geld riechend.
 »Da vorne ist es«, sagte Hernandez.
 In ungefähr 400 Meter Entfernung blinkten in einer leichten Kurve intermittierende Lichter von Einsatzfahrzeugen. Er beschleunigte.
 Die blinkenden Lichter kamen schnell näher.
 »Oh man«, sagte Hernandez.
 Grant erkannte die stark zerbeulten Überreste von zwei Fahrzeugen, die quer zur Fahrbahn standen. Überall lagen Trümmerteile herum und aus einem der beiden Motoren stieg Qualm.
 »Verdammt«, er presste die Lippen aufeinander.
 Er parkte den Wagen mitten auf der Fahrbahn. Dann stiegen sie aus. Sofort bemerkte Grant die Splitter zerbrochener Fensterscheiben, die unter seinen Sohlen knirschten. Er sah wieder zu den zwei Wracks in der Mitte der Straße hinüber.
 Der Aufprall musste heftig gewesen sein.
 Vor ihnen stand ein Polizist, der offenbar dazu verdonnert worden war, den Verkehr zu regeln.
 »Was wollen Sie hier?«, fragte der Mann, als sie näher traten. Grant und Hernandez hielten ihm ihre Ausweise hin. Der Mann warf einen misstrauischen Blick darauf, dann sagte er: »Üble Geschichte. Keine Ahnung, wie so ein Unfall hier passieren kann. Sehen Sie sich um.«

Er machte eine weitschweifige Bewegung mit dem Arm.

»Weit und breit ist hier nichts zu sehen. Und die Straße ist ausladend wie eine Flugzeuglandebahn.«

Er warf einen Blick über die Schulter.

»Und wenn ich mir die beiden Autos so ansehe, dürfte die Geschwindigkeit beim Aufprall ziemlich hoch gewesen sein.« Er kratzte sich am Kinn.

»Eigentlich verwunderlich, dass der Fahrer im zweiten Auto überlebt hat. Seitlicher Aufprall. Direkt auf die Tür der Fahrerseite. Eigentlich müsste der Typ mausetot sein. Hatte wohl einen besonderen Schutzengel.«

Der Mann drehte sich wieder zu ihnen um. Dann räusperte er sich und kickte mit dem Stiefel ein Metallteil aus dem Weg. »Der Kerl, der ihm reingefahren ist, hatte allerdings weniger Glück.«

Grant schob sich an dem Mann vorbei.

»Danke für die Warnung«, sagte er und steuerte auf das Wrack des ersten Autos zu. Weiter hinten waren Sanitäter gerade dabei, einen Mann auf einem Tragegestell in den Krankenwagen zu heben.

»Warten Sie«, rief er den Männern zu, die irritiert innehielten. Er schlängelte sich zwischen den herumliegenden Autoteilen hindurch. Neben ihm stoben die Funken eines Schweißgerätes auf, als einer der Feuerwehrmänner sich an dem ersten Fahrzeug zu schaffen machte.

»Der Mann muss so schnell es geht ins Krankenhaus«, sagte einer der Sanitäter ungeduldig, als Grant bei der Gruppe anlangte.

»Wie schlimm sind die Verletzungen?«, fragte Grant den Mann.

Der Sanitäter grunzte unwirsch.

»Schwere Gehirnerschütterung, mehrere starke Quetschungen und Schnittwunden vor allem im Bereich des Kopfes.« Er deutete mit einem Nicken auf die Trage.

»Wahrscheinlich innere Verletzungen. Der Aufprall war heftig. Einer der Polizisten meint, der Fahrer des ersten Wagens muss an die 80 Kilometer in der Stunde gefahren sein.« Er kratzte sich am Kopf. »Eigentlich total hirnrissig an dieser Stelle.«

»Ist der Mann ansprechbar?«

»Sie machen wohl Witze, Sherlock. Der Mann ist kaum bei Bewusstsein. Und selbst wenn, könnten Sie ihm jetzt keine Fragen stellen.«

Er machte den anderen Sanitätern ein Zeichen, die daraufhin die Trage in den Wagen luden.

Grant sah den Männern zu. Auf der Trage lag der Mann mit geschlossenen Augen und bandagiertem Kopf.

Aber er hatte die Adlernase und die aristokratischen Gesichtszüge bereits erkannt. Er würde noch warten müssen, bis er James Talbot irgendwelche Fragen stellen konnte.

Er wandte sich um, als die Türen des Krankenwagens zugeworfen wurden und das Auto mit Blaulicht davonfuhr.

Hinter ihm stand Hernandez.

»War er es?«, wollte sie wissen.

»Ja.«

Hernandez musterte die Umgebung.

»Wenigstens haben wir Glück und er lebt noch.«

Ungefähr fünf Meter weiter stand das erste Auto. Ein zerbeulter roter Mercedes.

Irgendeine Flüssigkeit sickerte aus dem Motorraum und bildete auf dem Asphalt eine größer werdende Lache. Aus dem Motorblock stieg Dampf empor.

Ein paar Männer der Feuerwehr machten sich gerade mit einem martialisch aussehenden Gerät an der Tür zu schaffen. Grant konnte das Knirschen von Metall und ein Zischen wie von entweichender Luft hören.

Einer der Männer rief den anderen etwas zu. Plötzlich ertönte ein lauter Knall und die Fahrertür sprang auf. Grant ging zu den Uniformierten hinüber.

»Bleiben Sie bitte zurück«, sagte einer von ihnen.

Mit vereinten Kräften stemmten die Männer die Tür komplett auf.

»Beim Aufprall hat sich der Rahmen verzogen.«

Grant sah an dem Mann vorbei.

»Ist der Fahrer …?«

»Tot, ja. So tot wie man nur sein kann. Eigenartig, dass er nicht ausweichen konnte. Die Straße ist breit genug.«

Er machte eine Pause.

»Oder nicht wollte.«

Grant beobachtete, wie die Männer eine blutüberströmte Gestalt aus dem Mercedes zogen.

Das Gesicht wirkte fast unversehrt. Dagegen standen das rechte Bein und beide Arme in einem unnatürlichen Winkel ab. An mehreren Körperstellen ragten Knochen aus dem Fleisch.

Grant räusperte sich und trat auf die Männer zu.

»Hey, warten Sie«, sagte einer von ihnen.

Grant beachtete sie nicht. Wie gebannt starrte er auf das Gesicht des Toten. Er drehte sich zu Hernandez um und winkte sie zu sich. Das Ganze wurde immer verrückter.

Die Spanierin langte bei ihm an. Sie sog scharf die Luft ein.

»Scheiße, da wird ja der Hund in der Pfanne verrückt«, sagte sie verblüfft.

Grant sah zu, wie die leblose Gestalt auf den Boden gelegt wurde.

Er hatte das Gesicht ebenfalls erkannt. Einer der Feuerwehrmänner drehte sich zu ihnen um.

»Da war nicht mehr viel zu machen« ‚sagte er. »Als wir ankamen, war der Mann bereits tot.« Grant nickte.

Dann blickte er sich um. Die Straße und Gehsteige waren menschenleer. Auch in den Häusern ringsum brannte kein Licht. »Wer hat Sie angerufen?«, wollte er von dem Feuerwehrmann wissen.

Der Mann zuckte die Achseln.

»Keine Ahnung, hab den Anruf nicht entgegen genommen.«

Grant wandte seine Aufmerksamkeit wieder der Leiche zu. Die grauen Haare waren an der Hinterseite des Kopfes stark mit Blut verklebt.

Aber Grant hatte den Mann sofort erkannt. Prof. George S. Strawn sah im Tod kaum anders aus als auf den Bildern, die Grant von ihm gesehen hatte.

Was hatte der Kerl hier zu suchen gehabt?

Dann richtete er seine Aufmerksamkeit auf den Wagen. Der Mercedes war stark deformiert. Stoßstange und Kühlergrill waren weit in den Motorraum hineingedrückt.

Die Frontscheibe nicht mehr vorhanden. Durch die offene Fahrerseite war das Wageninnere sichtbar. Überall lagen Glassplitter auf den Polstern und am Boden. Nur der Fahrersitz war weitgehend leer.

Aus den Augenwinkeln sah er, wie einer der Sanitäter den Reißverschluss des Leichensacks zuzog. Für einen Sekundenbruchteil erhaschte Grant noch einen Blick auf das beinahe unversehrte Profil des Professors. Nur an der Wange hatte er eine leichte Schnittwunde.

Hernandez trat neben ihn.

In ihrer Hand ließ sie ein kleines Stück Metall wie einen Propeller rotieren.

»Interessanter Zufall, oder?«, sagte sie. Grant schüttelte den Kopf.

»Ja, Zufall ist gut.«

»Was denken Sie, hat der Mann hier gewollt?«, fragte sie, während sie einige Scherben mit dem Schuh zermalmte. Grant zuckte die Achseln. Dann sagte er scherzhaft.

»Vielleicht sollten wir noch einmal ihren freundlichen Bekannten aufsuchen.« Er grinste, dann machte er einen Schritt vorwärts in Richtung Fahrertür.

»Sehr witzig.«

»Auf jeden Fall ist das hier weder Zufall noch Unfall«, sagte er.

»Ein Frontalcrash auf dieser Straße? Zu dieser Uhrzeit? Da müssen Sie sich schon ins Zeug legen, um so etwas zu provozieren.«

»Aber warum?«

»Das«, sagte er, »werden wir wohl nicht mehr herausfinden. Und den Einzigen, den wir vielleicht noch fragen können, ist gerade im Krankenwagen abtransportiert worden.« Er drückte mit dem Knie gegen eine Beule im Blech des Mercedes.

»Auf jeden Fall stinkt die ganze Sache zum Himmel.«

Mit einem sachten Rütteln versuchte er, die hintere Beifahrertür zu öffnen.

Aber die ließ sich nicht bewegen.

Durch das zerbrochene Glas warf er einen Blick ins Innere. Bis auf ein paar Kleidungsstücke und Reste von Essensverpackungen war nichts vorhanden.

Er ging um das Fahrzeug herum und versuchte, den Kofferraum zu öffnen. Ein Quietschen ertönte, als er daran zog. Aber die Abdeckung ließ sich bewegen.

Grant zerrte mit aller Kraft.

Die Kofferraumabdeckung hob sich widerwillige ein weiteres Stück an.

Auch das Innere des Kofferraums war leer. Dann jedoch entdeckte Grant die flache Silhouette eines Laptops und einige CD-Hüllen auf dem Boden.

»Helfen Sie mir bitte mal«, sagte er zu Hernandez. Mit vereinten Kräften stemmten sie das verbogene Blech auf. Grant sammelte den Laptop und die verstreuten CD-Hüllen ein.

»Was ist mit dem anderen Fahrzeug?« Grant drehte sich um. Hinter ihnen waren die Männer der Feuerwehr gerade dabei, einen Abschleppwagen durch die Trümmerteile zurückzusetzen.

Sie machten sich daran, auch das zweite Auto zu durchsuchen. Einen grauen Landrover.

Die Beifahrerseite war stark eingedrückt und auch die hintere Tür war durch den Aufprall erheblich deformiert worden.

Aber außer einer Tasche mit Kleidungsstücken war nichts zu finden. Der Wagen war geradezu penibel sauber.

»Fehlanzeige«, fasste Hernandez das Ergebnis zusammen. Geistesabwesend warf sie einen Blick nach rechts,

wo die emsigen Feuerwehrmänner zwischen den Autoresten umher eilten und versuchten, das Chaos so schnell wie möglich zu beseitigen.

Dann wandte sie sich wieder zu Grant um.

»Und was machen wir jetzt?«

Mannheim, Polizeigebäude, 10:35 Uhr

Zum wiederholten Mal starrte Grant die Weltkarte in Hernandez Büro an.

In Gedanken versunken nahm er die flatternden Papierstreifen vor dem Lüftungsgitter der Klimaanlage wahr.

Plötzlich öffnete sich die Tür.

Die Spanierin trat ein, auf dem Arm einen Stapel dicker Ordner. Sie lud sie auf dem Schreibtisch ab. Anschließend ging sie hinüber zur Kaffeemaschine und goss sich einen Becher ein.

Mit dem dampfenden Gebräu in der Hand kam sie zurück und setzte sich an den Schreibtisch. Sie klopfte mit der Hand auf die Ordner.

»Der alltägliche Wahnsinn«, sagte sie mit einem Lächeln. Grant erwiderte es.

»Irgendetwas Neues?«

Hernandez schüttelte den Kopf. Dann nahm sie einen Schluck.

»Nein, nichts Neues. Ich habe die Informationen von Mule noch einmal durchgesehen. Er hat die Wahrheit gesagt. Der restliche Inhalt ist nur belangloses Zeug.«

»Und Talbot?«

»Liegt weiterhin im Krankenhaus mit einer Gehirnerschütterung und zwei angebrochenen Rippen. Ich habe heute Morgen noch einmal mit dem den Ärzten telefoniert. Sie sagen, dass wir frühestens am Nachmittag zu ihm können.«

»Okay«, sagte Grant.

»Das ist doch zumindest schon mal etwas. Denn das hier ist der nächste Fehlschlag.«

Er tätschelte das Gehäuse des Laptops, den sie in Strawns Mercedes gefunden hatten.

»Auf der Festplatte ist so gut wie nichts gespeichert. Einige Vortragsdokumente und etliche PDF-Dateien mit wissenschaftlichen Texten. Aber nichts, was uns hilft.«

Er machte eine kurze Pause.

»Unser IT-Experte sagt so ziemlich das Gleiche. An dem Gerät wurde nicht herumgespielt. Ist immer noch in seiner ursprünglichen Konfiguration. Keine versteckten Dateien oder sonstige Manipulationen. Auch keine Passwörter oder übertriebene Sicherheitsvorkehrungen.«

Hernandez nahm einen weiteren Schluck.

»Was ist mit den CDs, die wir im Auto gefunden haben?«

»Dazu wollte ich gerade kommen«, sagte Grant.

»Aber ich dachte, ich warte mit dem Sichten des Inhalts, bis Sie zurück sind.«

»Das heißt, Sie haben noch keinen Blick darauf geworfen?«

Grant schüttelte den Kopf.

»Alles klar, dann lassen Sie uns anfangen.« Hernandez nickte.

Grant legte eine der CDs in das Laufwerk des Laptops ein, während Hernandez ihren Stuhl um den Tisch herum auf seine Seite zog.

»Die Vorführung kann beginnen. Haben Sie an Popcorn gedacht?«

Die CDs waren nur mit verschiedenen Datumsangaben beschriftet. Grant hatte einfach eine aufs Geratewohl herausgegriffen.

Mit konzentriertem Blick starrte er auf den Bildschirm und suchte die geladene CD im Speicher. Dann klickte er auf das entsprechende Symbol.

Er hob überrascht die Augenbrauen.

Eine Videodatei war das Einzige, was sich auf der CD befand.

Sie tauschten kurz einen Blick.

Dann öffnete Grant die Datei. Der Bildschirm wurde schwarz. Dann startete die Videosequenz.

Sie war noch keine Sekunde lang gelaufen, als Grant und Hernandez schon perplex die Luft anhielten.

»Verdammt, was ist denn das?«, entfuhr es der Spanierin. Sie starrten ungläubig auf den Monitor.

»Soll das ein Witz sein? Oder leide ich an einem starken Deja-Vu-Erlebnis?«

Grant schüttelte den Kopf. Ihm ging es nicht anders.

Das Einzige, was auf der Aufnahme zu sehen war, war ein kleiner Raum. Ein Zimmer mit Blumen und einem flimmernden Fernseher in einer Ecke. Und in der Mitte stand ein Bett.

Grants Augen nahmen die gesamte Szenerie in allen Einzelheiten in sich auf.

Auf dem Bett lag ein Mann. Nackt. Die Beine und Arme an das Gestell gefesselt. Grant ertappte sich dabei, wie er unwillkürlich an die Bilder aus dem unterirdischen Gewölbe zurückdenken musste. Das hier war genau dasselbe, nur in einem kleineren Maßstab.

Die Videosequenz stoppte unvermittelt. Grant schloss das Fenster und startete die Videodatei erneut.

Wieder war nur der wenige Sekunden lange Ausschnitt zu sehen. Offenbar befanden sich nicht mehr auf der CD.

»Legen sie eine andere ein«, sagte Hernandez mit unruhiger Stimme.

Grant tat es.

Wieder befand sich nur eine einzelne Videodatei darauf.

Er öffnete sie mit einem unguten Gefühl.

Wieder war da das gleiche Zimmer. Die gleiche Gestalt auf dem Bett.

Ein Mann mit dunklen Haaren und behaarter Brust. Nur, dass dieses Mal noch eine zweite Gestalt im Bild zu sehen war. Sie war in ein dunkles Gewand gehüllt und trug eine Maske, die das Gesicht verbarg.

Grant rutschte auf seinem Stuhl nach vorne.

Die Gestalt bewegte sich um das Bett herum. Offenbar kontrollierte sie die Stricke und Befestigungen. Dann brach auch diese Videosequenz ab.

»Verdammt noch mal«, sagte Hernandez. »Was zur Hölle geht hier vor?«

Grant lehnte sich zurück.

Verblüfft starrte er auf den nun wieder schwarzen Monitor. Sein Blick glitt nach rechts, wo noch gut ein Dutzend weitere CDs auf dem Tisch lagen.

Scheiße, das Ganze wurde immer makaberer.

Mannheim, Neckarstadt

Direkt hinter dem Krankenhaus schloss sich der Hauptfriedhof der Stadt an. Etliche Hektar Grün, Rasenflächen und große Bäume.

Grant ließ seinen Blick über das Areal wandern, während sie näher kamen.

Irgendwo weiter hinten war das Rumpeln eines Rasenmähertraktors zu hören. Sie betraten das Gebäude durch den Haupteingang.

Drinnen umfing sie die krankenhaustypische Stimmung aus weißer Sterilität.

Mehrere Patienten mit Gehilfen kamen ihnen entgegen, ehe sie den Empfangstresen erreichten.

»Zimmer 3.69«, sagte die dicke Schwester, die dort Dienst tat, kurz angebunden, nachdem Hernandez sich nach Talbots Aufenthaltsort erkundigt hatte.

Grant und Hernandez betraten den Fahrstuhl und fuhren in den dritten Stock.

Sie gingen einen breiten Flur entlang und gelangten in ein Nebengebäude.

Die Schritte ihrer Schuhe machten auf dem gummiartig wirkenden Boden kaum Geräusche. Grant blinzelte gegen die Sonne an, die den gläsernen Gang mit Licht durchflutete.

Dann beschrieb die Röhre einen Knick und Grant konnte bereits die blaue Uniform eines Polizeibeamten vor der Tür zu Zimmer 3.69 ausmachen.

Nachdem er ihre Ausweise überprüft hatte, murmelte er:

»Hm, man hat mir schon gesagt, dass Sie kommen. Der Typ ist in seinem Zimmer.«

Er deutete mit dem Daumen über seine Schulter.

»Schläft, seit er hier ist, wie ein Murmeltier. Nur einmal hat er den Kopf zur Tür herausgestreckt und gefragt, ob er eine Runde im Park spazieren gehen könne. Sonst noch was.« Der Mann kicherte.

»Wenn Sie nichts dagegen haben«, sagte er und rückte dabei umständlich seinen Gürtel zurecht, »dann würde ich, wenn Sie schon einmal hier sind, eine Kleinigkeit essen gehen. Die Ablösung kommt erst in vier Stunden und ich komme um vor Hunger.«

Grant musterte den Mann.

Die Uniform spannte sich über einem eindrucksvollen Bauch. Vermutlich hätte es dem Kollegen generell nicht geschadet, auf die eine oder andere Mahlzeiten zu verzichten, aber wer war er, um sich darüber ein Urteil zu erlauben.

»Meinetwegen«, sagte er deshalb nur. Ein zufriedenes Grinsen breitet sich auf dem Gesicht des Mannes aus.

»Danke«, sagte er mit dienstbarer Miene und schob sich an ihnen vorbei.

»Ich bin sofort zurück.«

Grant betrat hinter Hernandez das Zimmer.

Die Tür öffnete sich zu einem ebenfalls fast völlig weißen Raum. Ein Schrank, ein Beistelltisch und ein paar Stühle.

An der Stirnseite ein Bett. Daneben auf einem Rollcontainer die Reste einer halb aufgegessenen Mahlzeit. Die Laken waren zurückgeschlagen. Das Bett und der umliegende Raum leer.

Sie tauschten einen überraschten Blick. Dann klopfte Hernandez an die Toilettentür.

»Mr. Talbot?« Keine Antwort. Hernandez drückte die Klinke nach unten.

Die Tür war nicht verschlossen.

Auch hier war alles weiß. Weiße Kacheln, weiße Wände. Nur die Armaturen und der Wasserhahn bestanden aus poliertem Metall.

Aber niemand war dort. Grant trat auf den Gang hinaus.

»Hey«, rief er den Flur hinunter. Der Polizist blieb stehen und drehte sich um.

»Wo ist der Kerl? Ist er für Untersuchungen in einem anderen Bereich? Das Zimmer ist leer.« Der Polizist kratzte sich am Hinterkopf.

»Hm, nein. Jedenfalls nicht soviel ich weiß. Er war die ganze Zeit da drin.«

»Und Sie waren die ganze Zeit über vor diesem Raum?«

Der Mann trat unsicher von einem Bein auf das andere.

»Naja«, sagte er nervös, »vor ein paar Minuten habe ich mir einen Kaffee aus der Cafeteria geholt.« Er stockte.

»Aber ich kann nicht länger als drei oder vier Minuten weg gewesen sein.«

»Scheiße«, Grant fluchte und lief zurück in das Zimmer.

Er zog die Vorhänge vor den Fenstern beiseite und spähte nach draußen. Unter ihm erstreckte sich der Friedhof mit seinen Laufwegen und Bäumen.

Daneben einige niedrige Wirtschaftsgebäude direkt unter dem Fenster. Allerdings befand sich keines in Reichweite. Er stürmte nach draußen.

»Kommen Sie mit«, rief er zu Hernandez, die noch in der Tür zum Toilettenraum stand.

Draußen wäre er fast mit dem zurückeilenden Polizisten zusammengestoßen.

»Gehen Sie zum Haupteingang«, wies er ihn an. »Der Mistkerl ist verschwunden.«

Im Laufen sah er sich suchend um. Dann entdeckte er an der Decke ein Schild mit einem Treppensymbol. Er öffnete die Tür darunter. Die Stufen führten in einer riesenhaften Spirale nach unten.

Hinter sich hörte er die Schritte von Hernandez.

Am Ende befand sich eine doppelflügelige Schwingtür. Grant stieß sie auf. Ein paar Stufen führten hinaus ins Freie, zu den Wirtschaftsgebäuden und weiter hinten auf das Friedhofsgelände.

Sofort drang der Duft aus gemähtem Gras auf ihn ein. Er blieb stehen.

Hier draußen zweigten mehrere Wege in unterschiedliche Richtungen ab.

Aber nirgendwo war jemand zu sehen. Hernandez hielt neben ihm an.

»Scheiße«, Grant fluchte.

Jetzt war ihnen der Mann bereits zum zweiten Mal entwischt. Er drehte sich zu Hernandez um und sah die Fassade des Gebäudes hinauf.

»Vielleicht befindet er sich ja noch im Gebäude«, sagte Hernandez und drehte sich um.

»Kommen Sie.« Aber sie wusste selbst, dass es mehr als unwahrscheinlich war.

Sie betraten den Bau wieder.

Ungefähr 800 Meter entfernt im schützenden Grün des Friedhofs streifte James Talbot Jr. die letzten Reste seiner Krankenhauskleidung ab. Er hatte ein wenig Mühe, sich Socken und Schuhe anzulegen.

Immer wieder wurde ihm schwindlig, wenn er sich bückte. Aber schließlich war auch das geschafft.

Dann riss er die Kanüle der Infusionsnadel aus seinem Handgelenk und warf sie ins Unterholz.

Ein Rinnsal Blut quoll aus seinem Handrücken hervor, aber er achtete nicht drauf. Er musste hier weg.

Er wusste jetzt, was er zu tun hatte und er hatte nur noch eine einzige Gelegenheit dazu.

Denn jetzt, er setzte mühsam den Fuß über einen kleinen Wassergraben hinweg, wusste er endlich, wo er suchen musste. Er setzte sich in Trab, während er die Gerüche der Natur genüsslich einatmete. Hinter ihm wurde das Brummen der Rasentraktoren leiser.

Mannheim, Quadrate, 17:26 Uhr

Der Regen hatte vor gut einer halben Stunde wieder eingesetzt und trieb dunkle Wolken und stetige Winde vor sich her.

Der kleine Baum auf dem Grundstück direkt neben dem Wagen bog sich wie ein dünner Grashalm.

Regentropfen trommelten auf das Autodach.

Grant musste sich beinahe anstrengen, um Paulson und Hernandez zu verstehen, die vor ihm auf dem Fahrer- und Beifahrersitz hockten und miteinander sprachen.

»Lassen Sie mich raten, auch nach Abfrage aller Datenbanken gibt es nicht den geringsten Zusammenhang?«, wollte die Spanierin gerade wissen.

»Nein«, sagte Paulson und reichte ihr ein Blatt.

»Dr. Ranchit Apendra«, sagte er. »In Hamburg geboren. Zuletzt tätig für irgendeine große Agrarfirma. Keine Frau, keine Kinder.«

Er reichte Hernandez das nächste Blatt.

»Lalita Gupta«, fuhr Paulson fort, »Leiterin eines Arbeitsvermittlungsbüros hier in Mannheim. Und schließlich …«, er reichte Hernandez das dritte Blatt, »Philipp Schindler. Ehemals sogar Dr. Philipp Schindler, aber nach einigem Ärger mit der Ärztekammer seit 2015 ohne Zulassung und nicht mehr praktizierend.« Paulson machte eine kurze Pause.

»Der Mann lebte bis zuletzt von Sozialhilfe und war obdachlos. Steht alles auf den Seiten.«

Er lehnte sich zurück.

»Aber mehr gibt es nicht.«

Er sah nach draußen zur Fassade des gegenüberliegenden Gebäudes.

Grant begutachtete die Blätter auf Hernandez Schoß.

Ranchit Apendra war ein Mann mit etwas längerem, akkurat gescheiteltem Haar und einer Brille ohne Ränder.

Nach dem Foto zu urteilen, musste der Mann in etwa Mitte 50 sein. Seine Augen glitten zu dem Foto von Lalita Gupta. Kurz erhaschte er einen Blick auf den Wohnort.

Die Frau hatte breite Kieferknochen und verkniffene Gesichtszüge. Auch sie schien um die 50, vielleicht sogar schon 60 Jahre alt zu sein.

Der obdachlose ehemalige Doktor genauso. »Und das ist wirklich alles?«, wollte Hernandez noch einmal wissen.

»Wenn ich es Ihnen doch sage«, erwiderte Paulson, ohne den Blick von der Hausfassade vor ihnen zu wenden.

»Keine Person hatte mit der anderen jetzt oder in der Vergangenheit zu tun?« Paulson trommelte mit den Fingern auf seinem Oberschenkel herum.

»Ganz recht. Die einzige Gemeinsamkeit ist. Die beiden, die über einen festen Wohnsitz verfügten, wohnten im selben Stadtviertel. Aber das dürfte man kaum als Verbrechen ansehen. Aber ansonsten nicht das Geringste, kein Kontakt. Und von dem zweiten Kerl lässt sich noch weniger finden. Weder Kinder, noch eine irgendwo auffindbare Familie oder sonstige Verwandte. Der typische auf der Straße lebende Einzelgänger.«

Er legte die Stirn in Falten.

»Naja, zumindest bis vor drei Tagen. Denn jetzt haben sie ja etwas gemeinsam. Alle drei liegen in der Kühlkammer des Leichenschauhauses. Tot, aufgespießt durchbohrt an mehreren Körperstellen. Das Gesicht von Apendra fehlte sogar fast ganz.«

Hernandez schob sich einen Kaugummi in den Mund und begann darauf herumzukauen.

»Und wie Sie bereits wissen, haben alle drei ein lupenreines Vorstrafenregister.«

Hernandez schüttelte den Kopf.

»Ich verstehe das nicht«, sagte sie. »Etwas muss es geben. Etwas stimmt hier ganz und gar nicht. Das habe ich im Gefühl. Diese ganze Geschichte folgt irgendeiner verdrehten Logik. Irgendeinem Zusammenhang.«

Paulson hob die Brauen.

»Schon möglich«, sagte er.

»Aber wir müssen, ob es Ihnen gefällt oder nicht, eben auch die Möglichkeit in Betracht ziehen, dass wir es schlicht mit jemand völlig Durchgeknalltem zu tun haben. Dass diese ganzen Leute sich nicht für einen schlechten Scherz zusammen getan haben, wissen wir ja inzwischen.«

Hernandez schürzte die Lippen.

»Eines will mir von Anfang an partout nicht in den Schädel«, sagte sie.

»Wenn man diese drei umbringen will in Ordnung. Aber warum dann dieser ganze Aufwand? Und warum diese große Aufmerksamkeit?«

Plötzlich lehnte sich Paulson ruckartig vor.

Mit der Hand wischte er hektisch über der Innenseite der Scheibe. Sie war bereits angelaufen.

»Es geht los«, sagte er. »Da sehen Sie.«

Hernandez und Grant starrten nach draußen. Auf der gegenüberliegenden Straßenseite verließ ein junger Mann mit Lederjacke einen Coffeeshop. Paulson nickte grimmig. »Diesmal entwischst du mir nicht du arroganter Hurensohn.«

Sie stiegen aus.

Mannheim, Neckarvorlandstraße

James Talbot Jr. öffnete die Tür des Taxis.

Er bezahlte den Fahrer und sah dann zu, wie der Mann wendete und wieder Richtung Stadtzentrum davonfuhr.

Wind wirbelte Laub und Unrat über die Hafenstraße. Die riesenhaften Hallen reckten sich düster in den Himmel und hatten mit den Jahren ein bedrohlich baufälliges Äußeres angenommen.

Überall zerbrochene Fensterscheiben und windschiefe Bleche, die scheppernd vom Wind gegen die Außenmauern gedrückt wurden. Deng! Deng! Deng!

Ein unheilvoller Rhythmus, der ihn wieder daran erinnerte, wieso er hier war. Deng! Deng! Deng! Das Scheppern schien lauter zu werden. Wie eine unheimliche Progression schien es sich zu steigern, ihn zu locken. Hinein in das dunkle Gemäuer.

Wie der Gongschlag seines eigenen Schicksals.

Talbot presste die Lippen aufeinander. Kurz überlegte er, einfach wieder zu verschwinden. Aber dann schüttelte er energisch den Kopf.

Er konnte nicht verschwinden. Nicht, bevor er die Dinge erledigt hatte, die noch zu tun waren.

Er brauchte Antworten.

Mit einer bedächtigen Bewegung griff er in den Stoff seines knisternden Mantels und holte die alte Pistole hervor. Gut, dass er daran gedacht hatte, sie mitzunehmen. Sie war zwar schon etwas in die Jahre gekommen, funktionierte aber nach wie vor ohne Probleme.

Routiniert überprüfte er das Magazin und lud mit dem Schlitten einmal durch. Dann steckte er sie wieder in die Jackentasche zurück. Wind zerzauste sein Haar.

Er stapfte auf eines der Rolltore zu.

Er war hier richtig, das wusste er. Noch immer flatterte das gelbe Polizeiabsperrband vor der Tür und erzeugte im Wind ein surrendes Geräusch.

Er sah sich noch einmal nach allen Seiten um, ehe er unter dem Heulen des Windes die Lagerhalle betrat.

Dämmerlicht hüllte ihn ein.

Aber weiter hinten schien es eine Lichtquelle zu geben.

Über sich hörte er das Gurren von Tauben.

Die Vögel hockten auf gewaltigen Vorsprüngen aus Beton herum. Überall war alles dick mit Vogelexkrementen überzogen.

Dann hörte er das Geflatter von Flügeln und sah zwei der Vögel knapp unter der Decke der Halle aufsteigen.

Staub und Federn wirbelten durch die Luft.

Ein Gewirr von Niedergängen und Produktionsstraßen zog sich auf halber Höhe durch die gesamte Halle. Auf dem Boden konnte er die Fußspuren mehrerer Personen im dicken Ascheteppich ausmachen. Was mochte hier einmal produziert worden sein? Aber die Fußspuren zeigten eindeutig, dass er am richtigen Platz war. Ohnehin war es verwunderlich, dass nicht mehr Menschen zu dem grausigen Tatort gepilgert waren. Er hatte damit gerechnet zumindest ein oder zwei Freaks anzutreffen, die sich an dem Blutbad, das hier stattgefunden hatte, ergötzen wollten. Aber bis jetzt war nichts dergleichen passiert.

Und das, obwohl die Geschichte im Fernsehen genüsslich breitgetreten wurde. Talbot wandte sich nach links.

Auf dem Boden konnte er eine weitere Ansammlung von Fußspuren sehen, die zu einem Bogengang im hinteren Teil der Halle führten. Er ging darauf zu, während seine Schuhe durch die Ascheschicht pflügten.

Wieder hörte er über sich Flügelschlagen. Dann war er am Durchgang angekommen. Vor ihm führten Treppenstufen nach unten in die Dunkelheit. Auch hier hatte man über dem Treppenabsatz Absperrband angebracht. Talbot schlüpfte darunter hindurch. Dann schaltete er seine Taschenlampe ein.

Mit der rechten Hand zog er die Pistole aus seiner Jackentasche.

Die Luft wurde merklich kühler. Am Fuß der Treppe stieg er über eine schlammige Pfütze hinweg und folgte dem Gang, der sich dahinter anschloss.

Eine Reihe nackter Glühbirnen zog sich über ihm dahin.

Rechts und links zweigten Türen ab.

Einige Meter weiter konnte er wieder das charakteristische Gelb des Polizeiabsperrbandes erkennen.

Es war vor einer Tür gespannt, die weit offen stand. Dahinter gähnte ein pechschwarzer Raum. Talbot leuchtete hinein. Mitten in diesem Verlies, denn nichts anderes war das hier, stand ein Stuhl, der wie der Behandlungsstuhl bei einem Zahnarzt aussah.

Auf den Regalen und Tischen ringsum konnte Talbot etliche Glaskolben und Schalen erkennen. Das hier wurde immer verrückter.

Suchend ließ er den Strahl im Raum kreisen. Auf der linken Seite entdeckte er eine weitere Öffnung.

Mit einem leisen Ächzen stieg er hindurch. Das Dunkel um ihn herum schien den Strahl seiner Lampe regelrecht zu verschlucken. Es war unheimlich. Er leuchtete umher.

Der Raum, in dem er sich nun befand, musste riesig sein.

Plötzlich hörte er ein schnappendes Geräusch.

Er fuhr erschrocken zusammen. Unmittelbar darauf wurde er von einem grellen Licht geblendet. Er musste die Augen schließen, so hoch war die Intensität des Lichts.

»He!«, rief er überrascht aus.

Er blinzelte gegen die Helligkeit an, versuchte in dem gleißenden Licht etwas zu erkennen. Wild richtete er die Pistole zuerst in die eine, dann in die andere Richtung.

Mit zusammengekniffenen Augen spähte er umher.

Die Helligkeit kam von etlichen Scheinwerfern, die an der Decke und den Wänden der Halle angebracht waren.

Fast kam er sich wie in einem beleuchteten Fußballstadion vor.
Dann zuckte er zurück.

Um sich herum registrierte er in der großen Halle die Dutzenden hölzerner Tische, die er schon aus den Aufnahmen im Fernsehen kannte.

Er war hier.

Überall Trümmerteile, dazwischen rote Pfützen getrockneten Blutes. Ehemals karmesinrote Sturzbäche, die zu einer schwarzen, klebrigen Masse eingetrocknet waren. Talbot fragte sich, wie Flüssigkeit hier unten in diesem feuchten Gemäuer überhaupt trocknen konnte. Es schien unmöglich.

Im hinteren Teil der Halle liefen zahlreiche Kabel und Rohre an der Wand nach oben und verschwanden in irgendwelchen größeren Rohrleitungen oder Spalten.

Und am anderen Ende konnte er wieder das charakteristische Gelb des Polizeiabsperrbandes ausmachen. Eine weitere Tür war dort zu sehen.

Plötzlich zuckte Talbot zusammen. In dem Türrahmen stand jemand.

Eine kleine Person, die lässig am feuchten und glitschigen Mauerwerk lehnte. Ungläubig blinzelte er. Dann richtete er die Pistole auf die Gestalt.

»Bleiben Sie stehen«, rief er, was in der Halle ein lautes Echo erzeugte. Er schrak zusammen.

Die Person rührte sich nicht. Unbeholfen versuchte Talbot über ein paar Trümmerteile hinweg zu steigen.

Die Waffe in seiner Hand zitterte.

Er musste fokussiert bleiben. Er hatte die Situation unter Kontrolle. Dennoch waren seine Nerven zum Zerreißen gespannt. Er stolperte über ein am Boden liegendes Metallstück, fing sich aber wieder.

Die Gestalt stand noch immer unbeweglich im Türrahmen. Talbot kniff die Augen zusammen. Sie war noch 20 Meter entfernt und schien nicht besonders beunruhigt. Die Waffe in seiner Hand schien sie nicht zu beeindrucken.

Er stutzte. Hatte die Person sich gerade bewegt? Plötzlich flammte direkt vor ihm eine weitere Reihe Scheinwerfer auf.

Das Licht war gleißend hell. Talbot schloss reflexartig die Augen. Kurz darauf hörte er einen ohrenbetäubenden Knall. Ein gewaltiger Schlag traf seine linke Schulter.

Er wurde nach hinten geschleudert und landete mit dem Rücken auf dem rauen Boden.

Die Pistole fiel ihm aus der Hand.

Talbot stöhnte. Seine Schulter brannte wie Feuer. Er fühlte warmes Blut, das aus einer tiefen Wunde hervorsprudelte. Es war nicht zu fassen. Die Gestalt hatte ihn angeschossen.

Langsam versuchte er, sich aufzurichten. Er konnte näher kommende Schritte hören. Die zusätzlichen Scheinwerfer waren wieder ausgeschaltet. Jetzt sah er einen Schemen im Gegenlicht, der sich langsam auf ihn zubewegte.

Dann war die Gestalt bei ihm angelangt. Die Luft um ihn herum roch nach Pulverdampf.

Er konnte sehen, dass der Schatten einen Revolver in der Hand hielt. Die Mündung war auf ihn gerichtet. Dann ließ sie langsam die Waffe sinken.

Talbot blinzelte verblüfft.

»Sie?«, fragte er ungläubig.

Er riss die Augen verwirrt auf. Einen Moment lang passierte nichts. Sie starrten sich an. Dann nickte der Schemen vor ihm.

»Wieso?«, fragte Talbot stöhnend. Irgendwie war es das Einzige, das ihm einfiel. Er kam sich plump vor. Er kannte das Gesicht, hatte es schon Hunderte Male gesehen.

Der Schatten antwortete ihm: »Sie sollten wissen, weshalb. Ich habe Ihnen genug Hinweise geliefert.« Talbot grunzte mit schmerzverzerrtem Gesicht.

»Offenbar nicht genug«, sagte er immer noch verblüfft.

Die Gestalt blickte sich um.

Dann fand sie offenbar, was sie gesucht hatte und rückte ein in der Nähe liegendes Holzteil heran und ließ sich darauf nieder.

»Sie haben es mir aber auch nicht gerade sonderlich schwer gemacht.«

Talbot hielt sich die Hand auf die pochende Schulter.

Ein kleiner Sturzbach von Blut quoll daraus hervor. Es fühlte sich warm und gleichzeitig kalt an.

Er musterte die junge Frau. Sie trug kein Make-up, ihre Gesichtszüge wirkten dadurch irgendwie härter und kantiger als er sie in Erinnerung hatte. Auf irgendeine Weise erinnerte ihn das Gesicht der jungen Biologin an jemanden. Er keuchte.

»Ich verstehe das nicht«, sagte er mit gepresster Stimme und sah einen Schatten der Verwunderung in Feiners Mimik.

»Ach nein?«, fragte sie mit hochgezogenen Augenbrauen.

»Dann lassen Sie mich ihr Gedächtnis auffrischen.«

Sie zog einen Stapel Papiere hervor, der in einer schwarzen Mappe gebunden war. Talbot runzelte die Stirn.

Sarah Feiner schlug das Bündel auf einer der ersten Seiten auf und räusperte sich. Sie wirkte wie eine Geschichtenerzählerin.

»Vielleicht kommen Ihnen diese Zeilen bekannt vor.« Talbot verschlug die Aberwitzigkeit der Situation fast den Atem.

Sie räusperte sich noch einmal.

»PR-8 3517«, begann sie vorzulesen. Talbots Stimme überschlug sich beinahe.

»Woher haben Sie das?«, keifte er.

Die junge Biologin blickte ihn an.

»Aber jetzt seien Sie doch nicht so ungeduldig«, mahnte sie. »Alles zu seiner Zeit. Wenn Sie erlauben.« Sie hielt die Seiten des Aktendossieres wieder in die Höhe. Talbot schwieg.

»Erste Testergebnisse negativ. Patienten klagen über Engegefühle in der Brust, Taubheit und Erschöpfung. Übergang zu Phase zwei wird in Abstimmung mit den Beteiligten angeordnet. Auswahl unter STR.« Sie machte eine Pause und sah Talbot an.

Talbot erwiderte den Blick. Die junge Frau hatte seit er sie kannte immer nur dickes Make-up aufgelegt. Einen knallig roter Lippenstift, stark geschminkte Augen und Wangenpartien. Aber nun, ganz ohne Make-up drängte sich die Vertrautheit ihres Gesichts mit Macht auf.

»Wissen Sie, was das ist?«, fragte sie mit ruhiger, gefasster Stimme.

Talbot verlagerte sein Gewicht.

Ein scharfer Stich jagte erneut durch seine Schulter wie ein feuriger Blitz.

»Das ist..«, er stöhnte, »die Akte, die Sie aus meinem Haus gestohlen haben.«

»Falsch«, erwiderte die junge Biologin. »Das hier«, sie hielt das Bündel in die Höhe. »Ist ein verdammtes Todesurteil.«

Sie fixierte ihn.

»Und es trägt ihre Unterschrift.« Talbot öffnete den Mund, um etwas zu sagen, aber wieder war er verblüfft von dem völlig veränderten Äußeren von Sarah Feiner. Die Frau, die er vor ein paar Jahren selbst eingestellt hatte. Er dachte nach. Etwas musste ihm entgangen sein.

Sie schlug die Akte zu.

»Sie wussten alles. Nicht wahr? Aber damit«, sie tätschelte den schwarzen Einband, »sind Sie einen Schritt zu weit gegangen.«

Plötzlich durchzuckte ein Moment des Erkennens Talbots Geist. Diese Ähnlichkeit war verblüffend.

»Forrester«, stieß er mühsam hervor. Feiner lächelte. Dann verdüsterte sich ihr Blick. Mit einem traurigen Glanz in den Augen sagte sie:

»Mein Vater hatte herausgefunden, dass PR-8 3517 zu schweren Nieren- und Leberschäden führt. Aber Sie ...«, sie zögerte, »Sie haben seine Ergebnisse verschwinden lassen und ihn lächerlich gemacht. Selbst als er persönlich zu Ihnen kam, hat er noch an ein Versehen geglaubt.«

Wieder machte sie eine Pause und wischte sich mit dem Handrücken über die Wange.

»Und all das nur, damit Sie den Leuten Privasiak schenken konnten.«

Talbot richtete sich halb aus seiner liegenden Position auf.

»Sie sind verrückt, wir haben das Medikament nie auf den Markt gebracht«, protestierte er. Wieder rollte der Schmerz über ihn hinweg. Sarah Feiner sah ihn aus kalten Augen an.

»Natürlich nicht, sie verdammter Mistkerl. Aber mein Vater wusste, was Sie getan haben.« Sie verstummte.

Talbot hörte irgendwo ein leises, kratzendes Geräusch. Im hinteren Teil der Halle war das Tröpfeln von Sickerwasser zu höhren. Feiner sah sich kurz um. Dann wandte sie ihren Blick wieder Talbot zu.

»Wie viele ärztliche Berichte und Totenscheine haben Sie damals fälschen lassen? 10? 15? 20?«

Talbot kam sich unter ihrem Laserblick wie ein Insekt auf einem Objektträger vor.

»Das Privasiak-Projekt war ein einziger Fehlschlag«, ächzte er. »Wir mussten retten, was noch zu retten war.«

»Blödsinn«, sagte Feiner knapp. Mit einer raschen Bewegung hob sie die Waffe und drückte erneut ab. Der Revolver brüllte auf. Talbot hatte das Gefühl sein Unterleib würde explodieren als die Kugel in seinen Oberschenkel eindrang.

Blut spritzte aus der Wunde und er schrie gepeinigt auf. Sein Schrei hallte von den Wänden wieder und vermischte sich mit dem donnernden Nachhall des Abschussknalls.

Trotz des wühlenden Schmerzes zwang er sich dazu, die Augen zu öffnen.

»Sie verdammtes Miststück«, fauchte er. »Sie kapieren es einfach nicht, oder? Genauso wenig wie ihr geliebter Daddy es nicht verstehen wollte.«

Das Gesicht von Feiner blieb ungerührt.

»Er muss sich so ähnlich wie Sie jetzt gefühlt haben«, sagte sie, ohne auf seine Bemerkung einzugehen, »nachdem er die ersten Vergiftungserscheinungen des Medikaments an sich selbst bemerkt hat.«

Sie zögerte kurz. Dann fügte sie hinzu: »Und bei seiner Frau.« Talbots Gesicht ruckte hoch. Er versuchte eine Gefühlsregung in den eisblauen Augen zu erkennen aber die Miene der jungen Biologin blieb starr.

Dann lachte sie leise und bitter.

»Ja, vermutlich muss ich Ihnen sogar noch auf eine völlig verquere Art dankbar dafür sein, dass Sie und ihr Gefolge damals offenbar dachten, ich sei zu jung, um mich zu erinnern. Wer weiß, ob ich den heutigen Tag sonst überhaupt erlebt hätte.«

Talbot fröstelte. Gleichzeitig hatte er das Gefühl innerlich zu verbrennen.

»Aber wieso …«, begann er, aber die junge Biologin schnitt ihm das Wort ab.

»Natürlich hatten Sie recht. Sie konnten nicht wissen, dass ich eines Tages die Dokumente doch noch finden würde. Zufällig, an der Unterseite seines alten Schreibtisches.«

Sie machte eine Pause und sah sich lange die Papiere in ihren Händen an.

»Genauso wie diese hier«, sagte sie und hob das Bündel in die Höhe.

»Sie hätten diese Dokumente schon lange vernichten sollen. Das haben Sie nicht getan und nun gehören sie mir. Allerdings wusste ich, dass ich wahrscheinlich in den Labors nichts mehr finden würde. Ich dachte, Sie würden mich sofort erkennen, als Sie mich das erste Mal sahen.«

Sie zuckte die Achseln.

»Zum Glück war dem nicht so. Und ich muss natürlich gestehen, dass mir das Schicksal auch das ein oder andere Mal gewogen war.« Sie legte die Akte auf den Boden. Der Revolver wippte in ihrer Hand.

Talbot sah sich um. Die Blutlache, in der er lag, versickerte zwischen den Steinen.

»Ein glücklicher Zufall, dass mein ursprünglicher Plan nicht funktionierte. Der Professor hätte Sie eigentlich schon früher töten und Ihnen die Akten wegnehmen sollen, aber Sie waren zäher als gedacht«, fuhr Feiner fort.

Sie musterte ihn weiter unverwandt.

»Er brauchte natürliche eine gewisse Motivationshilfe. Anderenfalls hätte der Plan nicht funktioniert.«

Talbot starrte sie an.

»Sie sind verrückt«, sagte er.

»So wie sie, ja?«, fragte Feiner spöttisch. »Nein, bei weitem nicht. Haben Sie Ihren alten Weggefährten denn nicht erkannt?« Talbot sah sie verständnislos an.

»Oder hat er sich gar nicht zu erkennen gegeben? Der gute, alte Prof. George S. Strawn.«

Talbot presste die Lippen zusammen. Der Typ auf den Videobändern und sein nächtlicher Angreifer sollte Strawn gewesen sein?

»Na kommen Sie schon«, sagte Feiner in munterem Plauderton »Sie wissen doch, der Mann, der die meisten ihrer Berichte gefälscht und unterzeichnet hat. Ihr ganz persönlicher Doktor Frankenstein.«

»Was haben Sie mit ihm gemacht?«, fragte Talbot mit belegter Stimme.

»Sie dämliche …!« Das Ganze konnte nicht stimmen. Feiner lehnte sich nach vorne.

»Natürlich hätte er unter normalen Umständen nie getan, was ich wollte.« Sie zog eine kleine CD aus ihrer Manteltasche.

»Wie schon gesagt, er benötigte eine Motivationshilfe. Und die hat er von mir bekommen.«

»Was ist das?«

»Spielt keine Rolle. Sie beide haben den Tod von mindestens zwölf Menschen auf dem Gewissen. Ich schulde Ihnen keine Erklärung und keine Rechenschaft, nicht im Geringsten.« Sie steckte die CD weg und verlagerte ihr Gewicht auf dem Holzblock.

»Ich habe jetzt alles, verstehen Sie, Sie alter Schweinehund? Die Zahlungen auf die Nummernkonten, die frisierten Berichte, alles. Und ich werde das alles wie ein Kartenhaus über Ihnen zum Einsturz bringen.« Sie hob die Waffe.

»Natürlich werden Sie das alles nicht mehr miterleben.«

»Warten Sie«, rief Talbot.

»Damit kommen Sie niemals durch.«

»Ach nein?«, die Biologin hob überrascht die Augenbrauen. »Update, Arschloch. Ich bin schon damit durchgekommen. Wer sollte mich verraten? Strawn, ist tot, dafür hat der alte Bastard selbst gesorgt. Auch gut, so musste ich mir wenigstens dort nicht die Hände schmutzig machen. Ihre Handlanger von damals, Gupta, Apendra und Schindler ebenfalls.« Sie machte eine Pause.

»Und Sie werden es auch bald sein.« Sie ließ den Revolver einen Moment gedankenverloren in der Hand kreisen.

»Normalerweise würde der Professor nun an ihrer Stelle sein, das ist Ihnen klar, nicht wahr?«

Talbot erwiderte ihren Blick. »Ein Auto mit einem anderen zu rammen und zu hoffen, dass der andere dabei draufgeht und nicht man selbst.« Sie machte eine wegwerfende Handbewegung.

»Ich weiß nicht, was er sich dabei gedacht hat. Von mir hatte er die Idee jedenfalls nicht.«

»Er hat Sie nicht erkannt?«, fragte Talbot verwundert.

»Er hat mich nie als Auftraggeber zu Gesicht bekommen. Aber die Details sind unwichtig.« Sie schüttelte den Kopf. »Wichtig ist, dass zumindest einer von euch kranken Psychopathen weiß, warum das alles passiert ist.«

Talbot wandte den Blick ab und sah hinunter zu der Wunde in seinem Oberschenkel. Die Blutung hatte weitgehend aufgehört, soweit er das beurteilen konnte.

Der Schmerz war zwar noch vorhanden, war aber zu einem dumpfen Pochen geworden, das leichter zu ertragen war. Er hörte das Blut in seinen Ohren rauschen.

Er musste Zeit gewinnen, irgendwie.

Vorsichtig sah er sich in der Halle um. Sein Blick blieb an einem Gegenstand auf dem Boden kaum zwei Meter links von ihm hängen.

Zuerst wusste er nicht, was das Ding war. Dann jedoch dämmerte es ihm. Die Pistole. Wenn er doch nur an sie herankommen könnte. Er wandte sich wieder der jungen Biologin zu.

»Sie werden damit nicht durchkommen«, wiederholte er.

Feiner sah ihn nachdenklich an.

»Unwahrscheinlich«, sagte sie dann leise. »Aber womöglich wird die Polizei doch nach einiger Zeit die richtigen Schlüsse aus dem ziehen, was hier passiert ist. Wer weiß.« Sie räusperte sich.

»Aber zumindest nicht auf kurze Sicht. Mir bleibt also noch genügende Zeit.«

»Wie meinen Sie das? Und wofür?«

»Die Polizei brauchte einen Verdächtigen, also lieferte ich ihnen gleich zwei.« Talbot sah sie finster an.

»Strawn hat Ihnen dabei geholfen, diese ganze Sache zu inszenieren und zum Dank haben Sie ihn zum Hauptverdächtigen abgestempelt?«

Feiner wirkte belustigt. »Ach wirklich? Ausgerechnet Sie wollen mir etwas über Moral erzählen?«

Sie lachte laut auf und deutete mit der Pistole auf ihn. »Das ist wirklich gut.« Ihr Lachen hallte in dem Kellergewölbe wider. Dann ließ sie den Revolver wieder sinken.

»Ja, ihn und um ganz sicher zu gehen einen jungen Mistkerl, der auf einem der Tische neben mir lag. Zwei Verdächtige sind schließlich besser als einer, finden Sie nicht? Wer glaubt schon, dass eine verletzte, tränenüberströmte, knapp dem Tode entkommene junge Biologin, die völlig schuldlos in eine solche Sache hineingezogen wurde, die Unwahrheit sagen könnte? Das perfekte Opfer. Natürlich musste ich mit ein paar vorab getroffenen Arrangements nachhelfen, aber es hat doch zur vollsten Zufriedenheit funktioniert. Finden Sie nicht?«

Talbot schüttelte den Kopf.

»Es wird nicht funktionieren«, wiederholte er abfällig. »Sehen Sie das denn nicht? Sie sind genauso dumm und naiv wie ihr Vater es war. Auch er hat es einfach nicht verstanden. Bis zum Schluss nicht.«

Er beobachtete Feiners Gesicht, die wütend die Augenbrauen zusammenzog.

Gut so. Er musste sie beschäftigen und irgendwie an diese Waffe herankommen.

»Halten Sie den Mund sie perverses Monster«, rief die junge Frau zornig.

»Sie, Strawn, Gupta, Apendra und Schindler haben ein Dutzend Menschen in den Tod geschickt, Sie haben meine Eltern getötet. Sie haben sie leiden sehen und haben nur interessiert zugesehen und sich insgeheim auf die Schulter geklopft und alles vertuscht. Aber damit ist jetzt Schluss. Ein für alle Mal.«

Sie kam einen Schritt auf ihn zu und richtete die Waffe auf ihn. Eine Träne rollte über ihre Wange.

»Und wenn schon. Sie tun genau das Gleiche«, entgegnete Talbot scharf.

»Sie haben Unschuldige leiden lassen. Sie haben sie ausgesucht. Dann Strawn, Ihr Mittel zum Zweck eingesetzt und kaltblütig zugesehen. Warum diese Inszenierung? Es waren Unschuldige.«

Feiner trat einen weiteren Schritt auf ihn zu. Talbot konnte sehen, dass sie vor Wut kochte. Noch einen Meter. Gut so.

»Sie sind alle schuldig«, sagte die junge Biologin aufgebracht.

»Glauben Sie, ich hätte diese Leute zufällig ausgewählt? Ich weiß genau, was sie getan haben, auch wenn es die Polizei nicht weiß. Vielleicht war es für manche ein Warnschuss. Zwei Fliegen mit einer Klappe. Sie wollen wissen, wieso diese Inszenierung? Strawn hat die Leute ausgewählt, denen das Medikament verabreicht werden sollte, Gupta, Apendra und Schindler haben den Leuten die Substanzen eingeflößt. Wie haben sie das gemacht? Und wie zur Hölle haben Sie sie dafür rekrutiert?«

Sie sah ihn fragend an. Talbot blieb stumm.

»Naja unwichtig«, Feiner schüttelte den Kopf.

»Sie waren der Kopf der ganzen Unternehmung. Warum diese Inszenierung? Diese ganze Geschichte wird Sie treffen wie ein Keulenschlag. Strawns Ruf ist ruiniert. Dem der anderen drei und Ihrem wird es nicht besser ergehen. Und damit«, sie zog die Akte hervor und hielt sie vor ihn hin, »werde ich Ihre gesamte verdammte Firma zu Fall bringen. Ein weiterer Umstand, der mich im Kreise von Verdächtigen nicht gerade an die vorderste Position katapultieren wird. Die arme entführte Laborantin verliert ihren Job.« Sie zog die Akte wieder weg.

»Aber all das ist nur mit genügend medialer Aufmerksamkeit möglich. Und die hat mir ihr Kompagnon Strawn nun geliefert. Möge er ruhen in Frieden der alte Dreckskerl.«

Sie trat ihm eine Wolke Staub und Steinchen ins Gesicht. Talbot musste die Augen schließen. Als er sie mühsam blinzelnd wieder öffnete, stand die Biologin noch am gleichen Platz.

»Kurze Zeit hatte ich sogar vor, Sie für Strawns Aufgabe auszuersehen.« Sie schüttelte den Kopf. »Aber ich wusste, dass ich bei Ihnen mit viel mehr Schererein würde rechnen müssen. Außerdem gab es kaum Punkte, an denen ich ansetzen konnte.«

Sie lachte höhnisch. »Unerklärlicherweise haben Sie ja weder Frau noch Kinder. Nur Ihr beschissenes kleines Ego und die Selbstverliebtheit, die Sie letztendlich zu Fall bringen wird.«

Sie drehte sich halb von ihm weg. Talbot ließ sich ächzend zurücksinken.

Bedacht, bei der Bewegung ein Stück nach links zu rutschen. Aus den Augenwinkeln warf er einen Blick auf die Pistole. Er war ihr gut einen halben Meter nähergekommen. Wenn er es schaffte, die Hand nach ihr auszustrecken …

»Und außerdem waren Sie der Einzige, den ich brauchte, um an die kompletten Akten heranzukommen.« Wieder wedelte sie mit dem Papierbündel vor seiner Nase herum.

»Ein schlichter Wandtresor in Ihrem eigenen Arbeitszimmer. Wirklich leichtsinnig.«

Sie hob tadelnd den Zeigefinger.

»Und davon abgesehen, hatte ich auf diese Weise die Möglichkeit, die Angst und Panik in Strawns Augen und in denen der anderen drei zu sehen. Der Ausdruck von Verzweifeln, das schutzlose Ausgeliefertsein, genau so, wie es ihren Opfern, ihren Versuchskaninchen damals erging. Strawn der alte Trottel hat nicht einmal geahnt, wer da vor ihm auf dem Tisch lag, als er mich hier durch diese Gänge geschoben hat.«

Sie sah ihm direkt in die Augen.

»Ebenso wie Sie hat er mich nicht erkannt. Es war die reine Genugtuung, ihn so zu sehen, auch wenn ich vor ihm ein bisschen schauspielern und kreischen musste. Die Schmerzen, die ich erdulden musste, allemal wert. Und das perfekte Alibi hat er mir somit gleich mitgeliefert.«

Sie suchte nach dem Holzteil, das ihr als Sitzgelegenheit gedient hatte. Talbot bemerkte erst jetzt, dass sie leicht auf einem Bein humpelte. Er verlagerte sein Gewicht. Die Pistole war nun zum Greifen nah.

»Allerdings«, sagte Feiner plötzlich. Talbot zuckte zurück. Die Frau durfte nicht merken, was er vorhatte.

»Allerdings«, wiederholte sie, »werden Sie diese ganze Geschichte ja ohnehin nicht bis zum Ende verfolgen können. Ihre Firma wird untergehen und Sie werden dieses Gewölbe, Sie werden diesen Keller nicht mehr lebend verlassen. Das wird das Ende dieser Geschichte sein.«

Talbot sah zu den Lampen empor, die über seinem Kopf angebracht waren. Die Strahler beleuchteten die gesamte Szenerie und malten einen feinen Glanz auf die Augen der Biologin. Ihr Gesicht hatte einen versteinerten Ausdruck angenommen. Die Wut war weitgehend daraus gewichen.

»Jetzt sind Sie völlig wahnsinnig«, sagte er.

Er warf wieder einen verstohlenen Blick auf die Pistole. Die Waffe war kaum noch eine Armeslänge von ihm entfernt. Er musste es nur schaffen, danach zu greifen. Eine einzige Sekunde der Unachtsamkeit.

»Lesen Sie die Bibel Mr. Talbot?«, fragte Feiner plötzlich mit ruhiger Stimme in die Stille hinein.

Seine Augen zuckten wieder zum Gesicht der Biologin zurück. Dieses Gesicht, welches er Hunderte Male gesehen und doch nie erkannt hatte. Eine Träne rann die Wange der jungen Frau hinunter. Was zum Teufel redete sie da?

»Nicht regelmäßig, nein«, antwortete er.

»Also da gibt es eine Passage, die ich fast auswendig kann und die auch in einem bekannten Film zitiert wird. Sie passt auf unsere Situation ziemlich gut.«

Sie zwinkerte ihm zu.

»Esekiel 25, 17«

Talbot sah sie verständnislos an.

Sie kam langsam auf ihn zu.

»Und ich will große Rachetaten an denen vollführen, die da versuchen meine Brüder zu vergiften und zu vernichten und mit Grimm werde ich sie strafen.« Sie hob die Waffe.

»Auf dass sie erfahren mögen, ich sei der Herr, wenn ich meine Rache an ihnen vollbracht habe.«

Der Revolver in ihrer Hand brüllte auf. Einmal, zweimal, dreimal. Das Echo des Mündungsfeuers hallte donnernd durch den Raum und erfüllte die Luft mit ohrenbetäubendem Lärm.

Mannheim, Neckarvorlandstraße

Grant stand im Licht der Tatortscheinwerfer und beobachtete das koordinierte Treiben der Männer in weißen Overalls.

Es wirkte wie eine Kolonie emsiger Ameisen und wieder lag über der gesamten Szenerie dieser widerwärtige Duft.

Süßlich, verwesend und gleichzeitig sumpfig wie in einer verfluchten Moorlandschaft.

Er beobachtete, wie einer der Beamten mit einer Pinzette umständlich an etwas auf dem Boden herum zupfte und seinen Fund anschließend wie einen kostbaren Schatz in einer raschelnden Plastiktüte verstaute.

Ein anderer der Männer war gerade dabei, die üblichen Tatortfotos zu schießen und bewegte sich mit einer Kamera rückwärts durch den Raum, während er alle paar Meter anhielt und Bilder schoss.

Grant hob die Hand gegen das grelle Blitzlicht des Fotoapparates.

Es war mehr als unangenehm. Er zog die Jacke enger um seine Schultern.

Und es war kalt hier unten.

Er wandte sich um.

Hinter ihm steuerte gerade Hernandez durch das Trümmerfeld auf ihn zu.

»Und?«

Die Spanierin trat zu ihm und schüttelte mit dem Kopf.

»Nichts Neues«, sagte sie.

»Das wird so langsam zu unserem Motto, was?«, antwortete er.

Hernandez musste unvermittelt grinsen. Dann nickte sie in Richtung des Zentrums der Strahler. »Vielleicht sollte ich es präzisieren. Nichts Neues, bis darauf, dass uns offenbar systematisch die Verdächtigen ausgehen.«

Grant brummte.

»Ja, vermutlich.« Er warf einen Blick nach vorne, wo gerade einer der Beamten damit beschäftigt war, einen Scheinwerfer neu auszurichten.

Im Zentrum der Lichtinsel lag der Leichnam auf der Seite. Mehrere Austrittslöcher von Kugeln waren auf dem Rücken des Mannes zu sehen. Ein gezacktes Austrittsloch gähnte an der Hinterseite der Schädeldecke. Gehirn, Blut und Knochensplitter waren wie in einem Spritzgemälde auf den Steinen dahinter verteilt, während sich das meiste Blut in den Spalten und Fugen des Steinfußbodens gesammelt hatte.

»Sehen Sie sich das an«, sagte Grant und machte mit dem Kopf eine Bewegung zur Seite.

Hernandez folgte ihm. Gemeinsam stiegen sie über mehrere Holzteile hinweg und umrundeten die Lichtinsel.

Auch hier das gleiche Bild.

Nur dass die Eintrittsstellen der Kugeln auf dieser Seite kleiner waren. Grant runzelte die Stirn. Das ehemals ebenmäßige Gesicht von James Talbot Jr. war durch ein großes Einschussloch in Höhe des linken Auges entstellt.

Weitere Einschusslöcher befanden sich im Brust- und Bauchraum. Auch der rechte Oberschenkel war getroffen worden.

Hernandez fuhr sich mit der Hand durchs Haar.

»Da wollte wohl jemand gründlich sein, was?«

Das Licht der Scheinwerfer verlieh dem leblosen Gesicht ein gespenstisches Aussehen. Die geöffneten Augen starrten leer aus toten Höhlen und schienen auf einen Punkt an der gegenüberliegenden Wand gerichtet.

»Da bekommt man ja eine Gänsehaut«, sagte sie.

Grant nickte. Die vormals so straff nach hinten gekämmten grauen Haare standen wirr vom Kopf des Toten ab.

Grant konnte eine Bandage am linken Unterarm ausmachen, die wohl noch von der Behandlung im Krankenhaus stammen musste.

»Erst der Professor und jetzt das«, murmelte Hernandez neben ihm. »Was glauben Sie, hat das jetzt wieder zu bedeuten?«

»Oh Mann, ich wünschte, ich wüsste es«, sagte er.

Mit dem Absatz seines Schuhs kratzte er auf dem Boden herum. Einer der Beamten im weißen Overall kam durch die Lichtinsel auf sie zu. In der Hand hielt er einen Probenbeutel.

»Guten Abend«, sagte er, als er bei ihnen anlangte.

»Wir haben die Projektile gefunden. Vermutlich wurde aber nicht mit der Waffe geschossen, die wir am Tatort gefunden haben.« Er räusperte sich. »Bisher haben wir keine Hülsen gefunden. Aber das hier interessiert sie vielleicht.« Er hob den Probenbeutel in die Höhe. Ein Stück Papier befand sich darin.

»Das haben wir mit einer Heftklammer befestigt an der Brust des Toten gefunden.« Er gab den Probenbeutel Hernandez, die ihn im Scheinwerferlicht umdrehte. Nur eine Zeile stand auf dem Blatt. Sie machte ein irritiertes Gesicht.

»Böcklinstraße 203/8?«

Der Mann hob nur die Schultern.

»Keine Ahnung«, er wandte sich zum Gehen. »Unser Bericht sollte morgen fertig sein, das volle Programm.« Er streckte die Hand aus. Hernandez gab ihm den Probenbeutel zurück. Dann blickte sie Grant fragend an.

Mannheim, Neuostheim

Böcklinstraße 203 war ein heruntergekommener Betonkasten, dessen braune Farbe an etlichen Stellen bereits abblätterte.

Über mehrere Stockwerke reckte sich das Mietshaus in den Nachthimmel über der Stadt. Grant stellte den BMW an der gegenüberliegenden Straßenseite ab.

Ein kleiner Park befand sich dort.

»Böcklinstraße 203«, sagte er mit gerunzelter Stirn.

»Sieht nicht gerade sehr einladend aus«, stellte Hernandez mit einem Stirnrunzeln fest.

In einigen Stockwerken brannte sporadisch Licht. Andere hingegen waren komplett dunkel.

»Nein, wirklich nicht«, sagte Grant. Er überprüfte das Magazin seiner Waffe. Dann stiegen sie aus.

Grant sah etliche tiefe Schlaglöcher in der Straße. Von Süden kommend näherte sich der laute Motor eines Lkw.

»Also ich weiß nicht«, sagte Hernandez.

»Was ist?«

»Keine Ahnung«, antwortete die Spanierin, »ich habe nur so ein eigenartiges Gefühl.«

Sie strich sich die Haare aus dem Gesicht. Irgendwo in der Ferne war das Jaulen eines Hundes zu hören.

»Kommen Sie«, sagte Grant.

Sie überquerten die Straße. Eine Kühle lag in der Luft, die von einem nahenden Gewitter kündete.

Auf der anderen Seite angelangt, betraten sie das Gebäude durch eine windige Tür. Das Gebilde quietschte, als Grant den Mechanismus in Bewegung setzte.

Drinnen herrschte eine schwüle, rauchgeschwängerte Luft. Hernandez besah sich die Zimmernummern auf dem Gang.

»Wohnung acht müsste im zweiten Obergeschoss sein«, sagte sie.

Im hinteren Teil des Ganges führte ein schmaler Durchgang ins Treppenhaus. Sie stiegen nach oben. Auch hier lag der Geruch von billigem Zigarettengeruch und Schweiß in der Luft.

Auf dem Absatz des zweiten Stockwerks drehte Grant sich zu Hernandez um.

»Bereit?« Hernandez nickte.

Er öffnete die Verbindungstür und trat mit gezogener Waffe auf den Gang hinaus.

Der billige und an zahllosen Stellen fleckige Linoleumboden unter seinen Füßen dämpfte das Geräusch jedes ihrer Schritte.

Am Ende des Ganges befand sich ein großes Fenster. Grant konnte das grandiose Schauspiel lautlos zuckender Blitze eines Hitzegewitters am Horizont erkennen.

Der Gang war in trübes Dämmerdunkel gehüllt.

Wohnung Nummer acht befand sich auf der rechten Seite. Es war die letzte Tür, ehe man durch einen Durchgang hinaus auf die Feuerleiter treten konnte. Grant glitt an der Tür vorbei. Dann machte er Hernandez ein Zeichen.

Die Spanierin nahm gegenüber Aufstellung.

Grant drehte vorsichtig am Türknauf. Zu seiner Überraschung öffnete sie sich mit einem leisen Klicken einen Spalt breit. Er warf Hernandez einen Blick zu. Dann stieß er die Tür weit auf.

Vor ihnen öffnete sich ein weiterer schmaler Gang.

Vorsichtig schob sich Grant um die Ecke des Türpfostens herum und betrat die Wohnung. Rechts zweigte eine Tür in ein Badezimmer ab.

Er fand an der Wand einen Lichtschalter. Einige der Lampen in der Wohnung sprangen an.

Das Bad war leer. Es war so heruntergekommen wie der Rest des Hauses. Grant ging weiter. Der Flur öffnete sich zu einem breiteren Raum, in dem auf der einen Seite eine billige Anrichte und auf der anderen ein schmutziges Sofa herumstand.

Er zwängte sich an dem niedrigen Couchtisch vorbei. Außer einem Fenster zweigte von dem Raum nur eine weitere Tür ab. Er hielt die Pistole vor sich.

Unter einem kräftigen Fußtritt schnellte auch diese Tür sofort in ihren Angeln zurück.

Grant zuckte zurück.

Ein Gestank nach Fäkalien und Urin wehte ihm aus dem Zimmer entgegen. Ihm wurde beinahe schlecht. So intensiv und durchdringen war der Geruch.

Hinter sich konnte er hören, wie Hernandez würgende Geräusche von sich gab. Der ekelhafte Geruch schwappte wie eine Welle über sie hinweg. Grant tastete mit den Fingern um die Ecke des Zimmers herum.

»Hey, ist jemand da drin? Kommen Sie raus. Die Hände über den Kopf.«

Ein merkwürdiges Geräusch war aus dem Inneren zu vernehmen. Ein gutturales Grunzen und Rumoren.

Da war ja der Lichtschalter. Grant betätigte den Kippmechanismus und beinahe sofort flammte in dem Zimmer eine Deckenlampe auf.

»Oh mein Gott«, sagte Hernandez.

Langsam betraten sie das Zimmer. Der Geruch machte sie beide fast schwindelig.

Grant wusste, dass auch Hernandez die Szenerie sofort wieder erkannt hatte.

Das Bett, die niedrige Kommode an der gegenüberliegenden Wand, das Porträt über dem Kopfende des Bettes. Es war derselbe Raum. Derselbe wie auf den Aufnahmen auf den CDs aus dem Wagen des Professors.

Vor ihnen auf dem Bett lag der junge Mann. Noch immer geknebelt. Die Beine und Arme waren mit tauähnlichen Riemen am Bett fixiert worden. Die Hand- und Fußgelenke waren mit der Zeit blutig gescheuert. Ekelhaft aussehende fleischige Wunden hatten sich gebildet.

Dennoch lebte der junge Mann offenbar noch. Eine Art Trinkvorrichtung war neben seinem Kopf am Bett befestigt, von der ein Schlauch durch den Knebel in seinem Mund führte. Mit einem flüchtigen Blick streifte Grant die Laken des Bettes. Dort, am Fußende lag etwas.

Er hob das Ding vorsichtig auf.

Es waren zwei in dunkles Leder eingebundene Mappen. Eine groß, die andere klein und kaum größer als eine Handfläche. Er öffnete die kleinere.

Neben sich hörte er das schwere Atmen von Hernandez, die noch immer mit ihrer Übelkeit kämpfte.

Das Dokument im Inneren war ein schlichter Reisepass. Grant stutzte, dann sah er auf. Der Mann auf dem Bild des Ausweises. Es war die gleiche Person, die vor ihnen auf dem Bett lag. Er keuchte. Dann verglich er noch einmal das Foto mit dem Gesicht der Gestalt.

Nein, es war absolut kein Zweifel möglich. Mit einer langsamen Bewegung reichte er das Dokument an Hernandez.

Dann zog er den Verschlussriemen von dem Ledereinband der zweiten Akte auf.

Sie enthielt eine Sammlung von etlichen Blättern. Grant blätterte das Bündel durch. Es mussten an die hundert Seiten sein. Zuoberst lag eine handgeschriebene Notiz.

Folgen Sie diesen Unterlagen

Er reichte auch diese Akte an Hernandez weiter. Diese ganze Geschichte war vollkommen verrückt.

Die Spanierin sah ihn aus unsicheren Augen an.

Dann hielt sie das Ausweisdokument in die Höhe.

»George Strawn Jr.?«, fragte sie verblüfft. »Ich meine natürlich Stuart Wiliam.«

Grant musste lächeln. Dann lachte er leise. Die Situation war einfach absurd. Nach einem kurzen Moment hatte er sich wieder gefangen.

»Das hier«, sagte er, »ist noch lange nicht vorbei. Sie werden sehen.«

Epilog
Santorin, eine Woche später

Die Sonne stand hoch am Himmel und badete den nicht überdachten Teil der Restaurantterrasse in warmem, gelbem Licht.

Die orangefarbenen Banner, die zum Schutz vor der Sonne aufgehängt waren, flatterten leise im Wind, der schon seit Sonnenaufgang über die Insel wehte.

Von unten von der Straße war das morgendliche Erwachen der kleinen Gassen und Plätze zu hören. Bis zum Mittag würde hier ein reges Treiben herrschen. Etliche Touristen würden mit den Schiffen am späten Vormittag anlegen und die Steilküste hinauf in die Stadt strömen.

Sarah Feiner lehnte sich in ihrem Stuhl zurück und ließ ihren Blick über die weißen Dächer der Stadt schweifen. Es war ein fantastischer Anblick. Das Wasser des Meeres glitzerte azurblau und die abfallenden Hügel im hinteren Teil der Insel lagen noch im trüben Morgendunst, der bis zum späten Vormittag jedoch völlig verschwunden sein würde.

Sie sog die frische Meeresluft gierig in ihre Lungen und nippte noch einmal an dem Glas Orangensaft vor sich.

Dann stand sie auf, wandte sich um und ging die Treppe hinunter, die auf der linken Seite des Gebäudes auf die frühere Hauptstraße hinausführte.

Sie schlenderte einige Minuten den Pflasterweg entlang, in dem die Händler zu dieser Zeit bereits ihre Stände und Warentische aufbauten. Dann bog sie nach links in eine schattige Gasse ab, die zwischen den Häuserwänden dem abfallenden Gelände folgte.

Vor ihr breitete sich die Stadt und das umliegende Land wie ein sanfter Teppich aus.

Einige Felder und Weinreben waren bereits von ihrer jetzigen Position aus zu sehen. Dahinter glitzerte das dunkle Blau des Ozeans.

Sie folgte der Gasse weiter.

Hier zwischen den Häusern waren die Temperaturen den ganzen Tag über angenehm kühl und erfrischend.

Nach einigen Minuten wichen die Gebäude langsam zurück und machten Gärten und vereinzelten Feldern Platz.

Sie folgte einer Mauer aus grob behauenen Natursteinen, die sich am Wegesrand entlangzog, bis sie zu einem kleinen schmiedeeisernen Tor kam.

Sarah blieb stehen und sah sich um. Der Friedhof von Santorin war ebenso wie die restliche Insel der Umgebung angepasst worden und in mehreren Terrassen angelegt.

Sie ging 100 Meter in das Gelände hinein, ehe sie bei einem kleinen Olivenbaum, der in der Sonne ein wenig Schatten spendete, anhielt. Sie zögerte kurz.

Die beiden Grabsteine, die hier aufgestellt waren, bestanden aus grobem Granit.

Die Namenszüge waren zwar durch die starke Sonneneinstrahlung auf der Insel schon ein wenig verblasst, aber dennoch deutlich lesbar.

Sarah kniete sich hin. Mit einer liebevollen Handbewegung strich sie über die Oberfläche der beiden Steine.

Ihre Eltern hatten sich immer gewünscht, auf dieser Insel begraben zu werden, wie sie einmal von einer Tante erfahren hatte. Sie warf einen Blick nach links, hinauf in die Stadt, wo gerade der Kirchturm zu schlagen begann.

Eine Träne rollte über ihre Wange und sie wischte sie mit dem Handrücken weg. Dann schloss sie die Augen und verharrte einige Sekunden in völliger Stille.

Aus ihrer Tasche zog sie ein in Leinen gewickeltes Bündel und legte es vor sich auf den trockenen Boden.

Dann begann sie mit den Händen ein Loch in die raue, steinige Erde zu wühlen.

Als es tief genug war, wickelte sie behutsam das Leinen auseinander.

Anschließend vergewisserte sie sich, dass sämtliche Kugeln aus den Kammern entfernt waren, ehe sie den Revolver in die kühle Mulde legte und so viel Erde über das Loch schaufelte, dass der Boden wieder so unberührt und karg wie zuvor aussah.

Zufrieden begutachtete sie das Ergebnis.

Dann stand sie auf. Noch einen Moment lang betrachtete sie liebevoll die beiden grob behauenen Steine, dann ließ sie ihren Blick die sanften Hügel zum Meer hinab schweifen.

Eine weitere Träne rollte langsam über ihre Wange und landete in der aufgewühlten Erde zu ihren Füßen.

Das Leben fing an.